Lutz Rocktäschel

Vuvuzela

oder

Die Stimmen der Götter

Bibliografische Information der Deutschen Nationalbibliothek
Die Deutsche Nationalbibliothek verzeichnet diese Publikation in der Deutschen Nationalbibliografie; detaillierte bibliografische Daten sind im Internet über http://dnb.d-nb.de abrufbar.

Lutz Rocktäschel
Vuvuzela
oder Die Stimmen der Götter

Berlin: Pro BUSINESS 2010

ISBN 978-3-86805-746-1

1. Auflage 2010

Produktion und Herstellung: Pro BUSINESS GmbH
Gedruckt auf alterungsbeständigem Papier
Printed in Germany
www.book-on-demand.de

Umschlaggestaltung und Satz: Tim Rocktäschel

⋆

Meinem Hörgeräte-Akustiker

⋆

⋆

Eines Toren Fabel nur,
voll Schall und Wahn,
jedweden Sinnes bar.

Shakespeare, Macbeth

⋆

1. Kapitel

Der Akustikraum

Die schwere Tür fiel dumpf in die Zarge. Das Schloss klickte, und ein Mechanismus aus Bolzen, Zahnrädern, Metallschienen, Federn und Gewichten setzte sich in Gang. Kohlpeter hielt unwillkürlich den Atem an, als müsse er nun in einem luftdicht verschlossenen Raum sparsam mit jedem Sauerstoff-Molekül haushalten. Nicht einmal eine Luke oder Klappe war in die Tür eingearbeitet, wie man es in einem ordentlichen Gefängnis erwarten durfte. Ein beigefarbener Bezug mit winzigen Löchern ließ das Türblatt gegen die Wand fast fugenlos verschwinden. Links und rechts von der gesamten Fläche der Wände und sogar von der Decke, ragten handgroße Keile in Richtung Raummitte, wo ein Stuhl an einem schmucklosen Tisch stand. Es roch muffig nach einer Mischung aus Metall, Staub und undefinierbarem Kunststoff. Kohlpeter wischte mit dem rechten Zeigefinger über einen der Keile aus Lochblech. Wurde hier jemals Staub gewischt?

Er nahm auf dem unbequemen Stuhl Platz. In der Mitte des Tisches lag ein Blatt Papier, links daneben ein ganzer Stapel, rechts davon eine Glasfeder mit Tintenfass; kein Computer, keine Schreibmaschine, kein Kugelschreiber, erst recht kein Bleistift mit einer Graphitmine. Es sollten einfach alle Eventualitäten der akustischen und technischen Einflussnahme von außen ausgeschlossen werden. Doch das Kabel der Tischlampe endete unter dem Tisch in einer Batteriekiste, der Wasserstoffzelle. Kohlpeter schüttelte den Kopf und schob sie mit dem Fuß zur Seite, damit sie beim Schreiben nicht störte. Er hob den Blick und schaute dahin, wo er so etwas wie ein Fenster erahnte. Über einen Schacht konnte hier Licht eingespiegelt werden.

Er war überzeugt, dass diese Maßnahmen überhaupt nichts halfen; gar nichts! Die Sanatoriumsleitung wollte sich selbst beruhigen, nachdem ihr alles aus den Händen entglitten war und sie die Kontrolle über das Experiment und sogar über das Klangsanatorium verlor. Die Folgen waren unabsehbar. Ihm schien es so, dass man auf Zeit spielte, um interne Verantwortlichkeiten zu klären, statt schnell die Kommission zusammen zu stellen und ihm kompetente Leute zu schicken. Niemand wusste wirklich, was in diesen Räumlichkeiten in Gang gesetzt wurde. Und Kohlpeter war der einzige, der als Proband noch Auskunft über die Experimente geben konnte.

Er sah sich um, und ärgerte sich, dass er dem Akustikraum zugestimmt hatte, der ihn so ohne jeden Schmuck und frei von allem Beiwerk, unwirtlich auf seine Arbeit fokussierte. Es fehlte jede angenehme Ablenkung, die ihm ein Schreiben solch sensibler Erlebnisse, wie er sie zu schildern hatte, erst möglich machte. Keine Pflanze, kein noch so nebensächlicher Gegenstand, geschweige so etwas wie das, was er als Accessoire bezeichnen könnte. Vor seinem Aufenthalt im Klangsanatorium hätte man mit ihm das alles machen können, denn er war ein spartanischer Mensch gewesen. Aber doch nicht nach der Therapie, mit der erfolgten Hypersensibilisierung! Den Tinnitus hatte er im Griff, fast; doch er ist ein anderer Mensch geworden.

Die Akustikkeile zeigten mit ihren Spitzen alle auf ihn, als habe er etwas ausgefressen, das er nun beichten müsste. Er konnte die Kollegen von der Sicherheit verstehen, dass sie ihn abzuschirmen versuchten. Ihm zeigten ihre kleinlichen Befürchtungen jedoch an, dass sie die Tragweite der Ereignisse noch immer nicht begriffen hatten. Das Klangsanatorium wurde nicht nur von einer kosmischen Schallwelle getroffen. Es hat sich eine neue Dimension geöffnet.

Kohlpeter nahm die Glasfeder zur Hand, die vom Griff bis zur, wie ein Bohrer gedrehten, Spitze mit violetten und roten Wellenlinien verziert war. Sie wurde extra von einem Sicherheitsexperten ausgesucht. Die Feder durfte nicht aus Metall sein. Warum, fragte er sarkastisch, habe er ihm nicht auch noch einen Scherbenhaufen auf den Sitz geschüttet? Und was antwortete der Experte? Das Sitzfleisch brauche er noch, wenn er seine Erlebnisse detailliert aufschreibt. Man wolle ihn schließlich nicht umbringen. Vielleicht sollte er sich selbst nichts antun können, bevor die Kommission kommt und die Untersuchungen beginnen. Aber da gäbe es noch viele Möglichkeiten. Kohlpeter rollte den Griff der Glasfeder in seiner rechten Hand zwischen Daumen und Zeigefinger hin und her. Wegen Tinnitus sich umbringen? Das kam für ihn nicht in Frage. Natürlich hatte er in manch ruhiger Minute auch Selbstmordfantasien gehabt; nur so, als Spiel mit den Möglichkeiten, die das Leben so bietet. Das liegt nun schon lange zurück, vor seinem Aufenthalt im Sanatorium. Es machte keinen Sinn mehr, weitere Gedanken daran zu verschwenden. Er tauchte die Feder in das Tintenfass, strich sie am Glasrand ab, als habe er noch nie anders geschrieben, und begann mit seinem Bericht, ganz unvermittelt, das leere Blatt zu füllen.

2. Kapitel

Das Elefantenohr

Nachdem ich eine Odyssee von Arzt zu Arzt, von Heilmethode zu Heilmethode, hinter mich gebracht und alle möglichen technischen Geräte ausprobiert hatte, folgte ich einer Empfehlung eines Freundes, und begab mich auf die Reise in das Klangsanatorium am Rande der Alpen. Ich wusste nicht, was ich einpacken sollte und schaute auf der Homepage nach. Dort empfahl eine dieser künstlichen Schönheiten, neben den Dingen des täglichen Bedarfs, das Lieblingsinstrument nicht zu vergessen. Zuerst dachte ich an meine Gitarre, die mir jedoch zu sperrig für die Reise vor kam. Wie so oft, fand ich auch dieses Mal eine Begründung, sie nicht mitzunehmen. Dann fiel mein Blick auf das Oktavometer, das seit dem letzten Gebrauch vor drei Jahren noch auf der Kommode stand. Ich zerlegte es mit wenigen Handgriffen und verstaute die drei Stimmgabeln mit dem Resonanzkörper im Koffer. Dann fiel mir ein, das Oktavometer ist ja kein Instrument im herkömmlichen Sinne, sondern eher ein Gerät zum Eichen anderer Instrumente. Vielleicht sollte ich mir doch noch einen Triangel besorgen, um in der Therapiegruppe nicht ganz mit leeren Händen dazustehen.

Ich lief zum Trödelmarkt und hatte auch bald den richtigen Stand mit diversen alt- und neumodischen Musikinstrumenten gefunden. Nur, ein kompletter Triangel war nicht aufzutreiben. Der Klangstab fehlte. Der Verkäufer erklärte mir, dass ich stattdessen jeden anderen Metallstab verwenden könne. Er gab mir einen kleinen Nachlass und packte das Instrument ein. Er verwendete eine Papiersorte, die beständig ihre Farbe änderte und einen dieser Knistertöne erzeugte, der in mir einen allergischen Zustand auszulösen drohte. Ohne Gruß verabschiedete ich mich und sah zu, dass ich schleunigst in meine Wohnung kam, bevor der kribbelige Höhepunkt erreicht war. Auf dem Weg nach Hause schwoll der Straßenlärm zu lautem Gekreische an. Die Autogeräusche, vor allem die tiefen und hohen Töne der Tragschrauber, spalteten sich in meinem Hirn in Pfeiftöne und tiefes bassiges Grollen auf. Während die tiefen Frequenzen mich fast von den Beinen warfen, erzeugten die hohen Töne eine geradezu schmerzhafte Konzentration auf jedes Detail der Tonskala.

Benommen erreichte ich meine Wohnung. Da erinnerte ich mich an die Klangschale, die ich aus einer meiner letzten Therapiesitzungen in einer indischen Esoterikgruppe mitgebracht hatte. Sie wurde mir als Rettungsmittel empfohlen, wenn nichts mehr gehen würde. Ich fand sie in der Küche, halb voll mit den Resten meines Müslifrühstücks. Da war der Höhepunkt erreicht, und ich warf mich auf mein Bett, nicht ohne vorher alle Stecker gezogen, die Fenster verriegelt und die mit Kork ausgekleidete Tür verschlossen zu haben. Ich konnte und wollte nichts mehr hören. Allein schon der Gedanke an das Klangsanatorium, zu dem ich am nächsten Tag aufbrechen sollte, ließ alle Register der Kölner Domorgeln gleichzeitig ziehen. Migräne, Kopfrauschen, Tinnitus, Nackenschmerzen, Übelkeit, Schwindelattacken; ich hatte alle Krankheiten dieser Welt, fokussiert auf einen Ton.

Am Morgen des folgenden Tages erwachte ich, bevor mein Wecker klingelte. Etwas beunruhigte mich. Mein Hirn suchte nach dem, das anders war, als es sein durfte. Ich schaute aus dem Fenster und es lag Schnee. Nicht viel, aber er bedeckte die grauen Straßen, die nun in weißem Licht erstrahlten, hell und gleißend. Noch etwas hatte sich verändert. Und in dem Moment, als ich es wusste, klingelte der Wecker und das Orchestrion dieser Welt spielte mir wieder auf. Für einen Augenblick meinte ich, ein neuer Anfall sei im Anmarsch. Im Bad unter der Dusche rauschte das Wasser mehr als meine Ohren. Das Wasser spülte das Chaos der Nacht in den Abguss und ließ meine Nerven mit dem täglichen Dauerzischen zurück.

Zum Frühstück, nach dem ersten Kaffee, musste ich eine Entscheidung treffen, wie ich die Reise zu den Alpen antreten wollte. Beeilen brauchte ich mich nicht. In dem zugesandten Video des Sanatoriums hieß es, man solle die Reise so angenehm und ruhig wie möglich gestalten. Keine Zeitangabe, wann ich im Kurort zu erscheinen habe. Unprofessionell! Oder gehörte das schon zur Therapie? Diese Strukturlosigkeit erzeugte in mir schon wieder ein unruhiges Kribbeln. Solche Ungenauigkeiten widersprachen meinen Lebensprinzipien.

Der Tragschrauber kam nicht in Frage. Er stand schon seit langem unter Verdacht, ab und zu Auslöser der Attacken gewesen zu sein. Nicht, dass die Flugautos zu laut wären. Ihre Dezibelzahlen liegen ungefähr bei denen der Reifenautos. Dennoch kam ich mit dem aufschwingenden Kreischen nicht zurecht. Anders die Magnetschwebebahn. Fahren ohne Geräusche erlebe ich als den Horror schlechthin. Was ich am Anfang genieße, schaukelt sich im Laufe der Fahrt in einen Oberton auf. Meine Ohren ersetzen überdimensional, was nicht zu hören ist. Ich habe immer wieder versucht, das Defizit mit Kopfhörern auszugleichen. Aber entweder komme ich mit dem Schaumstoff an meinen Ohren nicht zurecht. Es kribbelt und krabbelt, als leide ich unter einer Kunststoff-Allergie. Oder die Charts der letzten Dekade erzeugen dasselbe Unwohlsein, wie mein Tragschrauber. Irgendwelche Frequenzen stören immer.

Ich bestellte per Miete ein Reifenauto mit Rückruf. Damit versuchen die ehemals prestigeträchtigen Hersteller, Kunden zurück zu gewinnen, indem die Autos irgendwo stehen gelassen werden können. Sozusagen Langstreckenprobefahrt für wenig Geld. Aber die Flugautoverkäufer haben inzwischen nachgezogen und ihre Preise gesenkt. Ein Reifenauto hat etwas altmodisch Gemütliches. Das Gefühl der Bodenhaftung verschafft Sicherheit in einer Zeit, wo sich alles und jeder entkoppeln will. Es ist bestimmt schon fünfzehn Jahre her, dass ich dieses Reisegefährt zuletzt genutzt habe. Ich glaube, ich fuhr damals mit meiner Frau raus ins Grüne zum Müggelsee. Es war auch nur eine kurze Beziehung mit Kind.

Der eigentliche Vorteil dieses Bewegungsmittels entfaltet sich erst auf der Landstraße, wenn sich wegen der verminderten Geschwindigkeit die vorbeihuschenden Streifen in Bäume, Häuser und Lebewesen entzerren.

Nach Verlassen der Autobahn dauerte es ein paar Minuten, bis ich mich an die ungewohnte Bewegung und das brummende Abrollgeräusch gewöhnte. Im Autozwangsfunk sprach eine nette Stimme den üblichen Warnhinweis aus, Kurven und andere Verkehrsteilnehmer auf der Fahrbahn nicht zu unterschätzen. Sie gab die Höchstgeschwindigkeit an, nicht ohne auf die automatischen Abbuchungen bei Überschreitungen hinzuweisen. Wie in allen anderen Lebenslagen, so auch hier, folgte jedem Hinweis die Sanktionsandrohung. Und auch dieses Mal kam meine spontane Gegenreaktion und ich ärgerte mich über den bürokratisch nivellierten Psychostress. Druck gleich Gegendruck, so lebe ich in der pneumatischen Gesellschaft. Kein Wunder wenn alles zischt.

Erst kurz vor Berchtesgaden kam in mir so etwas wie Vorfreude auf das Sanatorium auf. In dem Videoprospekt war damit geworben worden, dass man nach drei Wochen von jeglicher Alltagsbelastung enthoben sei. Doch mein Hirn antwortete nach wenigen Sekunden mit Skepsis. Ähnlich dem Magnetschwebebahneffekt, würde die Ruhe in allergische Reaktionen übergehen, war ich mir sicher. Allein gegen diesen Gedanken half auch kein noch so heller Sonnenschein auf wunderschönen Alpenpässen, auf denen ich entlang kurvte. Da hatte sich viel angesammelt an Lärm und Stress, eingespielten Abwehrmechanismen und Aufgeregtheiten, nervöse Automatismen und diese und jene Zwangshandlung. Und ich ahnte schon zu Beginn der Reise, dass meine Kopfgeräusche mehr enthielten als nur den Lärm der Alltagshektik.

Vor der Umweltzone stellte ich das Auto auf einem Parkplatz ab und betätigte den Rückruf. Die Mietfirma bedankte sich und bestätigte die Abbuchung. Ich hatte noch ein paar Kilometer vor mir. Als ich die Nummer des Sanatoriums wählte, meldete sich eine freundliche Stimme. Das Taxi sei in wenigen Minuten an der verabredeten Stelle. Die geographischen Koordinaten meines Handys seien geortet worden.

Ein Pferdeschlitten, ein offener Wagen, traf auf dem Parkplatz ein und der Kutscher, in der üblichen bayerischen Tracht mit Spitzhut, fragte mich nach meinem Namen. Er warf die Frage wie einen nassen Lappen vor meine Füße. Entsprechend antwortete ich nur murmelnd vor mich her.

Der Kutscher lachte. „Sie heißen nicht 'Kohl', Mann, sondern Kohlpeter! Steigen Sie auf und legen Sie sich die Decke über die Knie, sonst vereisen Sie. Handschuhe haben Sie keine? Da muss auf der Bank noch irgendwo ein Muff liegen, wenn er nicht runter gerollt ist."

Er sei vom nahe gelegenen Dorf, in der Nähe der Klamm. Seit die Umweltzone für Reifenautos gesperrt sei, habe er einen netten Nebenverdienst, erzählte er freimütig, während er mich in die Decken einpackte und den Muff unter der Bank hervor kramte. Das Sanatorium beschäftige das halbe Dorf und wenn es irgendein kleiner Service ist, wie die Kutschendienste oder die frischen Kräuter im Sommer für die Küche, und die Feldblumen für die Zimmerdekoration.

Dann trabte das Pferd gemächlich durch den Winterwald und der Kutscher, auf dem Bock vor mir sitzend, erzählte in Fahrtrichtung in seiner Mundart etwas von den Bergen und dass seit Jahren sich kaum noch jemand getraute, den Watzmann zu besteigen, weil da oben der Frostboden auftaut. Nur dieses Jahr sei es schon recht kalt gewesen. Mehr Schnee als sonst. Um diese Zeit sei man in den letzten Jahren nur mit Tragschraubern zum Sanatorium gelangt, weil der Schnee fehlte und Reifen nun mal nicht zugelassen sind. Aber es könnte sein, dass das Verbot wieder aufgehoben wird, weil ein solches Flugauto abgestürzt ist. Die Ursachen seien bislang ungeklärt. Es wird behauptet, die Navigation habe versagt.

„Die Leute sind misstrauisch geworden. Im Berchtesgadener Land existiert ein Testgebiet für Anbieter funktechnischer Anlagen.“

Ich hörte und verstand von all dem nur die Hälfte, und musste mir den Rest zusammenreimen. Der Wind entzog mir phasenweise die Töne und ich sah den Kutscher mit den Armen gestikulieren, hierhin und dorthin zeigend. Ab und zu drehte er sich auf seinem Kutschbock halb um und griente mich, um Zustimmung werbend, an. Ich nickte zurück und hoffte, dabei keine falsche Stelle in seinen Erzählungen zu erwischen. Ja, darin hatte ich inzwischen Übung. Seit dem Tauchunfall und den einsetzenden Ohrgeräuschen gewöhnte ich mich recht schnell daran, mehr auf die Körpersprache des Anderen zu achten. Nuancen zeigten mir an, ob ich zustimmen oder ablehnen musste. Und wenn es kritisch wurde oder riskant, überhaupt eine klare Meinung zu äußern, dann wackelte ich eben etwas mit dem Kopf, als müsste ich noch prüfen, was richtig oder falsch wäre.

Irgendwann erwischte ich mich dabei, wie ich mein volles Repertoire abspielte und innerlich gar keine Bereitschaft mehr zum Zuhören hatte. Mein Unterbewusstsein steuerte und entlastete mich so perfekt, wie ich es bewusst niemals gekonnt hätte. Es wurde höchste Zeit, dass ich mich in professionelle Hände begab, ehe die Kompensationshandlungen in Senilität umschlugen. Zumindest konnten meine Reaktionen äußerlich so gedeutet werden, wenn der Gegenüber den Automatismus in meinen Bestätigungen seiner Rede bemerken sollte.

Der Kutscher nahm mein Handikap wohl nicht wahr und erklärte gerade, warum die Kühe auf manchen Straßen Vorrang haben, als er auf einen wenig befahrenen Weg einbog. Es gab einen Ruck und die Kufen liefen wie auf Schienen. Der Schlitten fuhr durch noch höheren Schnee und die klare Luft vibrierte in hohen Frequenzen. Zuerst meinte ich, meine Ohren irritierten mich und gaukelten mir einen neuen Ton vor. Aber das Zischen und Fiepen schwoll an und ließ wieder nach, in Abhängigkeit von der Geschwindigkeit des Schlittens. Die Hufen der Pferde stapften im Schnee und spielten eine dumpfe Begleitung zu den hohen Tönen. Gerade, als der Schlitten hinter einer Biegung wieder etwas Fahrt aufnahm, begann mein Hirn fürchterlich zu rauschen. Alle Bedingungen eines neuen Anfalls waren erfüllt: Die Kufengeräusche gaben die Initialfrequenz, die klare Luft bildete das perfekte Übertragungsmedium, meine innere Spannung baute den Resonanzhintergrund auf, und mein Gehör spielte ein fürchterliches Konzert.

Als der Kutscher sich wieder etwas herumdrehte, sah er, wie ich mir gerade den Kopf hielt. Ein naher Wetterwechsel, das gäbe es hier häufiger und mache den Gästen manchmal zu schaffen. Doch das Sanatorium sei auf dem neuesten technischen Stand. Es würden alle Wetter bedingten Druckschwankungen ausgeglichen. Wenn wir ankommen, sei die Migräne bestimmt vorbei, wollte er mir Mut zusprechen.

Doch es waren keine Kopfschmerzen. Ein Duzend Dampflokomotiven in einem alten Lokschuppen, wie ich sie aus den Filmen des vorigen Jahrhunderts kannte, zischten und rauschten, und nahmen mir jede andere Wahrnehmung. Ich forderte den Kutscher auf, anzuhalten. Ich wollte per Fuß weiterlaufen und bat ihn, meine Sachen im Kurhaus abzugeben, ich würde nachkommen. Er zeigte mir, dass man den Weg nicht verfehlen könne. Es seien nur noch zwei Kilometer. Das Hauptgebäude würde nach der nächsten Kurve unverwechselbar zu sehen sein.

Nicht ohne noch einmal einen skeptischen Blick zurückzuwerfen, fuhr der Kutscher an und verschwand hinter einem leichten Schneewirbel. Nun schien das ganze Getöse erst richtig zu beginnen. Mein Gehör hatte freie Bahn, um sein Eigenrauschen ungehindert zu entfalten. Mir blieb nichts anderes übrig, als den Anfall abklingen zu lassen. Irgendwann musste sich das Gehör ja beruhigen! Ich stapfte los, immer hinter der Spur her. Der Anblick der Bäume und Felder, der herrlichen Berge und des weißen Schnees, lenkte mich etwas ab.

Heute kann ich das alles so berichten, als hätte ich gewusst, wie ich mich zu verhalten habe. Vor meinem Aufenthalt im Klangsanatorium tat ich manchmal wohl eher instinktiv das Richtige. Ich versuchte, der Quelle des äußeren Lärms, oder der inneren Resonanz mit ihm, zu entgehen, begab mich in eine gemäßigte körperliche Aktivität und suchte äußere Anhaltspunkte der Ablenkung von meinen Eigengeräuschen.

Während ich durch den Schnee der Schlittenspur folgte, erreichte ich auf einer Lichtung die Kurve, hinter der das Sanatorium auftauchte. Ich blieb stehen und genoss den erhöhten Ausblick auf den gegenüberliegenden Hügel. Die Schlittenspur folgte dem Waldsaum, erst etwas hinunter in die Senke, um sich schließlich nach wenigen hundert Metern in dem aufsteigenden Waldstück vor dem Gebäude zu verlieren. Es passte sich formschön in die geschwungene Landschaft ein. Eine der modernen Bauweisen, wie sie in den letzten Dekaden an markanten Plätzen der Welt entstanden und gerne als Wahrzeichen in den Reiseprospekten Verwendung fanden. Mein Formengedächtnis verglich das Bauwerk erst mit einer eingedellten Kappe, ähnlich den Hauben, wie sie die Stewardessen vor Jahren auf den Flügen zum Mond trugen. Dann sah ich in dem Sanatorium eine dieser neumodischen Multifunktionseinheiten, für die ergonomische Bedienung sämtlicher elektronischer Bürogeräte. Nachdem ich die nächste Kehre erreichte, der Weg nun leicht anstieg, verschob sich die Perspektive auf das Gebäude so, dass ich es nun eher mit einem Pilz, einem Trichterling oder besser einem Riesentrichterling verglich.

Nicht der Vergleich war für mich das Überraschende, sondern die Erinnerung, die mich so plötzlich überkam. Woher wusste ich, was ein Riesentrichterling ist? Ich habe mich bestimmt in den letzten zwei Jahrzehnten nicht mit Pilzbestimmung beschäftigt. Dieses Wissen gehörte vielleicht in meine Kindheit, als ich durch die Wälder stromerte und im Herbst Eicheln und Kastanien, Pfifferlinge und Steinpilze sammelte. An Riesentrichterlinge, mit ihren dicken fleischigen Krempen, konnte ich mich plötzlich entsinnen. Das Bild stand vor meinem geistigen und in einiger Entfernung auf dem Hügel vor meinem tatsächlichen Auge.

Inzwischen war die Sonne hinter den Wolken verschwunden. Obwohl ich mich gut bewegte, wurde mir kalt. Ein Wetterumschwung und es begann ein leichter Schneeriesel. Den Hügel aufwärts folgte ich der Spur in das Wäldchen hinein und musste recht bald am Sanatorium ankommen. Vor einem solch großen Gebäude war ein Zaun oder eine Mauer zu erwarten, eine Pforte oder eine Einfahrt mit Wechselsprechanlage und Überwachungskamera. Doch nichts von alledem. Das Waldstück ging kurz in Sträucher über und endete direkt am Gebäude. So, als hätte jemand einen Steinblock mit etwas Schwung in die Landschaft gerammt. Über den Sträuchern sah ich zuerst die Hutkrempe in luftiger Höhe und erst nach einigen Schritten tat sich eine kleine Lichtung auf, die den Blick auf einen Weg mit der dahinter liegenden Fassade freigab. Die Schlittenspur bog nach rechts ab.

Geräuschlos verschwand ein Stück der Fassade und öffnete die dahinter liegende Lobby. Mattes diffuses Licht lag in der Eingangshalle. An der Stirnwand hing eine riesige runde Scheibe. Sie gab dem Raum einen konzentrierten und erhabenen Ton. Ein kleiner untersetzter Mann in Jeans und gestreiftem Hemd kam mir entgegen, begrüßte mich und stellte sich als Dr. Elias Dreysen vor, dem Psychologen und Heilpraktiker des Hauses. Als er meine fragende Miene sah, gab er mir schmunzelnd zur Antwort, es gäbe natürlich auch Ärzte und Spezialisten aus den schulmedizinischen Fächern und der Gerätemedizin im Sanatorium, und eine Reihe von Technikern, nicht zu vergessen das pflegetechnische Personal.

Ich klopfte mir den Schnee vom Mantel, nahm die Mütze ab und fragte nach meinen Sachen. Es sei alles schon in mein Zimmer unterwegs, rief mir die Frau von der Anmeldung zu. Der Kutscher habe sie informiert, dass ich zu Fuß nachkomme, weil es mir nicht gut ginge. Dr. Dreysen fragte, ob ich an der Reisekrankheit leide. Von der Direktheit etwas überrumpelt, verneinte ich und sprach oberflächlich die Vermutung aus, ich hätte wohl nur den Wetterumschwung nicht vertragen, um nicht gleich meine übersensiblen Ohrgeräusche anzusprechen. Kaum angekommen, wollte ich das drohende erste Therapiegespräch vermeiden und schützte leichte Kopfschmerzen und Unwohlsein vor. Dr. Dreysen musste wohl meine Ausflüchte und Tänzeleien durchschaut haben. Ihm konnte ich in den folgenden Sitzungen nichts vormachen. Er zeigte eine entwaffnende Offenheit und eine Redeweise, der ich mich nicht entziehen konnte, so sehr ich mich immer wieder bemühte.

Die Fassade hatte sich wieder geschlossen und Dr. Dreysen wandte sich dem durchscheinenden Waldstück zu, das inzwischen im dichten Schneetreiben zu versinken drohte.

„Sehen Sie, Herr Kohlpeter! Erscheint uns nicht der Schneefall wie eine undurchdringliche Wand? Trotzdem ist jede Schneeflocke ein einzigartiges Geschöpf. Keine gleicht der anderen. Je genauer wir hinsehen, desto offensichtlicher werden die Unterschiede in den Kristallstrukturen.“

Eine solche poetische Eröffnung verblüffte mich. Mit der ersten Minute hatte Dr. Dreysen den richtigen Ton zwischen uns beiden getroffen. Ein seltenes Erlebnis in meinem bisherigen Leben. Ich hatte gelernt, meine Gesprächspartner aus einer inneren Distanz zu betrachten und in derselben zu halten. Erst nach langer Zeit und innerer Kontrolle war ich bereit, einige Schritte auf den Anderen zu zugehen. Alle meine Versuche, einen Gegensatz oder wenigstens einen Widerspruch zu seinen Äußerungen aufzubauen, setzte er mit wenigen Äußerungen, teils provokativ, teils mit einem Lächeln oder Stirnrunzeln, außer Kraft. Bei all dem blieb er nicht unbestimmt, sondern besaß eine Bodenhaftung, wie ich sie an diesem Ort nicht erwartet hätte.

Meine überzogene Sensibilität verschwand genauso schnell, wie sie mich bei der Schlittenfahrt überkam. Ich hegte eine Vermutung und fragte ihn nach dem funktechnischen Testgelände um Berchtesgaden, und ob es stimmt, was der Kutscher von der Abschirmung gegen Strahlung durch das Sanatoriumsgebäude erzählte. Er sagte, was die technische Seite betreffe, mische er sich nicht ein. Da sollte ich besser mit den Technikern des Hauses reden, 'alles durchweg Ingenieure', wie er ironisch bemerkte. Er gehe davon aus, dass man sich nicht wirklich abschirmen kann. Schließlich würden wir beide ja gerade darüber reden, was die Präsenz des Themas in uns anzeige. Ich wollte ihn schon danach fragen, wie er das meine, als ein Mann im Anzug uns entgegen trat und Dr. Dreysen mir den stellvertretenden Direktor, Dr. Malekin, vorstellte, und sich von mir verabschiedete.

Nach zwei, drei Sätzen seiner offiziellen Begrüßung im modernsten Klangsanatorium der Europäischen Union, übernahm Dr. Malekin meine Chipkarte mit allen Informationen über meine biologische Struktur und deren Krankheiten, wohl wissend, dass er ohne meinen Zugangscode damit nichts anfangen konnte. Trotzdem hege ich keine Illusionen über die Sicherheit der persönlichen Daten. Aus meiner Arbeit als Agent eines der größten Stromkonzerne weltweit weiß ich, dass der Trojanischen Energieversorgung nichts verschlossen bleibt.

Wir durchschritten die Lobby mit ihrer hängenden Decke als Fortsetzung der Hutkrempe des 'Trichterlings'. Ich sprach meinen Vergleich aus und Dr. Malekin, ein schlanker Typ mit streng nach hinten gekämmten Haaren, nickte anerkennend. Für den ersten Blick sei das nicht übel. Der ironische Unterton kündigte eine Entgegnung an. Dennoch tat die Gesprächsführung gut. Das Klima des Hauses, so mein Eindruck, gestattete keine lauten Worte, keine Polemik für oder gegen etwas. Absolut professionell, ein 'Ort höchster Ordnung', ging es mir durch den Kopf. Und es tat mir gut.

„Ich zeige Ihnen Ihren 'Trichterling' und Sie werden verstehen, warum Sie gar nicht so schlecht lagen.“, begann Dr. Malekin seinen Rundgang mit mir durch das Klangsanatorium. Von der Lobby fuhr uns ein Aufzug, ein Paternoster, in die fünfte Etage. Von dort aus betraten wir das Dachgeschoss. Der Schneefall hatte nachgelassen. Der erste Blick führte hinaus in die Landschaft, in die Richtung, aus der ich gekommen war. Irgendwo hinter dem weitläufigen Hügel musste der Parkplatz liegen, wo ich das Mietauto abgestellt hatte. Dann drehte ich mich um und eine atemberaubende

Architektur entfaltete sich vor meinen Augen. Ich hätte die Sekunden zählen können, die mein Gehirn benötigte, um die fließenden Formen, die geschwungenen Strukturen, die Dynamik der auf- und abgleitenden Dachfassade als ein Ganzes zu erfassen. Nun verstand ich meinen Begleiter. Vor mir lag der Hut des 'Trichterlings', grazil ausgearbeitet zu einem menschlichen Ohr. Wir standen am Ohrläppchen und blickten in den tief abfallenden Trichter hinein. Auf der anderen Seite, hinter dem Ohrrand, baute sich groß und erhaben der Watzmann, das zentrale Massiv des Berchtesgadener Landes, auf. Weit nach rechts geschwungen verlief ein Weg am Ohrrand entlang, dem wir folgend das wunderschöne Gebirge im Hintergrund betrachteten. Dr. Malekin benannte die verschiedenen Erhebungen und Berge, um schließlich die Aufmerksamkeit wieder auf die Hörmuschel zu lenken.

„Jedem Besucher und Patienten unseres Klangsanatoriums zeigen wir als erstes diesen Ausblick auf die Umgebung und das in die Landschaft gepflanzte Ohr. Das Gebäude hat nicht nur eine einzigartige Architektur, sondern eine durch und durch hohe Funktionalität. Es sieht wie ein Ohr aus und es ist auch eins. Wenn sie in diesen Trichter etwas hineinwerfen, dann wird es am Trommelfell aufgefangen. Und jedes Wort, das wir gerade miteinander wechseln, kann über den Trichter, die Membran, Hammer, Amboss und Brücke, die Schnecke entlang bis zu den Härchen und weiter zum Hörnerv geleitet werden. Von da ab beginnt, statt der Nervenenden, die Elektronik; sprich Kabel und Aufnahmegeräte."

„Das heißt, jedes Wort, das wir flüstern, landet auf dem Computer.", warf ich ein.

„Kann dort landen, wenn wir das wollen. Selbstverständlich achten wir die Gesetze zum Schutz der persönlichen Sphäre."

„Aber wozu der ganze Aufwand, der auf mich einen Eindruck macht, als würde das ganze Weltall abgehört?"

„Herr Kohlpeter, Sie sind der Wahrheit sehr nahe. Diese technische Anlage ist einzigartig in der Welt. Wir finanzieren uns zum Großteil durch Privatsponsoren, die eine solche biotechnische Einrichtung für diverse Experimente nutzen. Ihre Besonderheit liegt in dem Verzicht auf sonstige technische Ausrüstungen, außer eben solchen Dingen, die mit Akustik zu tun haben. Wir sind ein Klangsanatorium im reinsten Sinne. Hier darf es keine elektromagnetischen Felder geben, die unsere Patienten stören könnten. Wir haben sogar auf die normale Beleuchtung verzichtet, nur damit keine Kupferleitungen in den Wänden verlegt werden mussten. Alles zum Wohle unserer Patienten. Wir behandeln nicht nur Tinnitus und Ohrgeräusche. Einige von ihnen kommen mit neuartigen Symptomen einer Strahlenüberempfindlichkeit zu uns.“

„Warum befindet sich das Sanatorium dann gerade im Berchtesgadener Land, das als Versuchsgelände für Radiowellen dient?“, wandte ich ein.

„Die Hörmuschel ist mit einer einzigartigen Schicht überzogen, damit keine äußeren Störfelder in das Gebäude eindringen können.“

„Das deutete schon Dr. Dreysen an.“

„Wir wollen mit dem Gebäude gerade in Berchtesgaden beweisen, wie leistungsfähig unser Sanatorium ist. Heutzutage gibt es keine von künstlicher Strahlung freien Gelände mehr. Sie können nur noch über intelligente Abschirmungen die Patienten vor dem Elektrosmog schützen. Da ist es eigentlich egal, wo sich das Sanatorium befindet. Aber wie ich sehe, sind Sie gut informiert. Ich freue mich auf jeden Patienten, der mit einem gewissen technischen Verständnis für unsere Arbeit hier eintrifft. Das beschleunigt dessen Heilungsprozess.“

Inzwischen waren wir über dem Loch zum Gehörgang angekommen. Wie auf einem Balkon, sahen wir weit in die zahlreichen Erhebungen und Vertiefungen der Ohrmuschel. Dr.

Malekin erklärte, auf meine Frage, woher die Einbeulungen kommen, dass sie kein Ergebnis von äußeren Gewalteinwirkungen seien oder schlechte Verarbeitung des Materials.

„Sie bilden akustische Resonatoren, die jeweils bei Schalleinwirkung aus den unterschiedlichen Richtungen angeregt werden. Dadurch ist ein akustischer Orientierungssinn überhaupt erst möglich. Entwicklungsgenetisch entstand die Ohrmuschel aus den Kiemen. Wir sind Wasserwesen. Und das erste sich ausbildende Organ des neuen Lebens im Mutterleib ist das Ohr. Aber dazu kommen wir noch. Sie haben die ersten drei Wochen Zeit, alles über Ihr Gehör kennen zu lernen: Hören, Orientierung und Körperausrichtung, sprich Gleichgewichtssinn. Deshalb erhalten Sie bei uns auch eine Tanztherapie, jeden Vormittag im Tanzsaal. Ich werde Ihnen die Räumlichkeiten zeigen, wenn Sie mir bitte in diese Tür folgen wollen."

Dr. Malekin zeigte mir einige wunderschöne Appartements für die Patienten. Ich nahm meines am äußeren Bogen der Hörmuschel mit weitem Blick hinüber zur Watzmannfamilie in Empfang.

Jede Wohnung hat eine Grundausrüstung mit diversen Musikinstrumenten. Dr. Malekin bemerkte mein skeptisches Minenspiel und zeigte auf die verstellbaren Schallschutzwände aus wunderbar geformten und farblich gestalteten Lochblechen. Alle Patienten können sicher sein, dass keine ungewollten Geräusche an ihr Gehör dringen. 'Seine Rede in Gottes Gehör', ging es mir durch den Kopf. Meine Skepsis sollte auf überraschende Weise bestätigt werden. Doch dazu später mehr.

Wir gelangten über mehrere Gänge einige Etagen tiefer. Vor einer Tür stand eine der Tafeln, die sich an markanten Stellen des gesamten Gebäudes befinden. Über Bildschirmberührung zeigte mir mein Begleiter, wo wir uns befanden und welche Funktion der Ort in Bezug auf das Gehörsystem des Menschen hat. Ich sprach die Stromversorgung des Bildschirmes an und wollte wissen, wie die Wärme- und Energieversorgung des Gebäudes funktioniere. Auch hier seien keine Kupferkabel verlegt worden. Der Bildschirm speise sich aus der Spannungsdifferenz zwischen der Hand und der Bildschirmoberfläche. Und die Wärmeversorgung erfolge über Geothermie. Ich wollte schon genauer nachfragen, denn das war mein altes Traumthema als Student, doch Dr. Malekin fuhr unbeirrt in seinen Ausführungen fort:

„Der Tanzsaal befindet sich genau zwischen den drei Bogengängen des menschlichen Innenohrs. Wie Sie sehen, das Gebäude ist komplett so konstruiert worden, dass die Funktionen des Klangsanatoriums mit der Struktur des menschlichen Hörsystems weitestgehend übereinstimmen. Einige Techniker behaupten sogar, das Gebäude funktioniere wie das menschliche Ohr. Das ist natürlich ein Mythos, der von den Ärzten und der Unternehmensgruppe wohlwollend kolportiert wird, freilich nicht ohne ein Augenzwinkern."

Ich habe seine Worte noch genau im Gedächtnis und wie er selbst dazu verhalten lachte. Aber zu jenem Zeitpunkt konnte ich die nötige Sensibilität noch nicht aufbringen, geschweige denn, den größeren Sinn der ganzen Anlage durchschauen. Natürlich kann man sich fragen, ob denn der Gedanke an eine Abhöranlage so weit weg ist, wenn man ein solch riesiges Ohr in der Landschaft herumliegen sieht. Aber Abhöranlagen arbeiten bereits viel effektiver und unauffälliger im erdnahen Orbit, da sind solche biologistisch-archaischen Monster unzeitgemäß. Und genauer besehen, ist der ganze über- und unterirdische Komplex ja auch keine richtige Abhöreinrichtung, sondern eben etwas ganz anderes.

Sowohl die Öffentlichkeit als auch die Mitarbeiter des Klangsanatoriums fanden den Mythos vom hörenden Ohr in den Alpen ganz witzig und das eigenwillige Gebäude hatte sogar schon Einzug auf den Karikaturseiten der Internetzeitungen gehalten, in einer Art offen ironischer Heimlichtuerei. Abgebildet wurde ein Elefantenohr, und die Ernsthaftigkeit des Behaupteten wurde derart überzogen in Frage gestellt, dass sich niemand getraute, genau das zu denken. Das Management des Hauses verhielt sich nicht ungeschickt, indem die entsprechenden Zeitungsberichte in einem der vielen Gänge ausgestellt wurden. Sollte heißen: Wir stehen über den Dingen.

Aber eigentlich hätte ich misstrauisch oder zumindest nachdenklich werden müssen, denn der technische Aufwand, mit dem der Tanzsaal als Kubus zwischen die drei Bogengänge gehalten wurde, ist doch sehr ungewöhnlich: Geschickt verkleidete dicke Federpakete und hydraulische Arme.

Dr. Malekin forderte mich auf, eine Hand an die Wand des Bogenganges zu legen. Tatsächlich, ich nahm ein leichtes Rauschen wahr. Das seien die Wasserbögen, die parallel zu den Bogengängen verlaufen und die Hörschnecke mit Frischwasser versorgen. Beim Menschen sei das ein geschlossenes System. Im Sanatorium befinde sich stattdessen ein komfortables Bad mit Saunen, Rutschen und einem wunderbaren Wasserwirbel. Eben für jeden Geschmack etwas. Wir liefen den Schneckengang entlang und ich konnte die Badegäste durch die durchsichtigen Wände im Wasser schwimmen sehen. Wie in jedem Bad, schwammen die älteren Gäste gemächlich ihre Runden, und die Kinder erfreuten sich der Rutsche, die am Schneckenhaus entlang bis zum inneren Wirbel führte.

Am ersten Bogen angekommen, zeigte Dr. Malekin auf die gegenüberliegende Wand und erklärte mir, dass dahinter die Nervenenden von den Bogengängen hin zum Auditorischen Cortex, dem Gehirn, entlang führen. Ich fragte ihn, wo diese Nervenbahnen hinter der Wand tatsächlich enden würden.

„Wenn Sie sich die Ohrmuschel überirdisch vorstellen wollen und das Innenohr unterirdisch, geschützt durch die Erdkruste als dem Knochenschädel der Erde, dann wäre das Innere der Erdkugel das Gehirn, wo die Nervenbahnen enden.“, so Dr. Malekin. Auf mein fragendes Gesicht hin, antwortete er lächelnd, der Cortex sei nichts anderes, als die Zentrale des Hauses.

Bevor er mir die Zentrale zeigen würde, wollte er mit mir den für jeden Patienten obligatorischen Rundgang durchführen. Als nächstes wären die für den Tinnitus entscheidenden inneren Haarzellen dran, die sich zwischen Basiliarmembran und Tectorialmembran befänden. Ich könne mir das vorstellen, wie eine Bürste in der einen Hand, deren Borsten nach oben stehen, während die andere Hand mit ihrem Handteller die Bürstenspitzen leicht hin und her bewegt. Wir betraten einen Raum, der komplett mit langen dicht aneinander stehenden Stangen ausgefüllt war, an deren Spitzen die Decke leicht hin und her schob und die Stangen bewegte.

Ich war wie elektrisiert. Mir standen die Haare zu Berge und auch Dr. Malekin sah mit seiner neuen Haartracht Furcht einflößend aus. Ich stolperte gegen eine der Stangen, die sich leicht zur Seite bog und eine Pore am Fußboden öffnete. Mit einer Hand versuchte ich Halt zu finden, doch auch die nächste Stange bog sich zur Seite. Dann erfolgte irgendwo ein Ladungsausgleich und ich fand mein Gleichgewicht wieder. Dr. Malekin setzte eine Grimasse auf und winkte mir zu, den Raum gemeinsam zu verlassen. Nachdem er die Tür hinter mir geschlossen hatte, reichte er mir einen in Kunststofffolie eingeschweißten Holzkamm und begann sich auch selbst zu kämmen. Vor der Tür drehte er ein Schild um, 'Betreten verboten!'.

„Das ist einer der interessantesten Orte unseres Klangsanatoriums. Mit ihm erklären wir unseren Patienten nicht nur die Funktionsweise des Innenohrs und die verschiedenen Krankheitsbilder des Tinnitus. An diesem Ort verstehen viele Besucher erst, wie die Biomechanik unseres Körpers und die elektrodynamischen Prozesse der Informationsweiterleitung im Nervensystem zusammenspielen. In dem Raum standen wir auf der negativ geladenen Basiliarmembran mit ihren Haarstangen. Die Decke, die sich über uns bewegte, war die positiv geladene Tectorialmembran. Sie werden in den nächsten Tagen noch einige Vorträge zum Thema Ohrgeräusche hören können. Übrigens, unter diesem Raum und dem Bad befindet sich unser Klangarchiv.“

„Das wundert mich nicht“, antwortete ich ihm. „Ohrgeräusche, die nicht von außen kommen, sind wahrscheinlich nur irritierte 'Gedächtnisklänge'.“

„Ich merke, Herr Kohlpeter, Sie haben sich bereits mit Ihren Ohrgeräuschen beschäftigt und eine eigene Theorie entwickelt.“ Die Stimmführung von Dr. Malekin hatte immer etwas Abwertendes. An dem, was er sagte, gab es nichts auszusetzen. Aber das 'Wie' erzeugte in mir ein Unbehagen, das ich zu jenem Zeitpunkt noch nicht so recht erklären konnte. Sprache und Melodieführung standen in einem Kontrast zueinander.

Wir gingen den Schneckengang wieder zurück und Dr. Malekin zeigte am Ende eines Flurs durch zwei Fenster auf das Mittelohr: Hammer, Amboss und Steigbügel. Wieder gab er einen kleinen Vortrag über deren Funktionsweise als Schallwandler im menschlichen Ohr. Dann bestiegen wir den Paternoster und fuhren eine Etagen tiefer in die Zentrale. Dort hielt sich gerade, neben den Sanatoriumsmitarbeitern eine Gruppe Patienten in orangenen Overalls auf.

Es ist der einzige Raum, der erkennbar mit Strom betriebene technische Gerätschaften enthält: Computer, Bildschirme und Schalttafeln. Daneben aber auch diese exotisch anmutenden Geräte vom Anfang des vorigen Jahrhunderts: Sprechtrichter und Hörmuscheln an extra eingerichteten Arbeitsplätzen, an denen einige der Patienten saßen. Bevor Dr. Malekin seinen Vortragston anstimmen konnte, nahm ich seinen Satz vermeintlich vorweg: „Die Zentrale ist die Schaltstelle zwischen den akustischen und elektrischen Signalen."

„Irrtum, Herr Kohlpeter. Das geschah ja schon im Innenohr, wie ich Ihnen vorhin erläuterte. Wenn wir im technischen Sprachgebrauch der Informationsübertragung verweilen wollen, dann wäre ein anderer Vergleich besser geeignet. In der Zentrale oder im Gehirn werden die analogen Signale in digitale Informationen transformiert und umgekehrt. Der Tinnituspatient registriert die störenden Geräusche, ohne sie selbst mit-zumachen, wenn sie verstehen, was ich meine."

Bevor ich etwas erwidern konnte, drehte sich eine Patientin in ihrem Stuhl zu uns herum, stand auf und zischte mit Zunge und Lippen einen furchtbaren Ton durch die Zähne. Die anderen wandten sich uns ebenfalls zu, erst erstaunt, dann lachend, bis der ganze Raum von einer heiteren Atmosphäre erfüllt war. Ein Patient verfiel plötzlich in eine Art Feixtanz und stürzte uns mit rollenden Augen entgegen. Er blieb ebenso abrupt vor mir stehen, wie er seinen Tanz begann, reichte mir die Hand entgegen und stellte sich vor: „Hermann, Peter Hermann. Seit einer Woche tinnitusfrei."

Etwas verwirrt gab ich ihm die Hand. Dr. Malekin regte sich kaum und dankte vor Verlassen des Raumes den Patienten für ihre tatkräftige Unterstützung. Auf dem Weg zurück in die oberirdischen Etagen gab er mir noch einige Hinweise für den Tagesablauf der nächsten Wochen. Neben der Grunduntersuchung und den täglichen Sitzungen mit den einzelnen Spezialisten, würde die eigentliche Klangtherapie den größten Zeitposten einnehmen. Er fragte mich beiläufig, welches Instrument ich mitgebracht hätte. Vorsichtig nannte ich den Triangel. Dr. Malekin blieb stehen und zeigte erstmals eine menschliche Regung. Er fasste mich an die Schulter und fing an zu lachen, erst mit angezogener Handbremse, dann prustend und schließlich lauthals, dass es durch den Gang schallte. Mir war es einfach nur noch peinlich, zumal gerade eine Frauengruppe in den hausüblichen orangenen Overalls vorbeikam. Als er sich endlich beruhigt hatte, nahm er mich an einer Nische zur Seite und entschuldigte sich für seinen Ausfall: „Sie dürfen mir das nicht übel nehmen. Aber wir führen eine Statistik über die mitgebrachten Instrumente. Jeder dritte deutsche Patient bringt einen Triangel mit.“

Ich konnte mich des Eindrucks nicht erwehren, dass ich mich bereits mitten in der Therapie befand. Und tatsächlich verabschiedete sich Dr. Malekin mit dem Hinweis, dass mir hoffentlich der erste Tag im Sanatorium gefallen habe und ich nun zum Abendbrot den Kompositionen der Küche folgen dürfe.

Ich ging auf mein Zimmer, räumte die Sachen in die Schränke und lief zum Speisesaal, wo ich auf Hermann traf, der sich sogleich zu mir setzte. Noch vor einem Monat hätte ich gesagt: 'Das Essen war ein Gedicht.' Wer Hermann kennen gelernt hat und mit ihm einmal gemeinsam speiste, der fängt in jeder Lebenslage unweigerlich an, für alles Klangvergleiche zu suchen. Das Essen war also eine Sinfonie in mehreren Gängen. Kannte ich aus meiner Kindheit noch die obligatorische Buchstabensuppe, so verwandelte sich auf Hermanns Teller jede Nudel in einen Notenschlüssel oder wenigstens in eine Notenzeile. Aus den Kartoffeln zauberte er mit Hilfe der Spargelstangen überdimensionale Noten und bevor er das Glas an den Mund führte, gab es ein kleines Ständchen. Im Essenssaal ging es ansonsten sehr gesittet zu. Niemand schien von Hermanns Überzogenheiten irgendeine Notiz zu nehmen.

Ich redete mir einfach ein, dass ich mich in einem typischen Sanatorium befand. Zu einem solchen Ort gehören eben auch kuriose Übertreibungen der einsitzenden Patienten. Erst in den folgenden Tagen sollten mir die wirklich tragischen Fälle begegnen, zu denen Hermann nur bedingt und aus ganz anderen Gründen gehörte.

Immerhin war der erste Tag derart ereignisreich und mit neuen Eindrücken angefüllt gewesen, dass ich meine eigenen Ohrgeräusche irgendwann völlig vergessen hatte. Und das, obwohl ich mich den ganzen Tag mit nichts anderem als den Ohren beschäftigte. In mir baute sich langsam ein Vertrauen auf, das von meinem Freund empfohlene Konzept der Klangtherapie könne aufgehen.

Nach dem Essen musste ich Hermann abschütteln. Seine Aufdringlichkeit vor aller Augen war mir unangenehm. Ich schützte vor, noch eine Anmeldeformalität klären zu müssen und verschwand in mein Appartement. Dort fand ich auf dem Wohnzimmertisch ein Heft mit Hinweisen zum Sanatoriumsaufenthalt. Die Seiten glitten mir durch die Finger. Es war keine Konzentration mehr an diesem Abend von mir zu erwarten. Der Blick aus der leicht gebogenen Fensterfront hinaus in die Abenddämmerung des Berchtesgadener Landes sollte mir etwas Ablenkung verschaffen, die aber nicht lange anhielt. Die plötzliche Ruhe und das Alleinsein im Zimmer ließ mein Ohrrauschen wieder ins Bewusstsein treten. Oder hatte ich mit dem Essen irgendetwas falsch gemacht? Wahrscheinlich hätte ich kein Tonicwasser trinken dürfen, von dem ich eigentlich weiß, dass es meinen Tinnitus verstärkt.

An der Wand gegenüber der Couch hingen in meinem Appartement diverse Musikinstrumente. Ich stand auf und griff mir die Gitarre, sie war tatsächlich gestimmt. Ich versuchte ein paar Akkorde zu spielen, aber das Klangergebnis stellte mich nicht zufrieden. Nun erst fiel mir auf, dass es im Raum keinen Fernseher gab. 'Doch nicht alles optimal', ging es mir durch den Kopf. Ich zog mich aus und legte mich nach der Abendhygiene ins Bett, um endlich Ruhe zu finden. Es war meine erste Nacht im Elefantenohr.

3. Kapitel

Erste Unterbrechung

Etwas störte; eine leichte Vibration. Kohlpeter sah vom Tisch auf und legte den Kopf schräg, als müsste er auch hören können, was er über den Körper empfand. Eine Schwingung, so tief, dass der Akustikraum für einen Moment ganz leicht in Bewegung geriet. Das war kein Ton mehr, sondern ein Beben, das den hörbaren Frequenzbereich nicht erreichte. Es hing bestimmt mit dem Haus zusammen. 'Eigentlich weiß man nie so recht, aus welcher Ecke das Problem gerade auftaucht', ging es ihm durch den Kopf. Kohlpeter legte die Glasfeder auf den Tisch, stand auf, öffnete das Schloss an der Tür mit einem Code, und ging in die Zentrale, um nach zu schauen, ob es eine Aufzeichnung gab.

Als er den Raum betrat, fiel ihm an der Tür auf, dass der Hausmeister seinen Strich mit Unterschrift vom heutigen Tag unter den Reinigungsplan gesetzt hatte. Akkurat aufgeräumt. An den einzelnen Hörplätzen hatte sich nichts im Vergleich zum Vortag geändert. Die Hörmuscheln lagen links und rechts von den Sprechtrichtern. Die Verbindungsschläuche verschwanden wie gewohnt hinter der Vertäfelung. Links von der Tür stand der Schallkonverter. Mit ihm werden die akustischen Signale in elektrische umgewandelt. Oder umgekehrt, je nachdem, was man damit erreichen will. Kohlpeter schaute über die Tafel. Alle Einstellungen standen so, wie er sie zuletzt vorgefunden hatte. So simpel und einfach ist die Technik, wie alles Geniale. Die ganze Anlage ist mehr als nur ein Höhrsystem. Es ist ein passives und aktives Klangsystem und macht dem Klangsanatorium dem Namen nach alle Ehre.

Laut automatischem Logbucheintrag wurde die Schwingung registriert, aber keine Richtung angegeben. Ein Erdbeben konnte nicht ausgeschlossen werden. Vielleicht war es wieder eine der noch wenig erforschten Hyperschallwellen, von denen es in letzter Zeit einige Aufzeichnungen gab. Kohlpeter sah sich noch einmal prüfend im zentralen Raum des Hauses um und verließ ihn.

Auf dem Rückweg nahm er den Paternosteraufzug und stieg die Etage vor dem Trommelfell aus. Seine innere Stimme verlangte diesen Kontrollgang zur Tube, obwohl der Eingang versiegelt war. 'Aus diesem Loch kann nichts mehr gekrochen kommen', schoss es ihm mit Genugtuung durch den Kopf. Er ging zurück und nahm einen Umweg. Eine Etage höher lief er den Rundgang entlang und warf einen Blick auf das Trommelfell. Die Narbe, quer durch die Mitte, ist unter der Oxidationsschicht kaum noch zusehen. Der natürliche Heilprozess des Materials war fast abgeschlossen.

Da stand der Hausmeister hinter ihm. „Sie wissen, dass Sie den Raum nicht ohne Hörschützer betreten dürfen. Diese Regeln gelten noch immer, auch wenn es niemanden mehr gibt, der sie administrativ durchsetzen kann, Herr Kohlpeter!“

Der Mann wusste genau, was er tat, denn Kohlpeter blieb gar nichts anderes übrig, als mit den Händen die Ohren zuzuhalten und dabei noch aufzupassen, dass er von der Luftströmung nicht fortgerissen wurde. Der Hausmeister hielt ihm die Tür zum Schacht auf und er musste sich an ihm vorbei zwängen. Nachdem sie den offenen Rundgang um das Trommelfell verließen, holte er schon tief Atem, um ihm seine Meinung zu sagen. Doch der griente nur und reichte ihm das Kontrollformular für Vorkommnisse zur Unterschrift.

„Wenn die Untersuchungskommission eintrifft, dann soll doch jeder für seine eigenen Handlungen gerade stehen, nicht wahr, Herr Kohlpeter?"

„Die außerplanmäßige Trommelfellreizung kam doch wohl von Ihnen und nicht von mir!"

„Ich will nur ausschließen, dass Sie sich hinterher über eine psychosomatische Irritation Ihres Gehörs beschweren, die Sie durch Ihre typische Ignoranz selbst verursacht haben."

Durch die Klarsichtscheiben sah Kohlpeter, dass sich das riesige Trommelfell beruhigt hatte und der Staub sich langsam wieder setzte. In der Mitte des Fells lag ein Gegenstand, der ganz nach dem Reinigungsgerät des Hausmeisters aussah.

„Haben Sie nicht mit der Reinigung genug zu tun?" Kohlpeter unterschrieb den Vordruck mit lässiger Handbewegung. Das Autogramm überzog gleich mehrere Zeilen. Darunter setzte er in kleiner Schrift den Hinweis auf die Nachlässigkeiten des Reinigungspersonals. Der Hausmeister in seinem blaugrauen Kittel grummelte.

Kohlpeter ging ohne einen weiteren Kommentar und erreichte nach wenigen Minuten sein Zimmer. Nun wusste er, was ihn beim Schreiben unterbrach. Ausgerechnet jetzt, wo er mit dem Bericht begann, betrieb dieser windige Typ seine Reinigungsarbeiten am Trommelfell. Das war bestimmt kein Zufall. Und wie auf Bestellung hörte Kohlpeter sein Kopf- und Ohrenrauschen in allen Tönen. Er erinnerte sich der Therapiestunden, setzte sich vor sein Oktavometer und summte sich etwas vor, bis der Ärger vorbei war und das Rauschen abnahm. Irgendwann hatte der Hausmeister endlich aufgehört, das Trommelfell zu traktieren.

Am nächsten Tag konnte er wieder den Akustikraum aufsuchen und ungestört seinem Auftrag nachgehen. Das automatische Schloss machte bei seiner Verriegelung diese rollenden und knirschenden Geräusche. Auf seinem Tisch hatte sich nichts verändert. Er schaute sich seine zuletzt geschriebene Seite an, und lief mit dem Blatt in der Hand in seinem freiwilligen Gefängnis auf und ab. Für ihn war klar, wenn eine solche Schwingung den Akustikraum erbebte, dann konnte sicher auch manch andere Frequenz die Abschirmungen unterlaufen. Aber gut, die Experten meinten ja zu wissen, was sie taten, und Kohlpeter setzte sich an den Tisch und schrieb den dritten Tag an seinem Bericht.

4. Kapitel

Farben, Töne, Wörter

Nach der Morgentoilette suchte ich den Speisesaal auf, wohl bedacht darauf, dass mir Hermann nicht über den Weg lief oder ich ihm in die Arme. Allein der Gedanke an seine Vorstellung am Vortag berührte mich unangenehm. Als ich den Saal betrat, hörte ich von den Tischen kleine Musikstücke abspielen. Ich nahm mir ein Tablett vom Wagen mit der Aufschrift 'Morgensuite' und hielt dabei Ausschau, wo ich einen Platz finden könnte. Die meisten Tische waren bereits belegt. Die Farbe Orange dominierte den Raum, aber auch einige Mitarbeiter in blaugrauen Overalls oder Besucher in Zivilsachen saßen an den Tischen. Etwas abseits, in einer Sitznische, fand ich einen freien Stuhl gegenüber einer gut aussehenden jungen Frau, die gerade freudestrahlend ihr Menü 'Fortissimo' öffnete. Eine aufmunternde Musik, nicht zu laut und nicht zu aufdringlich, erklang als Morgengruß. Ich lächelte ihr zu und setzte mich, gespannt darauf, was meine Tellerglocke unter sich verbarg und welche Melodie sie beim Öffnen freigab.

„Ach, ist das süß?“, suchte sie bei mir die Bestätigung, die ich ihr gerne gab, denn auch mein Menü begeisterte durch eine angenehme Melodie.

„Sie sind Besucherin? Ich bin auch den ersten Morgen hier. Wenn die Musik jeden Tag so läuft, dann wird mir das aber bald über sein.“, gab ich nun doch zu bedenken.

„Ich würde mir am liebsten so ein Geschirr einstecken. Ist doch eine tolle Idee mit der Musik.“

Und so wie die junge Frau den Satz aussprach, lief Hermann gerade um den Blumenständer herum und gab laut zum Besten: „Den Teller brauchen Sie nicht zu klauen, den gibt es im Souvenirladen, rechts am Ausgang.“

Meine Tischpartnerin konterte: „Zum Glück, ich würde mir zu gerne einen mit der 'Kleinen Nachtmusik' mitnehmen. Gibt es den dort auch?“

„Weiß ich nicht.“, gab Hermann klein bei und ging zu einer freien Sitzecke, weit weg von unserem Tisch.

„Auf den Mund sind Sie ja nicht gefallen?“

„Das wäre berufsschädigend in meiner Branche.“

„Sie sind Sprachtherapeutin?“

„Daneben! Ich bin Journalistin und soll vom 'Elefantenohr' berichten, wie wir in München das Sanatorium spaßhaft nennen. Und Sie sind Patient, wenn ich Ihren orangenen Anzug richtig deute?“

„Genau. Obwohl ich mich nicht als Patient im Krankenhaus sehe, eher als Urlauber im Kuraufenthalt mit medizinischer Betreuung.“

„Sie haben keinen Tinnitus?“

„Ich habe Kopfrauschen. Was das wirklich ist, werden mir die Spezialisten hier erklären.“ Ihre direkte Art wurde mir unangenehm. Ich musste aufpassen. Nicht, dass meine Äußerungen plötzlich auf der ersten Seite in einer Zeitung erscheinen. So etwas ist den Schreiberlingen immer zuzutrauen. Den nächsten Job könnte ich dann an den Nagel hängen. Es gibt schließlich Computerprogramme, die alle Tageszeitungen und Internetseiten nach Informationen über den zukünftigen Arbeitnehmer durchforsten. Gerade wollte ich ihr so etwas Ähnliches sagen, als sie mir zuvor kam:

„Sie brauchen keine Angst zu haben, wenn meine Beruhigung Ihnen jetzt nicht gleich wieder ein Affront ist. Ich bin nicht hier, um Krankengeschichten auszuspionieren, sondern ich will über den neuesten Stand in der Klangtherapie berichten. Das Sanatorium hier in Berchtesgaden ist das modernste in Europa."

„Und ich hatte schon gehofft, Sie sind eine neue Patientin, die Anschluss sucht, weil sie noch niemanden kennt. Ich jedenfalls bin auch neu hier und kann Ihnen deshalb kaum Auskünfte über das Sanatorium geben."

„Das ist aber schade. Ich hätte Sie zum Star meiner Berichte gemacht."

„Genau das habe ich befürchtet."

Die Schlagfertigkeit stand ihr gut. Ich wollte sie noch etwas testen, doch musste ich mich wegen der Eröffnungsveranstaltung des Sanatoriumsleiters mit dem Essen beeilen und beschloss, den Test noch etwas zu verschieben.

Einmal im Monat hält der Leiter des Klangsanatoriums, Professor Reinhardt, seine obligatorische Rede an die Patienten, Mitarbeiter und Besucher. Mit mir gab es offensichtlich eine Reihe von Neuankömmlingen, die nun über die Besonderheiten des Hauses, das Konzept des Sanatoriums im Allgemeinen und sein Therapiekonzept im Besonderen informiert wurden.

Da ich etwas spät kam, fand ich am Rande der letzten Sitzreihe einen Platz. Gleich nach mir schob sich Dr. Dreysen, der mich am Vortag als Erster begrüßte, auf den nächsten Sitz. Wir nickten uns stumm zu und folgten der Begrüßungsrede. Dann ging das Licht aus, eine sphärische Musik durchzog den Saal und über den Köpfen wurde eine Lasershow gezeigt.

Das Licht ging wieder an und Professor Reinhardt beendete seinen kurzen Vortrag mit den Worten: „Dies sind die

Klänge, die wir hören möchten, mit denen wir jeden Maschinenlärm, jedes Hämmern und alles Gekreische aus unseren Ohren verbannen wollen. Ohrgeräusche können wir nicht mit einem Schalter abschalten. Wir benötigen Ihre Aktivitäten, liebe Gäste des Hauses, und alle Sinne, die Sie zur Verfügung haben. In der Ausstattung sucht dieses Sanatorium seinesgleichen. Wir bieten jedem Einzelnen die modernsten Therapien und die erfolgversprechendsten Methoden, die die Mediziner und Psychologen zur Verfügung haben. Technisch sind wir auf dem höchsten Stand, dank unserer Partner in der Industrie und den Sponsoren aus der Gesellschaft. Tinnitus ist keine unheilbare Krankheit, sondern ein Symptom. Es gab eine Zeit, in der Tinnitus eine besondere Gabe war, die Stimmen der Götter zu hören, wie die alten Griechen zu berichten wussten. Die Mitarbeiter des Hauses und ich persönlich wünschen Ihnen, dass Ihr Wagnis zur Genesung von Erfolg gekrönt sei."

„Schöne Worte, nicht wahr?", murmelte die Journalistin, ohne den Blick vom Rednerpult zu nehmen, wo sich der Anstaltsleiter kurz verbeugte und sich unter Beifall anschickte, zu gehen. „Wen, glauben Sie, meinte er mit der 'Gesellschaft' und den 'Sponsoren'?" Nun sah sie mich direkt von der Seite her an. Ich gebe zu, die Frage verunsicherte mich. Als ich zu einer Gegenfrage ausholen wollte, winkte sie ab.

„Professor Reinhardt ist ein ausgebuffter Politiker. Der weiß ganz genau, wie man an öffentliche Gelder herankommt. Der ist nicht nur in der richtigen Partei, sondern hält diverse Fäden in Lobbyverbänden und manch geheimen Bünden in seinen Händen, glauben Sie mir. Der Mann ist immer auf Wahlkampftour, egal, vor wem er redet."

Ihre Bemerkungen, die diesen seltsamen Unterton mit sich führten, wollten mir lange nicht aus dem Kopf gehen. Als 'Feder', wie ich sie von nun ab nannte, nach Beendigung der offiziellen Veranstaltung aufstand und Professor Reinhardt einige Fragen stellte, sah ich darin nichts Ungewöhnliches oder gar Verdächtiges. Sie wollte schließlich vom Elefantenohr berichten. Dennoch hatte sich ein Misston eingeschlichen, der meine Aufmerksamkeit hervorrief.

Nach der Eröffnungsrede sollte ich mich beim Hörakustiker melden. Ich ging zum Paternoster und fuhr in eine der Kelleretagen, die mir angegeben wurde. Im Hörstudio begrüßte mich Dr. Frohnert und stellte einen Techniker vor. Es folgte ein Kurzgespräch mit den obligatorischen Hinweisen zum Verlauf des Hörtestes. Das hatte ich freilich alles schon ein duzend Mal durchgemacht. Ein halbes Jahr nach dem Tauchunfall sollte eine Operation das Trommelfell auf der linken Seite schließen. Meine Aussagen dazu nahm der Arzt protokollarisch auf. Dann begann der Hörtest.

Rein technisch passierte nichts Besonderes. Da werden die Töne hoch und runter gespielt und man hatte anzuzeigen, ob und wann man etwas gehört hat. Das ist nicht anders, als wenn man sich auszieht und der Arzt den Rücken abklopft und fragt, ob etwas wehtut. Früher hat mir so etwas nichts ausgemacht. Ich sah meinen Körper eher als etwas Äußeres, von dem der Arzt besser wüsste als ich, wie die Sehnen und Muskeln, die Pumpstation und die anhängenden Aggregate, eben der Mensch in seiner Maschine, funktionierte. Im Ausbildungscamp der Firma hatte ich mich über einen Zimmernachbarn lustig gemacht. Eine Ärztin mit Dienstrangabzeichen hatte ihn nach seinem Erklärungsversuch, warum sein Knie nach einem leichten Unfall schmerzte, zurechtgewiesen: 'Sie meinen also, Ihren Körper besser zu kennen als ich?' Als er verblüfft widersprach, wurde er gesund geschrieben und hatte wochenlang Probleme.

Nun aber saß ich auf einem Sessel und jemand fragte meine Sinne ab, die mir nicht mehr so selbstverständlich zur Verfügung standen. Ich musste aufpassen, dass ich nicht verkrampfte. Sobald die Testtöne in einen Bereich kamen, den ich kaum mehr wahrnehmen konnte, nahmen meine Ohrgeräusche zu. Der Tinnitus trat in Wettbewerb zu den eingespielten Tönen. Meine Angaben wurden vage und unpräzise. Dr. Frohnert kündigte einen weiteren Test an und der Techniker spielte mir in hoher Frequenz einen Klopfton ein. Es ging bis an die Schmerzgrenze, sodass ich mir die Hörmuscheln vom Kopf riss und ihn anfuhr, was er sich da einbilde, mit mir machen zu können. Dr. Frohnert blieb gelassen, entschuldigte sich mit einer kurzen Bemerkung und quittierte das Ergebnis.

Als ich meinte, alles sei nun erledigt und ich könne zu meinem nächsten Termin, führte mich Dr. Frohnert in eine angrenzende runde Kabine und ließ mich auf einem Stuhl Platz nehmen. Er setzte mir keine Hörmuscheln auf und verkabelte mich auch nicht mit irgendeinem anderen technischen Gerät. Der Raum sei ein Magnet-Akustik-Transponder, eine Neuentwicklung zur Erfassung subjektiver Hörempfindungen. Es würde ein paar Minuten dauern. Durch eine Sichtscheibe sah ich nur die Rücken der beiden Männer.

Das Fenster wurde immer kleiner und die Körper verschwammen. Irgendetwas drückte mir auf den Nerv. 'Ein allergischer Anfall', schoss es mir durch den Kopf. Ich vertrug etwas in diesem Raum nicht. Oder der vorhergehende Hörtest hatte etwas ausgelöst, das in meinem Körper reagierte. Mir wurde übel. Da rollte mächtig etwas heran, das mir Angst machte. Panik wollte sich aber nicht breit machen. Inzwischen verengte sich der Tunnelblick bis auf einen weißen Strahl, der plötzlich aufbrach und in allen Farben des Spektrums erschien. Ich hörte auf, dagegen anzukämpfen und versuchte nur, ruhig zu bleiben.

Als der Anfall vorbei war, fand ich mich auf einer Liege wieder, um die herum Dr. Frohnert, sein Techniker und eine Stationsschwester standen. Ich richtete mich auf und die Schwester gab mir ein Glas Wasser.

„Da haben Sie uns aber einen schönen Schrecken eingejagt.“, hörte ich Dr. Frohnert sagen, während ich von der Liege aufstand. Ich wusste mit dem Vorwurf, der in seiner Stimme lang, nichts anzufangen. Zu einer Erwiderung war mir aber auch nicht zumute. Ich winkte nur ab, nahm noch einen Schluck und meinte, dass es mit den Experimenten nun aber reiche. Ich versuchte seitdem, ihm weitestgehend aus dem Wege zu gehen. Mein Vertrauen in das Haus war von da ab etwas angekratzt. Vielleicht sollte ich schreiben, dass ich ab jenem Zeitpunkt genauer aufpasste, was die Ärzte des Hauses mit mir anstellen wollten. Nun fragte ich vorher, womit ich zu rechnen hätte. Mein Körper war mir nicht mehr ein gut funktionierender Apparat, den ich mit meinem Hirn perfekt im Griff hatte. Freilich hatte mich der Tinnitus bereits an die Unwägbarkeiten meiner biologischen Struktur erinnert. Aber ich verstand von nun an, dass meine Sinne nicht einfach dort in einem Produkt der Evolution steckten und mein Hirn als Betrachter und Wächter über allem schwebte. Ich selbst war reduziert auf diesen Tunnel, auf diese Spektralfarben. Mein 'Ich' war Farbe und Licht und irgend so ein Wort der Krankenschwester, in einem lang gezogenen hohen Ton. Es stand nicht einfach nur ein Baum vor mir, den ich mit Händen greifen konnte, der außerhalb meiner Sinne existierte. Nein, diese Sinne gehören mir. Sie sind mein Körper und mein Geist.

Die Schwester verließ mit mir den Raum und brachte mich in mein Appartement, nicht ohne noch einmal den Puls gemessen zu haben. Im Zimmer angekommen, dunkelte sie etwas die Fenster ab, stellte mir noch ein Getränk auf den Tisch und sagte mir einen ruhigen Vormittag zu. Ich sollte mich erst einmal beruhigen und etwas erholen. Der Dienst habende Arzt würde in Kürze kommen und sich von meinem Zustand berichten lassen.

Als die Schwester den Raum verlassen hatte und ich es

mir auf der Liege bequem machte, stellte sich ein Nachhalleffekt ein und ich tauchte nochmals in den Tunnel ab. Diesmal jedoch behielt ich mich soweit im Griff, dass ich nicht das Bewusstsein verlor. Ich versuchte, mich in den Spektralfarben zu orientieren und bemerkte, dass den Farben Töne zugeordnet waren. Oder ordnete ich den Farben die Töne zu? Hatten meine Kopfgeräusche auf meiner Netzhaut Reizungen erzeugt?

Aber was sollten solche Worte wie 'Netzhaut' oder 'Reizungen' aussagen gegenüber dem, was ich sah und hörte? Nur weil etwas im Hintergrund funktionierte, änderte sich an dem Erlebnis nichts. Die Farben zogen ihre Kreise und Schleifen. Die Töne sangen ihre Melodie dazu. Oder war all das ich selbst? Spielte ich die Töne und malte die Farben? Gerade als ich darin zu versinken drohte, ging die Tür auf und Dr. Dreysen betrat das Zimmer.

Er entschuldigte sich, dass er eintrat, ohne meine Aufforderung abgewartet zu haben. Aber er hatte gemeint, mir ginge es nicht gut.

Ich stand von der Liege noch etwas benommen auf und nahm einen Schluck von der Flüssigkeit, die mir die Schwester mit dem Glas auf den Tisch gestellt hatte. Dr. Dreysen setzte sich mir gegenüber und wollte wissen, was sich ereignet hatte. Ich erzählte ihm von der Untersuchung und dem anschließenden Aufenthalt in der runden Kammer. Dr. Dreysen legte die Arme auf seine Knie und beugte sich leicht nach vorne, wie er es immer tat, wenn er dichter an jemanden herankommen wollte. Mit dem Kopf nickte er kurz, als ich endete.

„Herr Kohlpeter, und jetzt erzählen Sie mir, was Sie wirklich erlebt haben!“

Ich schaute ihn fragend an. Was er mit 'wirklich erlebt' meinte, schien so ziemlich klar zu sein. Wirklich war für ihn, was in meinem Kopf vorging, oder besser, was mit meinen

Sinnen geschah. Soweit spielte er seine Rolle als Psychologe ganz ordentlich. Aber musste ich ihn zu mir hineinlassen und wenn ja, unter welchen Voraussetzungen? Meine Körpersprache verriet ihm wohl, dass ich nicht gewillt war, so einfach mein Persönliches preiszugeben. Ich wollte die Erlebnisse erst einmal für mich behalten. Mich meiner selbst versichern, auch wenn ich so etwas in Bezug auf meine innere Welt in der Weise noch nie getan hatte. Zumindest meinte ich das. Später sollte Dr. Dreysen mir meine Welt in ein anderes Licht tauchen. Oder sollte ich schreiben, 'in eine andere Melodie'? Doch auch er hatte einige Prüfungen zu bestehen, die aber ich ihm aufgeben wollte.

„Warum soll ich Ihnen etwas Anderes erzählen, als das, wovon ich gerade berichtet habe?"

„Weil Sie mir nur Äußerlichkeiten erzählten. Die kenne ich auch schon von Dr. Frohnert. Und dass Ihnen übel wurde, gehört in die medizinische Branche der Eingeweide und des Kreislaufes. Diese Fächer wurden bereits von der Krankenschwester bearbeitet."

Mich wunderte, wie er mit mir sprach. Nicht so, als wäre ich ein sensibler Patient, sondern so, als wüsste er, wie ich mit mir selbst zu sprechen pflege. Immer direkt und gerade heraus, wie man das mit einem gut geordneten modernen Menschen tut. Darauf war ich immer stolz: Die beste Ordnung im Revier hatte ich. Das sollte mir erst einmal jemand nachmachen. Wollte Dr. Dreysen mir diesen Platz hier in meinem Zimmer streitig machen? So leicht würde ich keinen Psychologen an mich heran lassen. Ich bin schließlich hierher zu einer Klangtherapie gekommen, nicht zu einer Psychotherapie.

„Sie fragen so, als hätte ich gelogen."

„Ach nein, jetzt erzählen Sie mir nicht, Sie hätten gar keine Ahnung, wovon ich spreche. Sie sind selbst klug genug zu wissen, dass es eine innere und eine äußere Welt gibt. Sie haben etwas erlebt. Und das bedeutet, Sie haben zu den äußeren Vorgängen etwas hinzugetan, sich selbst, die eigenen Sinne und Gedanken.“

Ich sagte mir, er kann sowieso nicht in mich hineinschauen. Er muss doch alles erfragen. Also wollen wir mal sehen, wer hier der Chef im eigenen Hause ist. Außerdem konnte ich mir kaum vorstellen, dass er auf den Tunnelblick und die Farben aus war. Was wollte er damit anfangen?

„Ich weiß nicht, wovon Sie reden? Natürlich hatte ich Erlebnisse, wenn Sie das meinen. Soll ich Ihnen jetzt erzählen, wie mir übel wurde? Erwarten Sie einen Bericht meiner Speiseröhre und Magensäfte? Wissen Sie, was mir durch den Kopf ging: Ganz schön übel hier im Tonstudio. Ich bin ein gut sortierter Mensch. Ich weiß, was um mich herum geschieht. Wahrscheinlich hatte ich eine allergische Reaktion. Irgendein chemischer Stoff in dieser Kammer hatte mir zugesetzt. Sie sollten also besser mit mir einen Allergietest durchführen, als irgendetwas Nebulöses aus mir heraus zu kitzeln.“

Bevor Dr. Dreysen etwas erwidern konnte, ging die Tür auf und Dr. Malekin trat ein.

„Und Sie können auch nicht anklopfen?“, war meine spontane Reaktion. Aber es kam mir ganz recht, dass die Situation sich änderte und Dr. Dreysen sein Konzept nicht durchziehen konnte.

„Danke Dr. Dreysen, dass Sie sich so schnell um Herrn Kohlpeter gekümmert haben. Sie können zu Ihrer Therapiegruppe gehen. Ich glaube, die wartet schon auf Sie. Ich übernehme den Fall.“

Dr. Dreysen verabschiedete sich kurz und ging. Dr. Malekin wusste genau, was bei der Untersuchung abgelaufen war.

„Sie brauchen sich nicht beunruhigen. Sie erlebten eine tonale Überreaktion auf den Hörtest. Ich will nicht sagen, dass wir das selbst bewusst provoziert hätten. Nun wissen wir aber, dass Sie in diesem Spektrum eine besondere Sensibilität haben. Ist Ihnen so etwas schon früher passiert?"

„Zu meinen Ohrgeräuschen kenne ich noch eine Art Migräneanfall nach 'Rückkopplungen', wie ich das für mich bisher benannt habe. Auf dem Weg hierher, mit dem Schlitten, passierte mir so etwas Ähnliches. Die Töne werden so aufdringlich, dass es an die Schmerzgrenze geht."

Dr. Malekin tat nun das, was alle Ärzte tun. Er untersuchte mich. Sah in die Augen und auf die Zunge. Klopfte mich ab und legte sein Stethoskop auf Brust und Rücken. Stellte noch ein paar Fragen und bestimmte den weiteren Tagesablauf. Ich sollte mich noch etwas ausruhen und dann könne ich, wenn es mir gut gehe, die Therapiegruppe von Dr. Dreysen aufsuchen.

„Dr. Dreysen ist ein guter Mann. Von ihm können Sie einiges mitnehmen." Damit verabschiedete er sich und ich hatte Zeit, mich zu sortieren.

Im Nachhinein weiß ich, was beim Test wirklich geschehen war. Ich hatte eine erste Tunnelung mit spektralem Fächer erlebt. Woher sollte ich zu jenem Zeitpunkt ahnen, was das zu bedeuten hatte? Und die unterschiedlichen Rollen, die beide Ärzte spielten, waren für mich noch nicht zu erkennen.

Ich blieb den restlichen ersten Tag in meinem Zimmer und spazierte am Abend in der frischen Schneeluft. Dort erinnerte ich mich des Vergleichs vom Vortag, den Dr. Dreysen mit den Schneeflocken anstellte. Die Flocken, die alle anfänglich gleich aussehen, würden sich voneinander in der Kristallstruktur stark unterscheiden. Als Spezialist für Informationsbeschaffung kam mir in den Sinn, die Matrix wäre kein computergesteuertes Informationsband, sondern ein Schneefallgebiet. Jede Schneeflocke hätte eine verschlüsselte Botschaft. Da könnte man doch ganze Armeen steuern und brauchte keine Funkgeräte. Zuerst sieht alles wie ein Rauschen aus, was bei näherer Betrachtung plötzlich eine Ordnung enthält.

Ich hatte mich mit dem Spaziergang wieder gut in den Griff bekommen. Mein Gehirn funktionierte und die Agentenphantasie lief wieder wie von alleine.

Am nächsten Tag ging ich nach dem Frühstück zur Klangtherapie. Nachdem Dr. Malekin sich über meinen Triangel belustigte, wollte ich ihn natürlich nicht zur Therapie mitnehmen und griff deshalb nach einer Gitarre, die sich an der Wand des Wohnzimmers befand. So ausgerüstet, wenn auch ungeübt, ging ich den Gang zum Fahrstuhl und stieß auf Hermann. Der griff auch gleich nach meinem Instrument, das ich aber fest in der Hand hielt. Er zog eine Hand über die Saiten und hob mit der anderen eine Mundharmonika an seine Lippen. Während der Fahrstuhl nach unten fuhr, spielte er und stieß mit den Fingerkuppen der freien Hand an die Gitarrensaiten. Und es klang nicht schlecht. Er schaute mich dabei unentwegt an, als wollte er mir etwas erzählen oder aufdrängen. Jedenfalls hatte ich das Gefühl, wir hätten etwas Dringendes miteinander zu klären.

Als der Fahrstuhl hielt, nahm er seine Mundi herunter und verabschiedete sich. Er müsse zu einer Sitzung mit seinem Psychologen, er habe Töne im Ohr, die aus dem Hause kämen, irgendwo aus den Wänden. Dann verschwand er im nächsten Gang. Ich musste eine Etage weiter. Mir ging dieser Typ einfach nicht aus dem Sinn. Wenn ich durch die Gänge lief, fürchtete ich nach drei Tagen immer, Hermann würde mir über den Weg laufen. Er konnte wohl seine Ohrgeräusche nicht digitalisieren, sprich: nicht beherrschen. Er war mir das Grauen, das vor mir stand, wenn ich manches Mal meine Geräusche nicht loszuwerden oder zu überspielen vermochte.

Ich betrat den Therapieraum zu früh und hatte dadurch noch etwas Zeit, mich umzusehen. Ein riesiger Gong stand an der gegenüberliegenden Wand. Daneben hingen an einem Ständer verschiedene Klöppel, mit denen der Gong zum Tönen gebracht werden konnte. Ich ließ meine Hand über der strukturierten Oberfläche entlang gleiten. Wie kleine Schuppen zeichneten sich die Hammerschläge des Handwerkers in der Bronzefläche ab. Erst kratzte ich mit den Fingernägeln leicht über das Edelmetall, dann klopfte ich mit den Fingerspitzen dagegen. Es reizte mich und ich klopfte mit der Faust. Doch ich war etwas enttäuscht. Der Ton blieb unter meinen Erwartungen.

Ein Atem in meinem Nacken ließ mich herumfahren. Eine Frau mittleren Alters hielt einen kleinen Klöppel mit flauschigem Bezug in der Hand, lächelte mir mit großen Augen zu und klopfte in kurzen schnellen Abständen auf eine Wölbung des Gongs, die ich vordem nicht wahrgenommen hatte. Nun baute sich ein Klang auf, welcher der großen Metallronde den ersten brauchbaren Ton entlockte. Ich war erstaunt und die Frau nickte mit dem Kopf und gab ihr Lächeln frei, das den Klang in den Raum begleitete.

„Sie sind eine Künstlerin. Ich hätte bestimmt mit einem großen Gegenstand einfach gegen die Scheibe gehauen."

„So sahen Sie eben nicht aus. Mir schien, Sie würden den Gong streicheln.", antwortete sie.

„Sie haben recht, man muss etwas kräftiger dagegen schlagen.", wollte ich meine angesprochene Zaghaftigkeit entschuldigen.

„Sie machen das schon richtig! Die meisten Kursteilnehmer muss ich erst herunter holen und daran erinnern, dass Elefanten ganz sensible Tiere sind."

„Entschuldigung, Sie sind die Klangtherapeutin, mein Name ist Kohlpeter." stellte ich mich vor.

„Kein Grund zur Entschuldigung. Das konnten Sie ja nicht wissen."

„Wenn ich Sie recht verstehe, dann ist dieser Gong also das eigentliche 'Elefantenohr', von dem die Berchtesgadener in Bezug auf die Architektur des Hauses sprechen.", versuchte ich etwas umständlich Boden ihr gegenüber gut zu machen.

„Nein, dieser Gong ist noch recht klein. Der große steht unten im Eingangsbereich, in der Lobby.“ Ich musste wohl ein dummes Gesicht gezogen haben, denn sie fühlte sich zu einer Erklärung ermuntert. „Wenn Sie in die Lobby hineinkommen, dann hängt über die gesamte Wandfront ein riesengroßer Gong, der nur zu seltenen Anlässen von zwei Männern angeschlagen wird. Ist Ihnen das Instrument noch nicht aufgefallen?“

„Ich gebe auf, Sie haben ja recht, ich bin ein Ignorant.“ Was sollte ich auch antworten; die runde Scheibe ist also ein Gong.

Diese ältere Frau mit ihren langen gebundenen silbergrauen Haaren und der wunderschönen Zeichnung um Augen und Mund traf mich tief im Inneren. Was Dr. Dreysen bis dahin nicht schaffte, hatte sie mit einem Male erreicht. Ich ahnte, dass vor mir ein Weg des Lernens und Erfahrens lag, den ich erst noch zu beschreiten hatte. Denn ich steckte noch immer in der Hektik des Alltags, der nur wenig mehr als meine Maulwurfperspektive frei gab.

„Nach diesem Wortgefecht würde ein Mönch sich verbeugen. Lassen Sie uns beide dieses Ritual kurz vollziehen.“ Sie verbeugte sich vor mir. Ich tat dasselbe etwas unbeholfen. Dann erklärte sie mir, das 'Elefantenohr' sei extra von einem japanischen Priester in einem Tempel geweiht und per Schiff über Hamburg in das Klangsanatorium transportiert worden.

„In unserer abendländischen Kultur gibt es die gesegneten Glocken. In der morgenländischen Kultur sind es häufig die großen Gongs. Musik als Therapie ist uralt. Musik ist Energie, mit ihr besteigen wir die Stufen unseres Bewusstseins. Es kommt also darauf an, dass jeder für sich seinen Ton findet, damit seine eigene Energie fließen kann.“ Sie zeigte auf die Gitarre und wollte wissen, warum ich gerade dieses Instrument mitgebracht habe.

Es sei ja nicht mein eigenes, entschuldigte ich mich. Sie kannte bestimmt alle Instrumente aus den Appartements. Ich wollte ihr also nichts vormachen.

„Herr Kohlpeter, Sie entschuldigen sich viel zu viel. Unter musikalischen Menschen spielt das keine Rolle. Es zählen nur der eigene Ton und die Musik, die jeder irgendwie aus sich herausbringt, wenn unser Körper mit einem Instrument in Resonanz geht. Versuchen Sie es!“

„Ich habe schon lange nicht mehr gespielt.“, fand ich schon wieder eine Entschuldigung. Sie schaute mich nur an und wartete lächelnd. Meine ersten Stimmversuche waren unsicher und die Melodie musste ich immer wieder unterbrechen und neu beginnen.

„Gibt es einen Ton auf der Gitarre, der Ihnen besonders gut gefällt, oder eine Harmonie, die es ihnen besonders angetan hat?“

Ich erinnerte mich eines kleinen Stückes, das ich mir vor langer Zeit, als ich die ersten Schritte auf der Gitarre lernte, selbst beibrachte. Ich spielte es ihr vor und sie drehte sich zum Keyboard um und begleitete den Akkord. Da war die Stunde vorbei, ich konnte es nicht fassen. Sie lächelte mich an und mir schoss durch den Kopf, ich müsste sie zum Essen einladen. Aber was sollte das in einer Kantine ergeben? Als hätte sie meine Gedanken erraten, verwies sie mich auf die nächste Therapiestunde. Und ich freute mich auf die Verabredung.

Sie versuchte nicht, in mich hinein zu kriechen oder mir zu sagen, was im Unterbewusstsein herum spukt und mich steuert. Mich steuert niemand! In mir muss etwas aufgefüllt werden. Ich meine, es muss etwas gestaltet werden. Das aufgebrochene schwarze Loch braucht eine Struktur. Vielleicht auch so etwas wie eine Ordnung, die ich für mich immer beansprucht habe. Die Klangtherapeutin meinte, es sei so etwas wie ein sprudelnder Quell, aus dem ich schöpfen könne. Ich müsse nur Vertrauen in mich haben und in die Tiefen meiner eigenen Gefühle, dann würde ich auch anfangen, die Töne selbst zu gestalten. Klingt verrückt. Im wahrsten Sinne des Wortes. Es ist ein wenig zur Seite verrückt, etwas 'abseitig', würde ich sagen. Aber das habe ich verstanden. Ich soll auf meine eigene Stimme hören.

Ich verließ das Zimmer und wunderte mich im Nachhinein, wieso ich mit der wunderbaren Therapeutin die Unterrichtsstunde allein zugebracht hatte. Ein Blick auf meinen Folianten klärte mich über den Irrtum auf. Erst die folgende Stunde sollte eine Gruppentherapie stattfinden - Tanztherapie. Der Kurs fand in dem Kubus statt, den mir Dr. Malekin am ersten Tag gezeigt hatte. Ich fuhr mit dem Paternoster in das Innenohr. Als ich die Kabine verließ, stieß ich fast mit Feder, der Journalistin, zusammen, die gerade aus einem Seitengang einbog.

„Was denn, am Vormittag schon im Spaßbad gewesen?“, überspielte ich meinen Schreck.

„Nein, ich komme aus der Zentrale und will mir die einzigartige Klangbibliothek des Hauses ansehen. Aber ich habe mich wohl verlaufen.“

„Da kann ich Ihnen auch nicht helfen. Aber da lang geht es zum Tanzkubus. Wenn Sie mitkommen, hätte ich schon mal eine Tanzpartnerin.“

„Ich glaube, ich muss Sie enttäuschen. Zum Einen kann ich nicht wirklich gut tanzen. Zweitens muss ich noch einen Artikel fertig schreiben und zur Redaktion überspielen. Da brauche ich die Ruhe einer Bibliothek.“

„Na, ob Sie in einer 'Musik'-Bibliothek die nötige Ruhe finden?“, unkte ich verschmitzt und wunderte mich über mich selbst. Für Schlagfertigkeit gegenüber dem anderen Geschlecht war ich mir eigentlich nicht bekannt. Alles eben eine Frage der Musiktherapie. Ich hatte heute das richtige Händchen für die Frauen.

„Das kommt auf die Musik an. Es gibt Melodien, da kann ich besonders gut schreiben. Im Zweifelsfall wird es auch Kopfhörer geben."

„Es wird wohl eine Reportage fürs Fernsehen, wenn Sie hier gleich mehrere Tage bleiben.", versuchte ich das Thema zu wechseln.

„Ich schreibe eine Artikelserie. Das Haus ist einzigartig und Professor Reinhardt ist zudem Spitzenkandidat im Wahlkampf. Da passt einfach alles zusammen. Das Konzept und das Sanatorium sind auch nicht ganz unumstritten. Haben Sie nicht den Eindruck, Ihre Kopfgeräusche verstärken sich?"

„Nein, wieso?", antwortet ich etwas überrascht. Befand ich mich nun schon in einem Interview? Bei Journalisten musste man ja aufpassen. Meine eben erst erlangte Leichtigkeit war dahin.

„Herr Kohlpeter, Sie fehlten gestern bei den Therapiestunden, nachdem Sie einen Kollaps erlitten."

„Ich bin Allergiker und habe bestimmt irgendeinen Stoff berührt, den ich nicht vertrage."

„Auch das ist schon ungewöhnlich für das modernste Klangsanatorium Europas."

„Ja, aber es könnte doch noch andere Hintergründe geben. Vielleicht hatte ich eine Rückkopplung im Gehörgang, was sich auf den Magen schlug. Oder das Frühstück bekam mir nicht. Ich hätte den heißen Kakao auf nüchternen Magen besser sein lassen sollen."

„Sehen Sie, so viele Mängel in einem Haus, dass zu großen Teilen von Steuergeldern gebaut wurde!"

„Ich glaube, ich muss zu meiner Therapiegruppe. Ich bin schon wieder etwas spät dran. Und da Sie nicht mitkommen wollen, werde ich auch noch ohne Partnerin bleiben." Ehe Feder noch etwas erwidern konnte, verabschiedete ich mich und lief zum Kubus zwischen den drei Bögen. Die Tür stand noch offen, ich kam nicht ganz zu spät, obwohl ich von außen klare Anweisungen einer Frauenstimme hörte. Es war der Tag der Frauen. 'Was wundert es, wenn es um die Sinne geht', schoss es mir durch den Kopf.

Im Kubus bot sich mir ein überraschendes Bild. Es standen sich keine Partner gegenüber. Reihentänze waren ebenso nicht in der Vorbereitung. Die Tanzlehrerin, eine etwas korpulente Frau mit kratziger Stimme, hatte die Kursteilnehmer in vier Gruppen sternförmig aufgeteilt und stand in der Mitte, um weitere Anweisungen zu geben. Ohne mich groß zu beachten, zeigte sie auf eine Gruppe, der ich mich anschließen sollte. Das kam mir sehr entgegen, brauchte ich doch keine Begründung für mein Zuspätkommen anführen.

Zu den Kursteilnehmern 'Tanz- und Bewegungstherapie' gehörten neben Patienten mit den orangenen Overalls auch solche mit blauen und grünen. In einer der Pausen erfuhr ich, dass im Klangsanatorium nicht nur Tinnituspatienten behandelt wurden, sondern ebenso Patienten mit Bewegungsstörungen und allgemeiner Sinnesüberreizung. Ein junger Mann in grünem Dress erzählte mir, dass er als Beauftragter einer Ölfirma im Dschungel nach neuen Lagerstätten suchte. Er hatte sich mit zwei Kameraden verirrt und furchtbare Strapazen durchmachen müssen. Nun wird er von einem Arzt zum anderen geschickt, weil er Symptome eines Synkretisten habe. Wenn er bestimmte Kräuter oder Gewürze zu sich nehme, dann sehe er Farbreflexe oder meine, ihn würde jemand anfassen.

„Damit Sie den Tanzraum richtig verstehen, tanze ich Ihnen einige Bewegungen vor. Achten Sie auf die dadurch erzeugten Töne. Abschließend wird jeder hierher in die Mitte kommen und die Möglichkeit haben, seinen Körper schwingen zu lassen.“ Sie gab ein Zeichen und begann erst mit einfachen Bewegungen, die sich zunehmend zu komplexeren Figuren ausformte. Ihre Beweglichkeit stand im Kontrast zu ihrer

Körperfülle und hatte einen ganz eigenen Charme. Noch beeindruckender war die Musik, die sie mit ihren Bewegungen erzeugte.

Zuerst langsam getragene Melodien, dann etwas schwungvoller, bis das Fortepiano in ein Fortissimo komplett überging. Sie hielt inne, stapfte kurz mit dem Fuß auf und begann Körperfiguren vorzutanzen, die ich einem Bolero oder Flamenco zugeordnet hätte. Mit jeder Handbewegung und jedem Körperdreh beeinflusste sie die Musik. Dann beendete sie ihre Darbietung und verbeugte sich unter dem Beifall der Kursteilnehmer. Wir hatten verstanden, was in diesem Raum durch unsere Körperbewegung geschehen würde.

„Junger Mann, ja Sie, Sie haben die Tür offen stehen lassen. Sie dürfen sie schließen und dann zu mir kommen." Alle sahen mich an und ich schloss die Tür und wartete anschließend neben der Tanzlehrerin, was passieren würde. Natürlich geschah nichts, solange ich mich nicht bewegte.

Sie betätigte eine Fernbedienung und vollzog langsame Armbewegungen. Ein etwas getragener tiefer Ton erklang. Dann erfolgten eine grazile schnelle Kreisbewegung des linken Armes und eine schwenkende Bewegung der rechten Hand am ausgestreckten Arm. Der Ton zog etwas in die Höhe und ein zweiter Ton begleitete den ersten. Sie nickte mir zu, eine dritte Melodie erzeugend. Ich hob die Schultern und ein kurzes Grollen erklang. Die anderen Kursteilnehmer saßen auf bunten Decken und amüsierten sich.

Meine erste Reaktion lief so ab, wie ich es von mir erwartete. Ich reagierte unsicher und die Töne zeigten das auch noch an. Nun schmollte ich, und es wurde mit den Tönen noch schlimmer. Die Tanzlehrerin verbeugte sich, ihre Töne zwitscherten leise. Ich hob wieder bedauernd die Arme, womit die Töne etwas in die Höhe und wieder in die Tiefe verliefen. Sie begann, leicht mit den Füßen zu tippeln und zu tanzen, was ihr von den Tönen auch belohnt wurde. Ich versuchte eine hilflose Drehbewegung, was bassig klang und vielleicht doch nicht so übel war. Die anderen Kursteilnehmer quittierten die Töne, Melodien und Geräusche mit 'Oh' und 'Ah'. Nun fasste mich die Tanzlehrerin an und wollte einen Walzer probieren, doch ich wusste, dass würde nichts werden und schüttelte den Kopf, was sogleich eine dissonante Reaktion hervorrief. Ich hob den Finger und begann ein Stück vom Rock'n'Roll zu tanzen. Da brach die Hölle über uns rein, weil nach den verrückten Klängen, die sitzenden Teilnehmer aufsprangen und mittanzten. Nach einigen Sekunden war der ganze Kubus von einer tobenden wilden Meute angefüllt. Und weil jeder etwas anderes tanzte, war die Musik einfach nur noch wie Metall anzuhören. Es dauerte einige Minuten, bis die Tanzlehrerin wieder Ruhe in den Raum bekam.

Als wir endlich alle wieder saßen, stand nur noch Hermann, der Mittdreißiger, und spielte Luftgitarre, dass wir den Atem anhielten - irgend so eine Mischung aus Jimi Hendrix und Carlos Santana. Die Tanzlehrerin berührte ihn sanft am Arm und zeigte auf seinen Sitzplatz und langsam erloschen die Töne.

Der Kubus konnte noch mehr. Er wandelte nicht nur Bewegung in Musik, was wir seit Jahrzehnten kennen, sondern auch Musik in Bewegung um. Dazu mussten wir aufstehen und uns schwarze Augenklappen anlegen. Die Tanzlehrerin spielte eine orchestrale Musik ein. Wir durften uns frei bewegen und ich hielt die Arme ausgestreckt, in der Erwartung eines Aufpralls. Doch nichts dergleichen geschah. Nach ein paar Minuten sollten wir die schwarzen Klappen wieder abnehmen. Ich sah mich erstaunt um. Wir standen in drei Gruppen und hielten alle den gleichen Abstand zueinander. Dann ging die Bewegungstherapeutin von einem zum anderen und hörte in den abgeforderten Ton hinein.

„So, jetzt haben wir den Chor zusammengestellt, geordnet je nach den Singstimmen. Ich verteile die Texte und wir versuchen, gemeinsam ein Lied zu singen.“

Ich hoffte nur, sie habe die Fernbedienung in eine andere Position gebracht, damit wir nicht eine böse Überraschung erlebten. Doch mit offenen Augen war der spontane Bewegungsdrang nicht zu erzeugen.

Nach dem Mittagessen und einer ausgedehnten Ruhepause im eigenen Appartement, sah mein Tagesablauf für die kommende Woche jeden Nachmittag eine Sitzung bei Dr. Dreysen vor. Es würde nicht um Klänge und Melodien gehen oder um das akustische Rauschen in meinen Ohren. Auch wenn der Tinnitus im Mittelpunkt stünde, ich ahnte, dass Dr. Dreysen mir einige harte Nüsse zum Knacken aufgeben würde. Kannte ich mich doch selber gut genug, als dass ich mich mit wenigen Zügen in die Ecke treiben lassen würde. Ebenso ahnte ich aber auch, dass meine bisherige Denkweise, meine Koordinaten in der Welt, sich verschieben würden. Soviel hatte ich von diesem Mann bereits mitbekommen, dass er meine Sprache beherrschte. Wenn ich ehrlich zu mir war, hatte ich Respekt vor dem ersten Termin. Ich beruhigte mich mit dem Gedanken: Rausgehen konnte ich immer.

Musiktherapie und die Tanzgruppe hatten mich so gestimmt, dass meine Körperbewegungen etwas leichter und spielerischer waren als sonst. Mein Gemüt versuchte sich nicht, von vornherein im Dickicht des eigenen Ichs zu verstecken. Die Tür stand offen und ich trat vorsichtig ein. Er wartete wohl schon auf mich. Als ich mitten im Zimmer stand, sah ich ihn links an einem Computer sitzen. Ich trat näher heran. Er spielte eines dieser altmodischen Bildschirmspiele, die bestimmt schon zwanzig Jahre aus der Mode gekommen sind. Das überraschte mich, erwartete ich doch einen durchgeistigten Psychologen, der mir tief in die Seele blicken würde. Dr. Dreysen war anders und immer irgendwie überraschend.

Als ich dicht hinter ihm stand, erschrak er und stand auch gleich auf. Ich hatte ihn erwischt. In dieser Lage sollte ich ihn bestimmt nicht antreffen.

„Können Sie nicht anklopfen?“ Seine Stimme verriet, dass er nicht wirklich ärgerlich war.

„Wir haben einen Termin. Ich nahm an, die Tür stand für mich offen.“

„Machen Sie das immer so?“, hob er die Stimme an.

„Wenn Türen offen stehen, ja, meistens. Im Unterschied zu Ihnen gestern, meine Tür war nämlich geschlossen.“

„Ist das ein Grund? Sie haben gar keine Hemmungen, was?“ Jetzt hatte er sich voll aufgebaut.

„Na, hören Sie mal, ich komme pünktlich zum Termin und die Tür steht offen. Warum soll ich da nicht eintreten?“ Nun ging meine Stimme nach oben. Mir kam die Reaktion von Dr. Dreysen einfach nur ungerecht vor.

„Sie meinen, es sei eine Leistung, pünktlich zu kommen, also können Sie einfach so in mein Arbeitszimmer herein poltern!“

„Ich habe gar nicht gepoltert.“

„Richtig, Sie haben sich angeschlichen. Machen Sie das immer mit anderen Menschen so?“

„Was soll ich mit anderen Menschen machen?“ Alle meine Lockerheit vom Vormittag war dahin. Ich hatte ein anderes Gespräch erwartet.

„Sie ausspionieren!“

Jetzt riss mir der Kragen, das Fass quill über. „Hören Sie, Herr Doktor Dreysen, woher Sie meine persönlichen Daten auch immer haben, das kann mir ja egal sein. Aber was ich beruflich bisher gemacht habe, dass spielt hier keine Rolle. Überhaupt, ich war in der Abteilung für Forschung und Entwicklung. Da musste man sich schließlich für den Wettbewerb interessieren, wissen, was der Markt so tut.“

„Ach so. Und dann darf man auch Menschen ausspionieren?"

„Ich habe nicht Menschen ausspioniert, sondern Fakten und Trends!"

„Ach so nennt man das? Sie sind wirklich ein sehr ordentlicher Mensch und sortieren alles in die richtigen Schubfächer."

„Genau das tue ich. Mein Leben ist sauber und ordentlich sortiert." Inzwischen hatten wir die Zimmerlautstärke überschritten, war ich mir sicher.

„Und warum kommen Sie dann häufig zu spät?"

Ich war fassungslos und suchte nur noch nach einer Erwiderung: „Weil ich auf die Uhr geschaut habe!" polterte ich hinaus.

Wir standen uns gegenüber. Der letzte Satz hing im Raum. In meinem Kopfe hallten die Töne nach. Dr. Dreysen schaute mir in die Augen. Er schien leicht mit dem Kopf zu nicken. Dann zeigte er mit der linken Hand auf eine Sitzecke am Fenster mit Blick auf den Watzmann. Während ich mich in einen der Sessel setzte, hörte ich meinen Kopf rauschen. Die Ablenkung durch das heftige Gespräch war weg und mein Tinnitus wieder da.

Dr. Dreysen setzte sich mir nicht gegenüber, sondern nahm den Nachbarsessel aus der Vierersitzecke. Er schaute aus dem Fenster, das Wetter gab klar und prächtig die bergige Silhouette frei. Und mir dämmerte, dass der Mann mich gerade in eine Falle gelockt hatte. Ich wollte ihm noch einmal zeigen, dass ich nicht auf den Kopf gefallen war: „Mit solchen altmodischen Ballerspielen schämen Sie sich aber auch gar nicht, was?"

Dr. Dreysen griente und sah nun aus, wie ein kleiner Junge. „Es ist ein altes Rollenspiel, ein Freund hat es mir gestern überspielt. Ich habe schon lange danach gesucht und er wurde fündig." Dann setzte er nach ein paar Sekunden wieder ein: „Sie sind sehr auf Ordnung und Kontrolle aus."

„Das war mein Beruf. Sie haben meine Daten doch auf dem Tisch.“

„Ich meine nicht Ihren Beruf, sondern wie Sie mit sich selbst umgehen.“

„Der Fauxpas mit der Uhr?“

„Schien mir jedenfalls so.“

„Man kann auch ohne Uhr pünktlich kommen.“

„Eben, das meine ich doch. Wir werden auch ohne Uhr pünktlich wach. Alles eine Rhythmus-Frage.“

„Aber dazu muss man gut sortiert sein.“

„Wohl wahr. Es kommt darauf an, wonach wir uns sortieren.“

„Nach den bisherigen Therapiestunden würde ich sagen, es geht um die richtige Musik. Sagen Sie Herr Dr. Dreysen, wird das nicht langweilig?“ Innerlich freute ich mich, wenigstens ein bisschen von der ’Falle’, die er mir gestellt hatte, zurückzugeben.

„Darüber brauchen Sie sich jetzt noch keine Gedanken machen. Wir wollen erst einmal herausfinden, wie Sie ticken oder nach welcher Musik Sie tanzen und welchen Rhythmus Sie spielen. Noch klingt es so, als ob ein Hartrocker in die Oper geht.“

„Ein klarer Rhythmus ist doch nicht verkehrt.“ Wir blieben in der ersten Sitzung also doch beim Thema Musik, aber anders als ich dachte.

„Es kommt darauf an, was Sie hören, welches Ihre eigene Melodie ist. Dazu benötigen wir Ihre gesamte Partitur.“

„Was bitte ist das denn nun wieder?“

„Herr Kohlpeter, Sie haben viele Stimmen, die in Ihnen ihre je eigenen Melodien singen. Es klingt noch etwas durcheinander, als ob Heavy Metal und Mozart, Oboe und Marschmusik, Caruso und Janis Joplin gleichzeitig erklingen. Jede einzelne Musik ist etwas ganz Tolles, aber alles zusammen ergibt Kakophonie. Und weil das nur Lärm ist, versuchen Sie, Ihr Leben in eine überzogene Zwangsordnung zu bringen; immer pünktlich zu sein, jeden Scheinangriff mit einer Offensive zu beantworten, den Verlust an Kontrolle mit noch mehr Kontrolle parieren, Macht mit noch mehr Macht zu beantworten."

„Ich bin doch kein Monster!"

„Nein, Sie wollen nur alles richtig machen. Und weil das nicht geht, tragen Sie ein schlechtes Gewissen vor sich her."

„Und Sie kennen mich ganz genau. Und Ihnen geht das niemals so." Jetzt musste ich aufpassen. Ich hatte das Gefühl, er dränge mich in eine Ecke, aus der ich dann nicht wieder herauskommen würde.

„Ich darf mich bei Ihnen entschuldigen. Ich bin nämlich schlecht vorbereitet in unsere Sitzung gegangen. Ich kenne Sie überhaupt nicht. Um herauszufinden, wie jemand ist, welcher Rhythmik er angehört, bleibt mir eigentlich nur das Gespräch. Für lange Dialoge haben wir nicht viel Zeit. Also versuche ich es mit Vorwürfen, so wie wir es tagtäglich auch tun. Wir nehmen uns keine Zeit mehr und deshalb ist unsere Sprache auf Provokationen aus. Das macht sie aggressiv, aber auch effektiv. Und manchmal haben wir sogar richtig Spaß daran. Wir definieren den Anderen, weil wir keine Zeit haben, uns mit ihm zu beschäftigen. Und wir legen uns selbst fest, weil wir auch für unser eigenes Ich und seine vielen Rollen, die es spielen soll, ebenso keine Zeit haben. So, das war mein Vortrag, jetzt sind Sie an der Reihe. Erzählen Sie mir etwas von Ihren Ohr- oder Kopfgeräuschen."

Dr. Dreysen hatte mich mit dieser Eröffnung überrascht. So hatte ich mir das Gespräch mit einem Psychologen nicht vorgestellt. Er provozierte mich, um mir zu sagen, ich sei so, wohin er mich gerade manövriert hatte. Nicht ganz fein, die Art. Doch er hatte recht. Soweit konnte ich mich noch selbst durchschauen, dass nicht nur mir die Vorwürfe in den Gesprächen wehtaten, sondern ich mich längst darauf eingestellt hatte, und wo ich konnte, zurück schoss. Wer auf Kampf eingestellt ist, dem tut ein Hieb auch nicht weh. Den braucht man, um munter zu werden.

„Mir will nicht ganz einleuchten, wieso der Tinnitus in meinen Ohren etwas mit der aggressiven Alltagssprache zu tun hat. Ich habe ja verstanden, dass Sie mich eben testen wollten. Und wahrscheinlich bin ich gerade durchgefallen. Aber ich schreie ja nicht herum, dass mir davon die Ohren sausen."

„Es gibt viele Ursachen für Tinnitus neben der Lärmbelastung: Durchblutungsstörungen, biochemische Veränderungen, Verspannungen im Muskelaufbau und Knochensystem. Alles Faktoren, die wir durch Untersuchungen in den nächsten Tagen bei Ihnen ausschließen wollen. Mein Part besteht in der psychologischen Bewertung Ihrer Probleme mit dem Ohrrauschen. Aber unabhängig von den Ursachen bleibt für Sie das Thema, dass Sie damit leben müssen. Selbst, wenn sich eine der Ursachen als der Hauptgrund herausstellt, können wir bislang nur in den wenigsten Fällen sozusagen einen 'Schalter' umlegen."

„Ich werde damit leben müssen, das wollen Sie mir sagen. Wozu dann der Aufwand?"

„Tinnitus ist keine Krankheit, sondern ein Symptom, das für etwas anderes steht. Er verweist auf unsere Einstellung zum Leben."

„Das hatte schon Professor Reinhardt in seiner Eröffnungsrede erwähnt. Soviel verstehe ich, dass ein Krebspatient eine Einstellung zu seiner Krankheit finden muss, um sie besser besiegen zu können. Es gibt ja diese Erzählungen von Spontanheilung und Selbstheilung."

„Vielleicht ist es so etwas Ähnliches. Das kann ich nicht einschätzen. Tinnitus ist in den meisten Fällen, wenn er sich einmal festgesetzt hat, von außen kaum mehr zu heilen. Es hat im Ohr nicht nur eine mechanische Veränderung stattgefunden, sondern eine Veränderung der Übertragung in den

Nervenbahnen, bis hin zur Beurteilung der Signale durch Ihr Gehirn. Wenn wir nichts mehr machen können, dann müssen Sie etwas tun."

„Hilfe zur Selbsthilfe."

„Genau. Heilen können nur Sie sich selbst. Sie müssen ein Klangtherapeut werden, der beste, den es für Sie gibt. Und Sie sollten einer der hervorragendsten Spezialisten in Fragen der Bewegungstherapie werden."

„Und Sie wollen mich jetzt zum besten Psychologen machen. Haben Sie da keine Angst, arbeitslos zu werden?"

„Gute Frage, wirklich gute Frage. Wenn ich so denken würde, dann wäre Ihr Ohrrauschen nicht zu behandeln. Tinnitus ist nämlich die Zivilisationskrankheit Nummer Eins. Er ist der Lärm der überhitzten Gesellschaft. Alle Faktoren, die Sie als Ursache finden, können Sie auch da draußen im Verkehr der Welt ausmachen: Lärmüberreizung, Allergien durch chemische Überlastungen, Stauprobleme aller Art, Infrastrukturschock, Überlastung der Ämter und Gerichte, Überarbeitung der Menschen. All das bewirkt eine Verhinderung der freien Kommunikation. Es kann nicht mehr fließen. Statt Resonanz und Harmonie bleibt nur noch Rauschen, Dröhnen und Lärm zurück. Das versuchen wir zu kompensieren, indem wir noch lauter und noch aggressiver miteinander umgehen. Selbst das Lachen enthält falsche Töne. Aus Spaß wird Ironie und schließlich Sarkasmus, bis wir uns selbst nicht mehr hören können. Am Ende klingt alles nur noch zynisch. Und die Erde verliert ihre Stimmbänder. Frequenzanteile gehen mit den gerodeten Wäldern, überfischten Meeren und ausgestorbenen Tierarten verloren. Stattdessen nehme ich ein aufgeputschtes Dröhnen wahr, so, wie die Wirbelstürme brausen und die Tsunamis auf die Strände stürzen und tief im Landesinnern auslaufen. Bersten, Knacken, Kreischen, Rauschen, Zischen, Brummen, Quietschen - das sind die Fanfaren von Jericho, die unsere Welt zum Einstürzen bringen. Die

Töne bauschen sich auf und überlagern jede noch erkennbare Melodie. In den großen Städten gehen die Lichter aus. Die Straßen werden von schreienden Demonstranten und hilflosen Polizisten bestürmt und durch flackernde Feuer beleuchtet. Die Medien berichten nur noch von Grausigkeiten oder senden zum Himmel schreienden Kitsch. Es stimmt nichts mehr. Die Töne sind laut, schräg und fürchterlich anzuhören." Dann hielt er inne und schaute mich an, als käme er gerade aus einer anderen Welt in diesen Raum, wo nur wir beide uns befanden.

„Dr. Dreysen, kann ich Ihnen helfen?"

Dann lächelte er. „Ich sehe schon, Sie haben mich verstanden. Jetzt können wir mit der Arbeit beginnen."

5. Kapitel

Zweite Unterbrechung

Kohlpeter schreckte hoch, als das Schloss mit seinen eigenwilligen Geräuschen das Öffnen der Tür ankündigte. Der Hausmeister steckte seinen Kopf in den Türspalt und rief ihn zum kommissarischen Leiter des Klangsanatoriums. Als er den Vorraum zum Büro betrat, gab der Kommissar ihm eine Mappe in die Hand und bedeutete ihm, Platz zu nehmen und alles in Ruhe zu lesen. Er sollte den Inhalt zur Kenntnis nehmen und an den entsprechend angekreuzten Stellen unterschreiben. Der kommissarische Leiter verschwand in Professor Reinhardts komfortables Büro und rief Kohlpeter nach zwanzig Minuten herein. Er schlug die Mappe auf und runzelte die Stirn.

Solange die Untersuchungskommission im Sanatorium nicht eingetroffen ist, werde er nichts unterschreiben. Alle seine Erlebnisse im Klangsanatorium unterstanden sowieso der höchsten Geheimhaltungsstufe, wieso soll er sich zusätzlich verpflichten, niemandem zu berichten? Schließt das auch die Kommission mit ein? Kohlpeter wurde misstrauisch, er könnte zwischen die Kompetenzstreitigkeiten verschiedener Behörden geraten.

Der Mann vor ihm hielt ihm entgegen, er sei vom Freistaat

Bayern eingesetzt worden, um undurchsichtige Machenschaften im Klangsanatorium zu verhindern. Kohlpeter widersprach ihm. Er sei als Kommissar nur zur Überbrückung eingesetzt, bis die Mitglieder der Kommission eintreffen, damit keine Beweismittel verschwinden. Der Kommissar meinte sarkastisch, das würde Kohlpeter mit einschließen. Und er müsse verhindern, dass er Informationen nach Außen gibt. Er solle das Schriftstück unterschreiben, dann sei die Sache erledigt. Aber Kohlpeter weigerte sich beharrlich. Man könne ihn ja nicht zwingen. Warum habe er das Schriftstück nicht gleich am Anfang vorgelegt, als der Staatsanwalt und die Polizei noch dabei waren? Schließlich wurde ihm das Vertrauen ausgesprochen, als Kronzeuge hier zu bleiben. Dr. Dreysen und die Journalistin verbürgten sich für ihn. Er solle sich also nicht so aufplustern. Das hätte Kohlpeter besser nicht sagen sollen. Der Kommissar verbot ihm den Zutritt zur Zentrale und kündigte an, sie zu verplomben.

Kohlpeter verließ angewidert das Büro und lief zum Paternoster, um den Akustikraum aufzusuchen. Er musste in die unterirdischen Etagen. Seine abgeschottete 'Schreibstube' befand sich in einem abgelegenen Teil des Sanatoriums, tief im Keller, in einem Trakt, wo keine Rohrleitungen entlang liefen oder technische Aggregate summen konnten.

Er wollte noch ein paar Abschnitte schreiben, bevor er sich für die Nacht das Bett bereitete und innere Ruhe suchte.

6. Kapitel

Im Irrgarten der Perfektion

Die nächsten zwei Wochen liefen immer nach demselben Tagesplan ab. Vormittags Klangtherapie bei der wunderbaren Frau mit ihrem so vielseitigen Gong. Wir benötigten einige Tage, um meinen Ton zu finden, den ich dann, wenn meine Ohrgeräusche wieder das Maß des Erträglichen überstiegen, vor mich her summte. Mit den Klopfgeräuschen taten wir es ganz ähnlich. Wir suchten die entsprechenden Töne auf Holzklöppeln und übten mit der Zunge so lange das Schnalzen, bis ich nach und nach meinen Ohrrhythmus fand.

Ähnlich verlief die Bewegungstherapie. Wir bewegten uns, bis die Melodiefolgen uns so lösten, dass der Körper die Harmonien suchte, die er benötigte. Am dritten Tag tanzte die Gruppe ohne weitere Anweisungen und erzeugte Bewegungsformen, die jedem seinen Platz und Raum gaben. Dann drehten wir die Bedingungen um und tanzten, um die dazugehörige Musik zu finden. Auch wenn jemand Misstöne mit seinen ungelenken oder abrupten Bewegungen erzeugte, so wurden sie durch Gegenbewegungen der anderen Tänzer wieder in ein Gleichgewicht gebracht. Es entstanden kleinere Gruppen, die besondere Fähigkeiten zur Überbrückung dissonanter Melodien entfalteten, und andere, die Spaß an neuen Tonkaskaden entwickelten. Aber alles verwebte sich in Musik, Melodie und Bewegung.

Am Nachmittag ging ich dann zu Dr. Dreysen, der mich anfangs immer erst testete, inwieweit ich wirklich locker drauf sei. Oder, ob ich nicht doch wieder auf seine Provokationen herein fiel. Es irritierte mich, trotz dem ich wusste, dass es zu seiner Methode gehörte. Aber ich verstand, dass er damit immer genau meine Denke unterwanderte. Denn irgendwie fühlte ich, dass er mich damit kopierte. Er akzeptierte nicht, dass ich mich hinter einigen wenigen Floskeln versteckte, wollte aber auch nicht, dass ich einfach klein bei gab. Ich sollte einfach nur lernen, meine Gefühle nicht hinter Redeweisen zu verstecken, ob als Abwehr oder als 'Hasen-Sprüche', wie er sagte.

Hatten wir unsere ersten zehn Minuten auf diese Art und Weise miteinander verbracht, sollte ich ihm nun meine Ohrgeräusche beschreiben. Dabei bekam ich den Eindruck, ihm ginge es nicht um den Ton, das Klopfen oder die Stahlhalle in meinem Kopf, mit Kreischen, Hämmern und Zischen. Vielmehr wollte er bestimmte Lebenssituationen von mir beschrieben haben, in denen der Tinnitus übermächtig wurde. Ihm schien die Erzählweise, meine verwendeten Wörter und meine eigene Theorie zum Ohrgeräusch dabei am wichtigsten zu sein. Denn immer dort hakte er ein. Und er tat es nicht so, als wollte er sie mit der richtigen Theorie vergleichen. Er meinte einmal: 'Wer den Tinnitus nicht verdrängen kann, sucht eine Erklärung, nach der er sein Leben gewollt oder ungewollt einrichtet.'

Ich erzählte ihm von einer Situation, in der ich einen Vortrag vor Kollegen halten sollte. Ich hatte den Vortrag perfekt vorbereitet. Ich schrieb ihn mir wortwörtlich auf. Vorher ging ich sogar noch zu einer Sekretärin, um die Stilistik und den Ausdruck überarbeiten zu lassen. Natürlich hatte ich alle Fakten und Statistiken gesammelt und recherchiert, was nur ging. Mein Beitrag wurde um zwanzig Minuten verschoben und ich bekam einen heißen Kopf und kalte Füße. Dann war ich dran. Die ersten Wörter würgte ich mir aus dem Hals. Als zwei Kollegen, mit denen ich schon immer meine Probleme hatte, anfingen, miteinander zu reden, brach mein Konzept vollends zusammen. Ich sah die Buchstaben nicht mehr. Dann hörte ich überlaut ein Stühlerücken. In mir stieg eine Angst auf, die alles wichtig nahm, jede Bewegung der Zuhörer, jedes Geräusch im Raum. Meine Sinne überspannten jeden äußeren Eindruck. Nun ging nichts mehr. Dabei war ich doch perfekt vorbereitet.

Ich sollte ihm meine damalige Lebenssituation beschreiben. Da gab es wirklich nichts Erbauliches zu berichten. Der Vortrag vor den Mitarbeitern diente als Manöverkritik einer Panne, die meiner Einheit passierte. Ich war zwar nicht unmittelbar an den begangenen Fehlern beteiligt, aber ich hatte die Verantwortung. Und es gab Kollegen, die mir nachweisen wollten, dass ich überfordert sei.

Dr. Dreysen unterbrach mich: „Sie verspürten eine 'Überverantwortung'? Haben Sie sich vielleicht noch mehr Aufgaben zu jener Zeit auf Ihren Tisch geholt? Erzählen Sie weiter.“

Ja, genau so war es. Aber das Schlimmste, was dazu kam, ich hatte nicht nur in meiner Arbeit versagt und sollte öffentlich, getarnt als Vortrag, Stellung dazu beziehen. Sondern ich zweifelte den Sinn meiner Tätigkeit an. Ich warf schließlich meinem Vorgesetzten die Brocken hin. Persönlich hatte ich ein Desaster erlebt, weil das Scheitern meines Auftrages mit dem Tod eines mir nahe stehenden Menschen zu tun hatte.

Dr. Dreysen wollte wissen, was passiert ist. Ich erzählte ihm von dem Generator im Bunker und dem Wassereinbruch, weil ein Flutungssystem in Gang gesetzt wurde. Als ich an die Stelle kam, wo mir klar wurde, dass mein Bruder ertrank und nicht nur ein neutrales fremdes Objekt, das ich observieren sollte, geriet ich unter Schock. Dr. Dreysen nickte und beendete die Sitzung.

Klang- und Bewegungstherapie bauten mich am nächsten Tag wieder auf. Dennoch spürte ich eine Veränderung, die alles in ein anderes Licht rückte. Es hatte angefangen, sich etwas zu lösen. Als hätte das Aussprechen der Tragödie im Bunker mir eine Last genommen, die ich seit über drei Jahren mit mir herum trug. Aber Dr. Dreysen wollte mit mir noch ein Stück weitergehen. Das war eigentlich der schwierigere Teil. Er meinte, es sei relativ einfach, ein traumatisches Ereignis aufzudecken, das den Tinnitus scheinbar komplett erklären könne. Schwieriger ist es, die schleichenden Hintergründe eines psychischen Dauerstresses zu finden. Denn erst, wenn es einen geistigen oder seelischen Anpassungsdruck an äußere oder innere Systeme gibt, wird ein Ohrgeräusch zu einer manifesten Krankheit.

In den darauf folgenden Sitzungen arbeiteten wir die äußeren Systeme durch: Kindheitsmuster, Familienstrukturen, Studium und Arbeitsstellen, Wohnorte. Die verlorene Liebe meiner ersten Beziehung. Mein Kind, das ich nicht kenne. Die zerbrochenen Freundschaften, aus Ehrgeiz und falschem Konkurrenzgebaren. Es lief einiges zusammen, das mir nun auch selbst als ein unmenschliches Gebilde vorkam. Dr. Dreysen fragte, wie ich in diesem lieblosen Gehäuse bisher überlebt habe. Ich sah ihn eine Weile an und überlegte, ob ich es ihm wirklich sagen sollte. Was würde passieren, wenn die gedachten Wörter über meine Lippen gingen? Vielleicht gab es doch so etwas, wenn nicht gar als heilige Schrift, so zumindest als heilige Wörter mit Symbolkraft, die uns verändern, wenn wir sie aussprechen. Hatte meine Erzählung über den Tod im Bunker, mir nicht schon etwas Linderung verschafft; wenn schon nicht den Tinnitus beseitigt, mich aber wenigstens etwas beruhigt? Ich bemerkte, wie ich innerlich loslassen konnte.

„Herr Kohlpeter, jeder einzelne Fakt für sich allein, den sie mir bisher geschildert haben, müsste Ihnen bereits einen unerträglichen Pfeifton verschafft haben."

„Deshalb habe ich ein Konzert von vielen Pfeiftönen in meinem Kopf, ein Fußballstadion voller Vuvuzelas.", konterte ich. Ich wollte noch immer die Oberhoheit über meine Geschichte haben.

„Sagen Sie nicht 'Konzert', denn das soll etwas Angenehmes und Schönes sein. Ein Konzert macht Sinn, weil Sie sich daran erfreuen können. Ihre Töne im Ohr sind ein Pfeifen ohne Sinn, denn sie tun Ihnen nicht gut. Wie gehen Sie innerlich damit um, wie halten Sie das aus?"

Ich will nicht sagen, dass er drängelte. Er hatte einfach nur den Finger in der Wunde. Das war nicht ohne Risiko, wie die späteren Vorfälle im Klangsanatorium zeigten. Nicht jedem war es zuzumuten, in wenigen Wochen seine Weltsicht zu ändern, wo er doch nur seine Ohrgeräusche loswerden wollte. Seine Frage erschien mir präzise und genau. Das beeindruckte und erschrak mich zugleich. Denn genau das musste ich aussprechen.

„Perfektion. Ich habe eine perfekte Ordnung. Der Tagesrhythmus ist durchorganisiert, das ist schon immer meine Stärke gewesen. Und besser informiert zu sein, als jeder Andere, vor allem als meine Kollegen und Mitarbeiter. Manchmal glaube ich, der Tinnitus setzte ein, als dieses System der perfekten Ordnung zusammenbrach."

„Wann brach es zusammen?"

„Als ich meinen Bruder verlor."

„Also würde in Ihrem Falle das äußere Ereignis mit dem inneren Systembruch zusammenfallen. Das scheint mir nicht ganz stimmig zu sein. Was hat Ihr Streben nach Perfektion mit dem Ableben Ihres Bruders zu tun?"

„Ich erfuhr erst danach, dass er es war. Seit Jahren musste ich mich mit esoterischen Gruppen beschäftigen, die irgendwelchen fragwürdigen Technologien hinterher liefen. Und ausgerechnet er war einer der führenden Köpfe beim Bau eines Generators, hinter der meine Firma her war. Ich verstand die Welt nicht mehr. Ich habe mich immer gegen unwissenschaftliches Denken gewehrt, mein Leben lang. Schon als Abiturient zeichnete ich mich durch klares logisches Denken aus. Im Studium war ich in Mathematik und Physik unschlagbar. Und in meinem Job als Finder neuester Technologien hatte ich eine Nase für das technologisch Machbare. Deshalb stieg ich schnell auf. Ich empfand es als persönliche Beleidigung, dass ich abgestellt wurde, um einem Wünschelrutengänger wegen eines Perpetuum mobile auf die Finger zu schauen. Und dann so etwas."

„Sie sind bis heute darüber nicht hinweggekommen.", bestätigte Dr. Dreysen meine Äußerung eher, als dass er eine Frage stellte.

„Ich habe meine Arbeit bei dieser Energiefirma gekündigt, für die ich die esoterische Bastlerszene erkundete. Seitdem tingle ich von einem Job zum anderen, ohne zu wissen, was ich wirklich falsch gemacht habe." Jetzt hatte er mich soweit, dass ich ihm Fragen stellte, von denen ich wusste, dass er sie nicht beantworten konnte. Es war einfach auch nicht seine Aufgabe. Und Dr. Dreysen wiederum ist nicht der Arzt, der einem die Beantwortung der eigenen Lebensfragen abnimmt. So forsch er mich am Anfang provozierte, so vorsichtig wurde er, wenn ich Verzweiflungsfragen stellte. Er hat ein Gespür für Grenzen, die er nicht für mich überschreiten konnte. Aber er zeigte sie auf. Ist es nicht so, dass wir meistens unsere Grenzen gar nicht kennen? Ich lebte jahrelang in einem Laufrad und konnte nur den Weg vor mir sehen, den ich angeblich zu beschreiten hatte.

Er gestattete aber auch nicht, dass ich zu schnell an das Ziel kam, um eine Grenze einzureißen und womöglich mit den nachfolgenden Bedingungen nicht zurechtkam. Hätte ich nicht, schon viel früher, Pfeiftöne haben müssen, als mein Leben noch in der perfekten Ordnung zu sein schien? Der Gedanke ließ mich nicht mehr los, half mir aber auch nicht bei meinem akuten Problem.

Ich weiß nicht mehr, an welchem Tag es genau geschah, als mir der Geduldsfaden riss und ich Dr. Dreysen anfuhr, er solle mir einfach sagen, was ich anders machen müsse, um die Ohrgeräusche loszuwerden. Ich könne doch nicht vor mich her pfeifend und summend durch den Alltag laufen oder mir ständig Sorgen machen, was ich gerade wieder in meinen Beziehungen falsch anpacken würde.

Ich komme ihm vor, wie ein Musiker, der seine Berufskrankheit dadurch bekämpft, dass er den Pfeifton, den er im Ohr hat, perfekt treffen will. Ob ich wüsste, was passiert, wenn zwei Töne sich genau überlagern. „Haben Sie Mut zu Fehlern, zu einer Achtel-Ton-Versetzung."

„Sagen Sie das mal einem Autobauer. Wollen Sie sich in einen Wagen setzen, von dem Sie wissen, die Tolleranzen sind überschritten?"

„Tolleranzen gelten nicht nur in eine Richtung. Was Sie brauchen ist ein menschliches Maß für die einzuhaltenden Genauigkeiten in Ihrem Leben. Das können nur Sie sich selbst geben. Beginnen Sie, auf sich selbst zu hören!"

Nach der Sitzung kam ich am Abend lange nicht zur Ruhe. Es kreiselte in mir. Hörte ich in mich hinein, dann war dort nur ein Pfeifen, Rauschen und Klopfen wahrzunehmen. Dr. Dreysen hatte in mir das genaue Gegenteil von dem erreicht, was er und ich uns wünschten. Ich versuchte, die Augen zu schließen, um zur Ruhe zu kommen, denn ich befürchtete wieder einen akuten Kollaps. Die Augen kann man schließen und das Sehen einfach einstellen. Der Körper lohnt uns das, indem er sich beruhigt. Am nächsten Morgen sind die Augen wieder erholt und führen uns durch den Tag. Doch meine Ohren lassen sich nicht verschließen. Und wenn ich den Trick mit Ohrstöpseln anwende, dann pfeift der Tinnitus erst recht. Als hätte ich ihn aufgedreht und die Lautsprecher würden Rückkopplungen erzeugen.

In der Hausordnung stand ein ausdrückliches Alkoholverbot, das ich nun brach. Ich setzte mich in die Wohnstube meines Appartements, schenkte mir ein Glas vom eingeschleusten Whisky ein und nahm die Gitarre von der Wand. Das rhythmische Zupfen auf dem Instrument, die brennende goldbraune Flüssigkeit und der Blick auf die vom Mond inszenierte Silhouette der Watzmannfamilie beruhigten mich. Irgendwann wirkte der Alkohol und machte mich müde.

In einem Traum malte ich ein Bild von Francisco Goya nach, auf dem Hexen als Ohrenbläser zu sehen waren. Das Bild hing eigentlich in der Musikbibliothek, doch nun spukte es in meinem Kopf herum. Die Teufelsbande begann, sich in eine wirbelnde Meute zu verwandeln. Sie kreisten um mich herum und bliesen mit riesigen Vuvuzelas in meine Ohren.

Schweißgebadet wachte ich auf und stieg unter die Dusche. Das Rauschen des warmen Wassers beruhigte mich etwas und ich ging ins Bett. Doch es machte keinen Sinn. Nach kurzer Zeit stand ich auf, zog mich an und betrat den Flur vor meinem Zimmer. Mag es der Mond gewesen sein oder der Alkohol, dem ich vielleicht zu sehr zugesprochen hatte, oder der Traum verfolgte noch meine Sinne, jedenfalls ging ich ziellos den Flur entlang und hatte den Eindruck, mir ginge es nicht alleine so. Ich hörte Stimmen und ein Schlürfen, das in mir die Assoziation von Pantoffeln hervorrief.

Die Gänge im Innern des Gebäudes sind ebenso geschwungen wie die äußere Fassade. Von irgendwoher fiel Licht hinein und setzte sich teils windend, teils reflektierend in den Fluren fort. In der ersten Nacht meiner beginnenden Streifzüge war ich von der ganzen Optik fasziniert und es wunderte mich gar nicht, dass noch jemand anderes durch die Gänge wandelte. Die geschwungenen Strukturen mussten sich freilich auch auf die Akustik auswirken. Das Schlürfen der Pantoffeln kam mal näher und entfernte sich sogleich wieder, wenn ich den Bogen vor einer Tür entlang schritt. Ich ließ meiner inneren Eingebung freien Lauf und folgte dem Spiel des Lichtes und den sich wandelnden Tönen.

Nach zwanzig Minuten stellte sich die erhoffte Müdigkeit ein. Mein Zimmer erreichte ich von der anderen Seite. Ich hatte das Ohr auf einer Etage komplett umrundet. Also ging ich ins Bett und erhoffte mir einen guten Schlaf. Und sollte es einen Traum geben, so wollte ich diesmal etwas Schönes zeichnen, nahm ich mir vor.

Ich schlief in einer Wolke, umgeben von Engeln, die mich umtanzten. Die Wolke verdüsterte sich plötzlich und es zuckten Blitze um mich herum. Die Engel verwandelten sich in Hexen. Aus der Wolke formte sich ein riesiger Trichter und Hermann holte tief Luft, um in das Mundstück hinein zu blasen. Mein Ohr befand sich direkt davor. Ich musste dringend etwas gegen den zu erwartenden ohrenbetäubenden Ton unternehmen. Da fiel mir ein, dass es eine Verbindung zwischen dem Rachenraum und dem Innenohr gab. Ich war gerettet, denn nun würde ich durch den Mund aus dem Ohr heraus schreien, dass Hermann von meinem Ton nur so weggeblasen würde. Da ertönte ein Gong und die Engel schwebten wieder um meine Wolke herum, auf der ich bis zum nächsten Tag schlief. Als ich erwachte, war mein Mund trocken und pappig.

Am darauf folgenden Morgen, es war in der zweiten Woche, führte mich die Klangtherapeutin zu einem Summstein, in der Ecke ihres Arbeitszimmers, den ich bisher als antiken Wasserspender wahrgenommen hatte. Ich steckte meinen Kopf in ein großes Loch und sollte summen, bis ich den Klang meines Körpers fand. Als ich den Ton hatte, fand ich ihn auch auf Anhieb mit dem Gong. Nicht irgendein Geräusch aus der Ansammlung meiner Töne im Kopf. Nein, es war genau mein Ton, der mir an diesem Morgen zusammen mit dem Bronzemetall, wie die Gesänge von Stonehenge über die Stimmbänder floss und den ganzen Raum einnahm. Die wunderbare Klangtherapeutin freute sich so spontan, dass wir uns in die Arme fielen und sie mir ihr herzerfrischendes Lachen schenkte.

In der Bewegungstherapie führte Hermann einen fürchterlichen Tanz auf, als wäre er wütend. Niemand wusste ihm etwas in Bewegung oder Melodie entgegenzusetzen. Eine Frau winkte ab und es klang noch schlimmer. Einige wollten schon den Raum verlassen, weil niemandem eine Körpersprache einfallen wollte, mit der ihm zu begegnen wäre. Da spielte ich die fürchterlichen Trompeten aus meinem Bildertraum. Hermann zuckte und schüttelte verneinend die Hände. Dann drohte er. Doch ich blies eine noch größere Trompete in die Luft. Die Tanztherapeutin beendete daraufhin die Übung und schaltete das Theremin ab. Wir hatten bis dahin noch nicht erlebt, dass eine der Therapeutinnen die Geduld mit uns verlor. Sie rang sichtlich nach Fassung. Dann spielte sie eine klassische Musik ein und bedeutete mir und Hermann, mit ihr den Raum zu verlassen. Vor der Tür stellte sie uns zur Rede. Ich wartete auf eine Reaktion von Hermann, der nur gelangweilt von einer Richtung in die andere sah. Als sie zu mir blickte und etwas näher kam, versuchte ich, den Atem zurückzuhalten.

„Herr Kohlperter, Sie kennen die Hausordnung. Ich muss eine Meldung an die Leitung des Sanatoriums machen. Und wenn Sie noch einmal betrunken zur Therapie kommen, müssen Sie gehen.“ Kein weiteres Wort zu Hermann. Sie hatte den Übeltäter in mir gefunden. Dann drehte sie sich um und ging wieder in den Kubus.

Wir standen uns beide gegenüber. Hermann machte auf mich einen irgendwie desolaten Eindruck. Und ich sah bestimmt auch nicht besser aus. Dann drehte er sich um und ging halb tanzenden Schrittes und halb joggenden Fußes den Gang um die Ecke zum Fahrstuhlschacht. Ich schaute auf die Uhr. Noch etwas Zeit bis zur Sitzung mit Dr. Dreysen.

Der kam natürlich zu spät und ich verkniff mir eine Andeutung zum Thema Pünktlichkeit, wie wir es am Tag zuvor miteinander ausgefochten hatten. Sicherlich berichtete die Therapeutin ihm von dem Vorkommnis im Kubus. In mir kam aber auch kein wirklich schlechtes Gewissen auf, wollte ich doch nur Hermann in seinem Wahn stoppen.

Dr. Dreysen betrat seinen Therapieraum, während ich rücklings an seinem Schreibtisch lehnte, wo ich mit Blick zur Tür auf ihn wartete. Er schaute etwas erschrocken, als er mich sah, und schloss dann langsam die Tür. Ich meinte nun eine Standpauke zu erhalten. Doch er setzte sich in die Sitzecke und schaute mich an, wie man jemanden anschaut, den man fragen möchte, was mit der Situation nun anzufangen sei. Ich folgte meinem Instinkt oder einer Eingebung oder irgendetwas Anderem, von dem ich nicht wusste, dass es so etwas in mir gab, und blies durch beide zum Bläsermundstück geformten Hände. Er hätte sich das verbitten lassen können. Stattdessen schaute er nach unten auf seine Schuhe und nickte mit dem Kopf. Dann stand er auf, trat zum Fenster und blickte in die weite Berglandschaft hinaus. Es schneite wieder und Dr. Dreysen klopfte mit einer Fingerkuppe gegen die Scheibe und atmete tief aus.

„Auch Sie sind eine Schneeflocke. Alle Menschen sind gleich und doch hat jeder seine eigene kristallene Form."

„Ich suchte das Gegenspiel zu Hermann. Es bewegte sich alles im Rahmen der Therapie." Rechtfertigen wollte ich mich nicht, aber erklären schon.

„Das geht in Ordnung. Hermann arbeitet ein Trauma ab und die Kollegin ist mit ihm wahrscheinlich überfordert. Er ist auf dem Weg der Besserung; schon länger als Sie. Ich muss Sie nur bitten, den Alkohol im Sanatorium zu meiden.

Diese Weisung dient Ihnen und uns zum Schutz.“, sagte er sehr ernst.

„Übertreiben Sie da nicht ein wenig? Ich habe niemanden bedroht.“

Er sei froh, dass mir nach dem Gespräch am Tag zuvor nicht mehr eingefallen sei, als einen über den Durst zu trinken. Mit dieser Gesprächswendung hatte ich nicht gerechnet. Er habe eine schlechte Nacht gehabt, erzählte Dr. Dreysen, weil er nicht wissen konnte, wie ich die gestrige Sitzung verkraftet hätte. Aber da muss ein Psychologe durch. Nicht alles ließe sich immer vorausplanen und schon gar nicht vorausschauen. Ich fragte ihn, worauf er das beziehe. An meinen Reaktionen lese er ab, dass in dieser Nacht etwas in mir passiert sei.

Ich bin heute davon überzeugt, dass wir Menschen eine Ahnung davon haben, was uns gut tut und was nicht, in welcher Situation jeder von uns sich befindet und welche Möglichkeiten des Handelns ihm oder ihr zur Verfügung stehen. Ich weiß nur bis heute nicht, woher wir das wissen. An diesem Tag wurde mir klar, dass Dr. Dreysen wieder einmal ins Schwarze getroffen hatte und ich ihm das nicht zugestehen wollte. Es gehörte zu seiner Art von Loyalität, dass er mich nicht weiter bedrängte, bis ich selbst davon anfangen würde. Also sahen wir hinaus in den Schnee und wussten, dass etwas geschah, von dem nur ich berichten durfte. Denn alles, was er sagen könnte, stand unter dem Diktum des Anderen. Wer sich nicht selbst interpretiert, der wird interpretiert.

Aber es war noch schwieriger. Woher wollte ich wissen, dass meine Äußerungen auch wirklich meine eigenen waren? Jedes Wort ist eine Folie, die wir über das Gefühlte, Gesehene und Gehörte legen, um es zu kopieren und in einer anderen Form mitteilbar zu machen. Es ist niemals das Original.

„Ich habe die Hexen vertrieben und die Engel an mich heran gelassen.“, versuchte ich einen vorsichtigen Einstieg.

Ich bemerkte, wie er mich von der Seite anschaute. Nein, ich brauchte mich damit nicht zu schämen. Ich wollte es nicht umschreiben, nur um souverän zu wirken. So als hätte ich alles im Griff und wüsste ja, dass es keine Engel gäbe. Das war nicht wirklich wichtig. Und wir wussten das beide.

„Hermann wollte mir ins Ohr blasen, da musste ich mich wehren." Auch diese Beschreibung mochte nicht der Erzählung eines erwachsenen Menschen mit rationalem Verstand entsprechen. Dem Traum entsprach es. Und Dr. Dreysen blieb still und sagte noch immer nichts. Bis es aus mir herausplatzte: „Das ist mein Tinnitus, der gehört mir und niemand Anderem. Ich bin doch nicht krank! Es sind meine Töne, meine Musik. Ich muss sie nur richtig spielen. Und niemand darf mir mit seinen Tönen und seinem Rauschen dazwischen spielen. Mein schwarzes Loch im Kopf hat seine eigene Melodie. Es ist ein Orchester und ich werde der Dirigent sein. Und wenn jemand mitspielen will, dann soll er gefälligst vorher fragen, ob er in meinem Orchestergraben einen Platz bekommt." Ich wurde immer lauter und eindringlicher. Dr. Dreysen wich sogar einen Schritt zurück und wandte sich mir zu, während es aus mir heraus sprudelte. Es war wie ein Befreiungsschlag. Alles Neue, was ich in den zwei Woche im Sanatorium erlebte, entlud sich ebenso, wie die Fragen von Dr. Dreysen nach meinem Leben und die Zweifel in mir selbst, ob es richtig war, hierher zu kommen. Ich hatte das Gefühl, aus dem Laufrad auszusteigen, das andere mir irgendwann hingestellt hatten. Nein, ich selbst war es, der sich unter einen unmenschlichen Druck begab und keine Luft mehr hatte, um seine eigene Melodie zu spielen. Dabei konnte mein Körper tanzen und meine Stimme singen und auch meine Ohren waren in der Lage, die melodischen Töne zu hören. Und ich würde die richtigen Worte finden, um dem Rauschen meine Beschreibung zu geben.

Die Trompetennacht blieb eine Ausnahme. Die Gespräche

mit Dr. Dreysen verfehlten ihre Wirkung nicht. Die Nächte im Sanatorium wurden etwas Besonderes. Nicht, weil ich nicht schlafen konnte. Damit hatte ich nicht wirklich Probleme. Es war auch nicht so, dass es laut war oder es gar keine Geräusche im Gebäude gegeben hätte. Ich konnte die folgenden Nächte besonders gut schlafen, was angesichts der neuen Eindrücke nicht selbstverständlich sein musste. Und wenn ich gut schlafe, dann übermannen mich auch besondere Träume. Nach einer Woche des guten Nächtigens, fing ich an, mich darüber zu wundern. Ich wurde wach, weil ich mich wohl fühlte. Ich war einfach ausgeschlafen, und hatte keinen Druck mehr, den ich verspürte, und gegen den ich glaubte, irgendetwas unternehmen zu müssen.

Ich zog mir den Bademantel über und betrat den geschwungenen Flur. Die Gänge nahm ich als verrückt gestaltete Schläuche wahr. Linien schwangen sich in langen Wellen durch die gewundenen Röhren und vermittelten das Bild eines mit Lianen und Blätterwerk umrankten Waldweges. Keine Kanten, kein Gefühl einer technischen Konstruktion oder administrativen Einrichtung. Die eigenen Schritte empfand ich fast lautlos, den Körpergang weich und geschmeidig. Nach wenigen Tagen des Durchwandelns dieser Gänge und Räume stellte sich ein Gefühl der natürlichen Zugehörigkeit ein. Ich ertappte mich bei dem Gedanken, doch einmal ein Rad zu schlagen. Die Kindheitserinnerung daran, wie wir auf den Wiesen das Rad übten und jeder gelungene Überschlag eine Welle der Freude auslöste, konnte mich eigentlich nicht mehr überraschen. Das Klangsanatorium förderte eine Erinnerung nach der anderen aus den Tiefen meiner verschütteten Vergangenheit zu Tage. So fühlt sich ein Gesundungsprozess an.

Nun passierte ich einen der bauchigen Bögen. Oder kam mir dieses geschwungene Maisblatt nur so ausgebeult vor? Ich hörte deutliche Geräusche. Ein Zischen, dann Stimmen,

Klappern und das überdimensionale Rauschen, als ob ein Wasserhahn aufgedreht wurde. Ein, zwei Schritte vor oder zurück und die Lautstärke veränderte sich. Andere Töne wurden lauter. Ein Flüstern kam hinzu, das vorher nicht zu hören war. Irgendwo schabte jemand mit einem metallenen Gegenstand über etwas hinweg. Ich ging in die Knie und hockte mich hin, den Rücken an der Wand anlehnend. Da hörte ich von weit her ein Cello spielen. Erst ein paar angedeutete Bögen, dann eine durchgehende Melodie. Das Stück kam so klar herüber, dass ich aufstand und ihm folgte. Die Musik erklang aus der nächsten Tür. Dahinter musste wohl noch jemand seine Nacht durchbringen.

Ich ging ein paar Schritte weiter und stand wieder in einem der bauchigen Bögen im geschwungenen Flur, als ich deutlich zwei Stimmen hörte. Sie überschlugen sich, so dass ich meinte, es wären Überlagerungen, die sich zufällig an diesem Treppenbogen bildeten. Einen Schritt weiter erklang die Stimme von Feder, die auf die erste Stimme antwortete. Meine Ohren spitzten sich. Ich merkte, wie der Körper den Blutkreislauf aktivierte, um das Gehör so einzupegeln, wie ich es benötigte, um ein Wort oder gar einen Satz aufzuschnappen. Mein Kopfrauschen legte ebenso zu, schwächte sich dann aber wieder ab, als hätte ich eine Nebenspur zur Verfügung, auf dessen Bahn ich das störende Tönen ablegen konnte. Auf Feder antwortete eine Männerstimme im selben Rhythmus, als würde sie sich ihr anheimeln wollen.

'Ich bin doch nicht im Traum?', schoss es mir durch den Kopf. Spielerisch wollte meine Ratio mich aufmuntern, um das Unmögliche nicht zu groß werden zu lassen. Aber was hatte Feders Stimme in diesem Treppenhaus zu suchen? Dass ich sie traf, war einige Tage her. Absurd, in der Nacht hatte sie hier doch nichts zu suchen! Meine Phantasie schlug Purzelbäume. Ich war empört, ob über sie oder meine Gedanken, das entzog sich meiner Unterscheidung. Als ich auf einer Treppenstufe ein wenig den Kopf zur Seite ausbalancierte, um die Männerstimme besser zu hören, lief eine heiße Welle durch meinen Körper. Und als hätte sie einen Kühlschrank zu betreiben, wurde aus der heißen Körperreaktion sogleich eine frostige Übersensibilität.

Ich konnte es kaum glauben, war mir aber sofort sicher, wen ich da hörte. Ein Irrtum schloss ich aus. Es gibt Personen, die sich im Aussehen oder durch ihre Körpersprache in das Gedächtnis einschleichen oder einschmeicheln. So, wie es Personen gibt, die sich uns durch Handlungen und besondere Aktionen einprägen. Polwächter jedoch hatte sich in meinem Gedächtnis mit seiner Stimme, wie mit einem Anker, tief im Schlick, eingegraben. Und als hätte eine große Welle den Tanker gegen Haltetrosse und Ankerketten gestoßen, wirbelte der Sand am Meeresboden auf und gab diesen Anker frei. Es war zweifellos die Stimme mit einer Tonführung, die bürokratische Distanz und zweifelsfreie Macht signalisierte. Was hatte dieser Ton in dieser Nacht und in diesem Haus zu suchen? Schnappte meine Phantasie mit mir über? Gaukelte ich mir etwas vor, weil die ganze Situation etwas schwammig im Flusse schien? Ich schob die Gedanken zur Seite, denn eine solche Stimme rief klare Antworten hervor, die mir sagten, der Mann befand sich im Sanatorium, wie und wo auch immer.

Ich suchte weiter nach den Tönen des Gesprächs zwischen Feder und Polwächter, den ich in diesem Sanatorium am wenigsten vermutete. Was hatte dieser Mann von der Behörde zur Sicherheit der Europäischen Netze hier zu suchen? Was wollte er hier, in einem Klangsanatorium, in dem es nun wirklich nicht um Medienpiraten, Energienetze oder neuartige Generatoren gehen konnte? Hatte ich nicht alle Brücken abgebrochen, damit die Vergangenheit nicht hinter mir her kroch, wie ein klebriger Zuckersirup! Ich musste mich konzentrieren, denn das aufsteigende Ärgernis entkoppelte meine

Sinne von den tönenden Bändern mit den Gesprächsfetzen.

Als ich auf der Parterre ankam, hielt ich kurz inne. Hier kreuzten sich die Wege der Geräusche, Töne und Melodien des nächtlichen Hauses. Ich betrat die Lobby und meinte, den Riesengong leise summen zu hören, der in seinen Halterungen an der großflächigen Wand hing. Auch ein Vibrieren lag in der Luft, das ich eher körperlich spürte, als dass es in meinen Ohren einen Klang ergab. Die Tanztherapie im Kubus hatte mir beigebracht, dass der ganze Körper mithört und jedes Organ seine eigene Melodie mitschwingen lässt. Der rhythmische Luftzug, wie ein lautloses Stampfen einer anfahrenden alten Dampflokomotive, ließ die Haut anschwingen und die Haare aufrichten, wie ein 'Puh, Puh' und 'Pah, Pah'. Mir schien es fast so, als hätten alle Sinne auf Hören umgeschalten. Selbst das Tasten geriet mir nicht als Anfassen von Etwas, sondern als Erfühlen der Schwingungen, die mir eine Melodie übertrugen. Das Hirn suchte, daraus die Töne des Gesprächs der beiden Stimmen heraus zu filtern oder zumindest die Richtung anzugeben, in die ich mich weiter bewegen musste, wollte ich die Quelle finden.

Ich verließ die Lobby Richtung Galerie, zum Trommelfell. Obwohl alle Türen geschlossen waren, spürte ich jede Bewegung des elastischen Materials, das von außen durch irgendetwas zum Schwingen angeregt wurde. Von oben fiel Licht in den Schacht des äußeren Ohrs und beleuchtete das gespenstisch anmutende Aufwallen und Vibrieren der gewaltigen Ronde. Erstaunlich schnelle Wechsel in Tempi und Rhythmus verblüfften mich ebenso, wie die Dynamik, in der die Orte des Geschehens auf dem großen Feld sich verschoben. Als würden zwei Strandgäste eine Sitzdecke ausschütteln und vom Sand befreien wollen, flackerte das Fell, oder hob an einer Stelle an, um an einer anderen gerade abzutauchen. Manchmal schien es, dass eine unsichtbare Kraft wie wild in kurzen Rhythmen auf innere und äußere Teile des

Fells einschlug, um dann gleich wieder zärtlich über dieselben Stellen zu streicheln. Ich stand an der Plexiglasfront und nahm doch wieder die Hand vom Türgriff, wohin ich sie gelegt hatte, weil mein Körper mich zu einer der Quellen führen wollte, die mein Gehör identifizierte. Instinktiv warnte mich meine Vorsicht und erinnerte an die Regeln des Hauses, das Trommelfell nicht zu betreten. Bei genauerer Betrachtung wurde schnell klar, warum diese Weisung einen Sinn machte. Obwohl das Fell jeden Tag gereinigt wurde, befanden sich doch immer wieder irgendwelche größeren Staubpartikel und Teilchen auf der Membran, die, nun stark in Bewegung gebracht, hin und her schossen und seltsame Tänze aufführten.

Ich verließ die Galerie, die um das Trommelfell führte, und ging langsam den Gang hinunter in das Mittelohr. Plötzlich stand ich vor dem Eingang der Tube und fand wieder Teile des Gespräches. Polwächters Stimme klang inzwischen bedrohlich. 'Was bilden Sie sich ein!? Als Journalistin haben Sie eine Aufgabe zu erfüllen!', dröhnte es laut, klar und deutlich in meinen Ohren. 'Ja, eben!', folgte Feders hohe Stimme mit trotzigem Widerspruch. Und obwohl ich beide Stimmen sehr gut hörte, schienen meine Sinne seltsam abgelenkt. Eine unidentifizierbare, aber sehr kompakte Akustiklinie überlagerte zunehmend die Gesprächsfetzen. Es klang wie das Rückwärtslaufen von Tönen, die nach Luft schnappten. Um diese Störungen loszuwerden, lief ich, einer Eingebung folgend, am Eingang der Tube vorbei, Richtung Spaßbad.

Ich weiß nicht, was passiert wäre, wenn ich bereits diese Nacht den Weg in die Tube genommen hätte. An jenem Abend jedenfalls ging ich tiefer in die unteren Etagen des Gebäudes und verfolgte die Tonspur bis zur Tür der Klangbibliothek, die leicht angelehnt einen Lichtspalt freigab. Ich zog die Tür auf und betrat den diffus beleuchteten Raum. Und weil meine Augen mehr sahen, als dass meine Ohren hören mussten, verlor ich mit wenigen Schritten die Gesprächsfetzen. Auch meinte ich, die Quelle gefunden zu haben und jeden Augenblick die Beiden im Streitgespräch anzutreffen.

Neben der eigenwilligen Dachkonstruktion in der Form des Außenohrs, dem Kubus zwischen den drei Bögen und dem Raum mit den Stangen als elektromechanische Reizübertragung, empfand ich diesen Saal als das eigentliche Herzstück. Hier war jeder Gegenstand sogleich Ton. Keine Bewegung, die nicht irgendeine Melodie erzeugte. Umso mehr wundert es mich immer wieder, wenn mehrere Personen gleichzeitig in ihm wandelten und trotzdem die erzeugten Töne sich nicht gegenseitig störten. Dr. Dreysen erklärte uns diesen Effekt, bei unserem ersten Besuch der Bibliothek, damit, dass die Töne nicht im Raum, sondern in unseren jeweiligen Ohren erzeugt werden. Jeder höre das, was in seinem Gehör oder den Organen in Resonanz treten kann. Bei aller physiologischen Übereinstimmung sei das bei jedem Individuum etwas anders gelagert. In der Klangbibliothek könne sich jeder Hörer seine angenehmsten Melodien heraushören und auf einem Speicher mitnehmen.

Es ist keine Bibliothek mit Regalen voller Informationsträger. Töne, Klänge und Melodien, akustische Signale und Raumerfahrungen mussten erspürt werden. Auch hier dominieren die geschwungenen Strukturen, wie im ganzen Haus. Die einzelnen Abteilungen trennen geschwungene Raumteiler, die sich wie Rotorblätter von den Außenwänden in das Bibliothekszentrum einschwingen, um in der Mitte einen Kreis freizugeben, von dem aus jede Nische zu betreten ist. Ich schritt dem Zentrum zu und musste unweigerlich nach oben zur Decke sehen, woher das diffuse Licht einströmte. Der Bibliotheksraum befindet sich unterhalb des Spaß- und Therapiebades, mit dem er durch eine gewaltige Glasdecke verbunden ist. Wenn am Abend das Bad geöffnet war und jeder sich nach dem anstrengenden Therapietag seinen Körperbewegungen hingeben konnte, dann umsäuselten ihn die schönsten Töne aus der darunter liegenden Klangbibliothek. Jeder der Patienten konnte seine Wünsche, ob nach einem Musikstück oder einfach nur nach der eigenen Stimmung oder Harmonie, in einen Monitor eingeben, um dann entsprechend einer abgestimmten Zeitangabe sein Musikerlebnis im umspülenden Wasser zu genießen.

Wie ich selbstvergessen meinen Blick vom Glasdach langsam in eine der geschwungenen Nischen gleiten ließ, wo einige hohle Baumstämme und grazil gearbeitete Rasseln und mir unbekannte afrikanische Rhythmusinstrumente aufgereiht lagen, bemerkte ich aus dem Augenwinkel heraus eine Bewegung. Ich drehte mich um und stand Dr. Malekin gegenüber. Er nahm gerade seine Brille ab und kniff die Augen leicht zusammen.

„Was machen Sie denn um diese Zeit in der Klangbibliothek?“, fragte er mich, während er die Brille vollends in das Etui steckte.

„Ich konnte nicht schlafen und meinte, Stimmen zu hören, die aus der Bibliothek kommen.“

„Ich glaube nicht, dass ich laut vor mich her gesprochen habe.“

„Das war nicht Ihre Stimme.“

„Es haben sich immer mal wieder Patienten über die Hellhörigkeit des Hauses beschwert. Die Sanatoriumsleitung überlegt schon, ob nicht besser Schallschutzverkleidungen in den Fluren nachgerüstet werden. Die Gänge transportieren die Töne mitunter über mehrere Etagen und man wundert sich, woher sie eigentlich kommen.“

In einer der Nischen, in die ich hineinschaute, sah ich einen beleuchteten Arbeitsplatz. Unbekannte Gerätschaften und Instrumente lagen auf einem Tisch. Für einen Wissenschaftler seines Formates fand ich es nicht ungewöhnlich, dass er die Ruhe der Nacht zu eigenen Experimenten nutzte. Aber sollte ich mich derart vertan haben, als ich die Stimmen von

Polwächter und Feder hörte? In der Bibliothek war von ihnen jedenfalls nichts wahrzunehmen.

Ich stand noch in der Pose, als ob ich in die gläserne Decke hineinschaute. Dr. Malekin tat es mir nach, blickte mir seitlich verschmitzt in die Augen, um Aufmerksamkeit zu erheischen. Er betätigte eine Bedieneinheit und zog seine rechte Augenbraue leicht nach oben. Das Licht des Bades brach sich im Wasser und legte eine leichte flimmernde Bewegung in den Raum und auf sein Gesicht. Erst hörte ich ein Rauschen und Dr. Malekin regulierte etwas nach. Es trat so etwas wie erwartungsvolle Ruhe ein, als gäbe es schon irgendetwas zu hören, das sich aber noch nicht voll einstellen wollte: Ein Luftzug mit dem Klang einer kühlen Nacht, eine Assoziation felsiger Erhabenheit und Weite über den Bergen. Ich hätte meinen können, Sterne und Milchstraße stünden über mir. Ein aufkommendes Knattern wollte ich schon als eine Vogelstimme identifizieren, doch es klang eher wie ein glühender Stein, der in das Wasser fällt und erst brodelnd, dann zischend erkaltet. Die Töne ließen nur Andeutungen zu, deshalb wunderte ich mich, wie meine Phantasie die Bilder dazu malte.

„Eine Sternschnuppe."

„Ein Meteorit oder ein Komet, der an uns vorbeizieht." Dr. Malekin stellte etwas auf der Bedieneinheit ein und hob wieder aufmerksam den Kopf. Ein klarer Ton erfüllte den Raum. „Der Jupiter. Die Planeten haben Töne, eine eigene Melodie. Jeder Gegenstand hat eine Eigenschwingung, eine Frequenz. Das 'Ohr' kann sie hörbar machen. Wir können mit unserer Technik die Schwingungen aufzeichnen und in eine Grafik umwandeln. Unser Gehirn stellt Assoziationen her und sucht passende Bilder und Wörter."

Ich wollte wissen, ob das eine Aufzeichnung sei. Dr. Malekin schüttelte den Kopf, und erklärte mir, was ich seit meinem Aufenthalt im Sanatorium oft zu hören bekam, den Weg der Töne durch das Ohr. Die Bibliothek befindet sich unterhalb des Bades, um in einem verkürzten Verfahren die aufgefangenen Geräusche in das Klangarchiv abzuzweigen. Der akustische Hauptstrang läuft über die Zentrale, sagte er. Dort könne man noch die genaue Ortung der Geräuschquellen vornehmen, weil die Töne erst nach den drei Bögen aufgezeichnet werden und damit die drei Raumkoordinaten erfasst würden.

Für alles, was wir von außen wahrnehmen, benötigen wir eine innere Struktur. Im modernen Alltag würden manche Fähigkeiten verkümmern, andere besonders ausgeprägt. Das Gehör sei ein Orientierungssystem, betonte Dr. Malekin. Es sei nicht nur wichtig, dass etwas gehört wird, sondern woher es kommt, wo sich die Quelle des Geräusches befindet. Nur so war unser Überleben im Dschungel möglich. Der moderne Mensch sei zu sehr durch Bilder verwöhnt, die an ihn herangetragen werden müssen. Bilder hätten den Nachteil, zwar etwas abzubilden, jedoch nichts über die Quelle und den Weg auszusagen. Da könne man viel manipulieren. Der moderne Mensch muss etwas gesehen haben, damit er glaubt, dass es dieses Etwas wirklich gibt. Der archaische Mensch wusste im Voraus, dass auf ihn etwas zukam, weil er sich auf sein Gehör verließ. Mit den Augen suchte er die Quelle, die er aus einer Richtung hörte, um sie mit dem Körper aufzufinden oder ihr zu entfliehen. Wir müssen erst wieder lernen, die natürlichen Quellen und ihre Wege wahrzunehmen. Das sei im Großstadtdschungel nicht so einfach. Wir haben uns angewöhnt, die Töne in Speicherchips zu konservieren und über Kopfhörer in unser Gehörsystem einzuspielen. Wozu brauchen wir da noch eine Orientierung? Es gibt Musik oder störende Geräusche. Dazwischen wird vieles nicht mehr wahrgenommen. Erst wenn es uns Schwierigkeiten bei Gesprächsrunden macht, alles zu verstehen, werden wir unruhig und bemerken ein aufkommendes Defizit. Dann ist es zu spät und der Tinnitus setzt ein.

Ich fragte ihn, ob nicht eine Klangbibliothek ein Widerspruch in sich sei, weil die Töne und Melodien ebenfalls von ihren Quellen abgeschnitten sind, also auf ablegbare Bilder reduziert werden. Dr. Malekin sah mich an, nickte und meinte, wir sollten uns darüber noch einmal ausführlich unterhalten. Er sei müde und wolle sich in sein Zimmer zurückziehen.

Das Gesprächsende empfand ich etwas abrupt. Als ich auf die Uhr schaute, verstand ich ihn. Ich verabschiedete mich und verließ nachdenklich die Bibliothek. Mein Kopf beschäftigte sich mit den Bildern und den Tönen, indem er das Gespräch mit Dr. Malekin auf dem Weg zu meinem Appartement fortsetzte. Dr. Malekin stand als Bild vor meinem geistigen Auge, im Wellenmuster des beleuchteten Bades. Doch im Unterschied zum gerade abgelaufenen Gespräch war nun ich derjenige, der erzählte und die Argumente gegeneinander abwog. Derart abgeschottet, nahm ich weder meinen Weg, geschweige irgendwelche Töne wahr und wunderte mich, als ich plötzlich vor meiner Tür stand.

7. Kapitel

Dritte Unterbrechung

Kohlpeter wachte auf und spürte an der Hand ein Zittern, das durch den gesamten Körper lief. Er richtete sich in seinem Bett auf. Aus dem Schacht drang kein Lichtstrahl. Um ihn herum spürte er die Akustikkeile gegen sich gerichtet. Er wollte sich noch immer nicht an diese Struktur gewöhnen, so sehr empfand er körperlich ihre Spitzen als Drohung. Das Bett stand an der Wand und Kohlpeter griff nach dem Vorhang, den er über die Keile gelegt hatte, um sein Gefühl auszutricksen. Die Keile vibrierten.

In einem Nachbarraum befand sich ein Seismograph, wusste Kohlpeter von seinen Streifzügen, die er ab und zu unternahm, um sich etwas abzulenken. Man hatte bei der Ausstattung des Klangsanatoriums wirklich an alles gedacht. Da standen eben private Geldgeber dahinter.

Er erhob sich und ging über den Flur zu dem Raum, wo sich der Seismograph befand. Er erinnerte sich der Erschütterung vor ein paar Tagen, als er den Hausmeister bei der fragwürdigen Reinigung des Trommelfells antraf. Warum nicht einfach mal nachsehen, ob es Aufzeichnungen gab? Kohlpeter brauchte eine Weile, bis er sich auf dem kleinen Monitor, oberhalb der mechanischen Schreibgeräte, orientiert hatte und die Linien halbwegs zu interpretieren verstand. Nein, der Puls der Erde verlief normal, soweit er das Gerät richtig verstand. Oder doch? Eine kleine Spitze, wie ein Nadelstich, ragte aus den ansonsten gleichmäßig verlaufenden Amplituden heraus. Kaum zu erkennen, aufgrund der nur ganz kurzen und wenigen Nachschwingungen. Wenn das Aufzeichnungsgerät diese Stelle nicht noch extra markiert hätte, wäre es ihm gar nicht aufgefallen. Er schaute weiter nach ähnlichen Markierungen. In einigen Abständen folgten ebenfalls Nadelstreifen. Warum war das noch niemandem aufgefallen? Na gut, das Klangsanatorium war seit fast einer Woche geräumt. Aber die wiederkehrenden Striche reichten viel weiter zurück. Kohlpeter suchte in seinem Overall nach Schreibutensilien. Dann fand er einen Stift neben einer Papierablage. Er notierte sich die Datumsangaben der Ausschläge und wollte den Raum verlassen.

Bevor er die Tür erreichen konnte, durchzog ein eindringlich hoher Ton die Luft. Unwillkürlich hob er die Hände zum Kopf, um die Ohren zuzuhalten. Der Ton zog in höhere Frequenzen und verließ den hörbaren Bereich. Kohlpeter stand benommen im Raum und drehte sich langsam einmal um die Achse, als erwarte er irgendwoher ein Geräusch oder einen neuen Ton. Es rauschte, als ob sein Blut, wie ein Wasserfall, durch den Kopf stürzte. War das wieder einer seiner Anfälle? Er durfte sich einfach nicht zu sehr darauf konzentrieren. Ruhig durchatmen und eine Melodie suchen. Das Rauschen wurde leiser und wieder lauter.

Plötzlich hatte er das Gefühl im Wald zu stehen, durch den ein Windzug hindurch lief und die Baumwipfel in Bewegung brachte. Wieder traf ihn ein hoher Ton, diesmal eindeutig von hinten; eine kreischende Vogelstimme. Alle Töne, die er nun hörte, stammten aus dem umliegenden Wald. Da gab es für ihn keinen Zweifel. Kohlpeter schloss die Augen und hatte das Gefühl, er stünde auf dem Dach des Sanatoriums und könne im Mondlicht das Watzmannmassiv sehen, und die Berge mit ihren Wäldern und Senken. Die Stimmen der Nacht wurden immer deutlicher. Dann nahmen sie wieder etwas ab und ein anderer, fremder Ton schwoll an. Er kam nicht aus den Bergen oder den umliegenden Wäldern. Dieser fremde Ton kam von sehr weit her und seine Quelle war noch sehr weit weg.

Kohlpeter wusste inzwischen solche räumlichen Melodien zu deuten oder zumindest ernst zu nehmen. Unruhe durchzog seinen Körper und er öffnete die Augen. Doch er musste sich konzentrieren, um sein Bauchgefühl nicht in die falsche Richtung zu interpretieren. Das könnte den eingeschlagenen Pfad der Empfindungen in eine Sackgasse führen. Sein assoziativer Verstand sagte ihm, da würde etwas auf ihn zukommen. Nicht er würde suchen, sondern er würde gesucht werden. Nun erst, mit diesem Gedanken, der sich immer fester in sein Gehirn einnistete, wurde ihm die Ungewöhnlichkeit des Vorganges bewusst. Hatte er es endlich geschafft, ohne technische Hilfe der Tube, eine Verbindung aufzubauen? Aber wenn er nicht den aktiven Part spielte, wer war es dann? Immerhin hatte er für einige Augenblicke das Gefühl, mit dem Klangsanatorium eins zu sein; als würde er mit dem 'Elefantenohr' in den Kosmos hinein hören können.

Wieso ist noch niemand darauf gekommen, die Werte des Seismographen mit den im 'Elefantenohr' ankommenden Frequenzen abzugleichen? Er konnte sich nicht daran erinnern, dass in den Auswertungsrunden des Experimentes die seismographischen Ausschläge eine Rolle gespielt hätten oder auch nur einmal benannt wurden. In der Tube konnte er nicht mehr nachsehen, ob er Aufzeichnungen fand. Der Gang zu den Experimentierräumen war zerstört.

Kohlpeter sah sich seinen Zettel an und bemerkte, dass die Ausschläge in den letzten Wochen immer dichter folgten. Es lief zum Paternoster, um in die obere Etage zum Chefzimmer zu fahren. Dann besann er sich kurzerhand und stieg auf der Etage zur Zentrale aus. Der kommissarische Leiter hatte sie tatsächlich verriegelt und ein elektronisches Siegel auf den geklebten Signalstreifen gedrückt, das nun warnend blinkte. Er kehrte um.

Als Kohlpeter in seinem 'Käfig' eintraf und die Tür sich geschlossen hatte, beschrieb er in einem kurzen Bericht, was ihm am Seismographen aufgefallen war. Nach einer halben Stunde machte er eine Pause und lief im Raum auf und ab. Die zeitliche Abfolge der Nadelstreifen musste in irgendeinem Zusammenhang mit den Ereignissen im Klangsanatorium stehen. Er wollte beim weiteren Abfassen seines Berichtes mehr Aufmerksamkeit darauf verwenden. Dann setzte er sich wieder an den lieblosen Arbeitstisch, nahm das nächste Blatt Papier und die gläserne Feder zur Hand, und schrieb seinen Bericht weiter.

8. Kapitel

Rauschgenerator

Nach dem nächtlichen Ausflug hätte ich übermüdet sein müssen. Doch nichts dergleichen spürte ich. Nur Dr. Dreysen meinte, ich sei etwas unaufmerksam. Wir wären schon einmal weiter gewesen. Mir wollte nicht einleuchten, was er damit meinte, zumal ich mich immer wohler und ausgeglichener fühlte. Die Therapien schlugen an. Mein ganzer Körper hatte eine Eigenwärme, wie ich sie wohl seit Ewigkeit nicht mehr verspürte.

Als ich auf meinem Stuhl der Klangtherapeutin gegenüber saß, hätte ich mir am liebsten die Füße unter die Arme gezogen, so quietschvergnügt fühlte ich mich. Ich stand immer kurz vor einem Lachanfall. Sie spürte das und wir fanden gemeinsam die unsinnigsten Kreationen auf dem Gong und mit unseren Stimmen. Kein Glucksen und kein Rascheln waren zu banal, als das uns daraus nicht irgendeine Geräuschkombination gelang. Sie trällerte mit der Zunge und schlug sich rhythmisch mit den Fingern auf die Wange. Ich formte ein großes 'O' mit den Lippen und trommelte mit den Fingerknöcheln auf dem Kopf und dem Handteller der anderen Hand auf dem Mund herum. Dann schuppste sie wieder den Gong mit einer flüchtigen Bewegung an, was ich mit einem zischenden Rauschen meiner Zunge begleitete.

Und wie ausgelassen erst die Tanztherapie an diesem Tage verlief, ist kaum zu beschreiben. Ich hatte irgendwie die Kontrolle über mein eigenes Vernunftzentrum verloren und bot meiner Therapiegruppe im Kubus zwischen den drei Bogengängen ein tanzmusikalisches Solo, das selbst Hermann nicht zu stören wagte. Am Abend ging ich in das Freizeitbad und bestellte mir die Toccata und Fuge in d-Moll von Johann Sebastian Bach, um in den Wirbeln und Strömungen des Wassers wie ein Wal dahin zu gleiten.

Wann besaß ich das letzte Mal ein solches Gefühl von Leben und Bewegung, von Loslassen und Einfangen, von selbstvergessenem Dasein im Hier und Jetzt? Im Zimmer angekommen, gelang mir sogar ein neues Stück auf der Gitarre, das ich seit Tagen mit mäßigem Erfolg ausprobierte. Schließlich ging ich erschöpft zu Bett und schlief in dem Wissen ein, ich hatte mich seit Ewigkeiten nicht so wohl gefühlt.

Ich weiß nicht genau, ob ich vorher erwachte, weil auf mir kein Druck mehr lastete und ich einfach ausgeruht war, oder das Klopfen an der Tür sich nur eben wiederholte. Vielleicht träumte ich die Geräusche nur. Eine Verarbeitung der Erlebnisse aus der Nacht zuvor. Jedenfalls wusste ich sofort, dass ich gemeint war. Meine Türnummer stand mir vor Augen. Ich verließ das Bett, betätigte nach wenigen Schritten die Türklinke und wusste, noch bevor ich die Tür aufzog, dass niemand davor stehen würde.

Ich erinnerte mich einer Jagd nach der Weißen Frau im Ferienheim. Ich hatte die Idee mit der Lichtfalle, die aber nicht funktionierte. Und ich holte mir eine Beule, weil ich über den Fußschalter stolperte. Es war dieses Gefühl eines Abenteuers um Mitternacht, weil einfach etwas passieren sollte; als wäre man persönlich angesprochen, die Nacht nicht so ereignislos verstreichen zu lassen. Genauso empfand ich die Situation der klopfenden Geräusche an meiner Tür. Narrte mich meine aufgetaute Erinnerung aus besseren Zeiten? Dr.

Dreysen hatte mich in den letzten Tagen darauf vorbereitet, dass die Gefühlswelt ihre Schätze und Untiefen preisgeben würde, wenn der Druck meines übersteigerten Ich's von mir wich.

Ich ging ins Bad zurück und spülte mir kaltes Wasser in die Augen, zog mir den orangenen Overall über und hörte in die Nacht hinein. Es war kurz nach ein Uhr.

Ich bewegte mich in den Gängen auf und ab, mal auf spitzen Füßen, dann fast in der Hocke und immer leise schleichend, um keine Sequenz der zischenden, klopfenden und tuschelnden Geräusche zu verlieren. Ich durchschritt das geschwungene Treppenhaus, lief an der Galerie des Trommelfells vorbei und gelangte auf die nächst tiefere Etage, dem unterirdischen Bereich des Mittelohrs. Amboss, Hammer und Steigbügel bewegten sich ebenso, wie das Trommelfell irgendwoher seine Reizungen erhielt und in pulsierende Bewegungen umsetzte. Nun erst fiel mir auf, dass die Geräusche, die mich so alternativlos ansprachen, nicht aus der Richtung des Trommelfells kamen, was naturgemäß zu erwarten wäre. Dieses Mal war ich mir auch sicher, dass die Sequenzen mich nicht zur Klangbibliothek führen würden. Ich hörte die Stimme von Polwächter, meinem ehemaligen Mitstreiter, ohne ein Wort identifizieren zu können, aus der Richtung der Tube, einem schmalen dünnen Gang, der abseits in die Kelleretagen des Gebäudes führte, die den Patienten gewöhnlich vorenthalten werden. Hier vermutete ich den technischen Teil des Klangsanatoriums, die geothermische Heizanlage, die Lüftungsaggregate, die sich ansonsten auf dem Dach moderner Gebäude befinden. Und sicherlich befand sich hier der Zugang zu diversen Wirtschafträumen, ohne die ein solch großes Sanatorium nicht betrieben werden konnte. Mit all dem lag ich falsch.

Der Gang wurde durch keine Tür abgesperrt. Ich tippte die Informationstafel an, die in einem matten Licht das

Wort 'Tube' mit einer kurzen Erklärung aufleuchten ließ. Es ist die Verbindung zwischen Mittelohr und Rachenraum, der zum Druckausgleich dient, um das Trommelfell bei Druckschwankungen vor Zerstörung zu bewahren. Dann sprang das beleuchtete Feld um und zeigte den Schriftzug, 'Technischer Bereich. Für Unbefugte verboten!'. Es war spät nach Mitternacht, wer sollte mich hier erwischen. Dr. Malekin saß, wenn er nicht schlief, bestimmt in der Klangbibliothek. Und überhaupt, sind solche Schilder für mich eher eine Herausforderung, als eine Abschreckung.

Ich betrat den abschüssigen Gang und stellte mir vor, ich würde plötzlich im Rachenraum eines Erdkopfes landen, um mich an den Zähnen zum Kehlkopf abzuseilen. Es hatte etwas Abenteuerliches, den Stimmen und Geräuschen folgend, den dunklen Gang entlang zu laufen, und dabei seiner Phantasie eines übergroßen Wesens freien Lauf zu lassen. Deutlicher als bisher, vernahm ich nun die Stimme von Polwächter. Ich ignorierte die Türen links und rechts und lief bis ich am Ende der 'Tube' an eine durchscheinend milchig weiße Kunststofftür ankam, hinter der nun deutlich mehrere Stimmen zu hören waren.

Was dann geschah, entglitt mir, wie so vieles in diesem Sanatorium. Ich weiß nicht mehr, ob die Tür geöffnet wurde oder ich einfach das Bewusstsein verlor. Das konnte aber auch nicht sein, denn meine nun folgenden Erlebnisse standen mir so klar vor Augen, und ich kann jedes Detail genau beschreiben, dass ich meinen möchte, nichts stärkte in letzter Zeit mein 'Ich', wie gerade der folgende Augenblick. Meine überspannte Aufmerksamkeit ließ einfach alles los und so war nichts um mich herum, als gleißende Helligkeit. Sie löste sich langsam auf. Das Weiß der Tür ging in graue Tropfen und Felder über, dem strenge Linien und geometrische Figuren folgten. Das Rauschen in den Ohren schien nachzulassen und es zeichneten sich gelbliche Fischmuster, wie auf- und abtauchende Wale, ab, die sich als geschwungene Hügel verfestigten. Wären nicht die Sandkörner gewesen, die im leichten Wind sich von den Abrisskanten der Dünen lösten und wie Fahnen dahin wehten, ich hätte gewusst, dies sei einmal ein großes Meer gewesen. Und ich stapfte dahin, einen Fuß vor dem anderen, in einem weiten Gewand, umhüllt von einem Schleier, der nur einen Sehschlitz für die Augen freigab. Eine Nachricht hatte mich erreicht, ich solle mein Zelt aufsuchen.

Und während ich durch den Sand über die Dünen, dem imaginären Punkt entgegen lief, der mein zu Hause sein sollte, drehte der Verstand auf und deutete den größten Unterschied zur wirklichen Welt, wie sie mir bisher bekannt war. In der Welt, die ich gerade verließ, hatte mein Körper immer einen Ort, der ihm von außen zugewiesen war und den er kannte. Alles was darüber hinaus existierte, konnte nur als Wissen von der Welt im Kopfe, wie ein Spiegel, seine Entsprechung haben. Niemand kann wissen, ob das, was im Rücken liegt, auch wirklich da ist, wo wir es erwarten. Wir leben in einer Abstufung fragwürdiger Gewissheiten.

Aber hier, in diesem Zustand der Traumwandlung durch eine Wüste, war mir der Ort, wo ich war, ganz einerlei. Mein Kopf wusste, dass es dieses Zelt hinter der nächsten Düne gab. Er ahnte es nicht nur, er wusste es! Eine zweite Welt schob sich mir in die erste.

Aber vielleicht ist es auch ganz anders. In meiner Wüste existierte so wenig, dass hinter mir dasselbe war wie vor mir: Sand und nichts als Sand. Und der Verstand lechzte geradezu nach Strukturen, die er sich aus Verzweiflung schließlich selber schuf. Und er formte aus dem feinen Korn Fisch und Meer und fliegende Ungetüme im Wind. Die rauschenden Töne im Äther wandelten sich in das Flüstern der Engel und das Heulen der Hunde und das Rufen der Dromedare. Aus all den Abstufungen von Gelb und Braun im blauen Hintergrund entstanden wehende Tücher aus feinster Seide und gröbsten Leinen, hinter denen sich Andeutungen graziler Nymphen und bedrohlicher Fabelwesen versteckten; nichts Erschreckendes; sie gehörten in diese Landschaft.

Ein hoher Ton, ein Klageschrei, legte sich tief in die Sandwellen und füllte die Täler zwischen den Dünen. Meine Traumfigur kannte die Stimme. Sie weinte und wimmerte und klagte schon seit Wochen. Anfänglich leise im Ton der Erzählung, dann immer eindringlicher mit langen Abständen des Schweigens. Später musste meine Sippe sich an lautes Klagen gewöhnen, das uns selbst schon in die Verzweiflung trieb. Von einem Hügel aus sah ich nun das Beduinenzelt, aus dem das Wehklagen Sanais drang. Wir konnten ihr nicht böse sein. Sie spürte nur deutlicher, was wir alle sahen. Die Farben unserer Welt hatten sich verändert. Oder waren wir alle infiziert von den Gesängen der Anderswelt?

Ich hatte den Schamanen in der Oase besucht, in der Hoffnung, er habe einen Rat für unsere Situation. In meinem Beutel trug ich das Oktavometer. Ohne dass er das Gerät sah, fragte er mich, warum ich es nicht nutze und schickte mich mit einem Kraut wieder nach Hause.

Sanai hockte in ihren Tüchern umhüllt auf ihrem Kissen und bedeckte die Augen mit ihren Händen und sang das alte Klagelied von den falschen Farben, die über dem Land lagen und alles Leben zum Stehen brachten. So eindringlich war die Melodie, dass ich im Eingang verharrte und keinen Schritt mehr tat. Die Kinder saßen Abseits und hatten ihre Gesichter einander zugewandt. Meine Frau nickte, berührte die Mutter sacht an der Schulter und führte sie in einen vorbereiteten, mit Tüchern und Decken abgetrennten Raum. Sanai sträubte sich nicht und ich legte sie auf einen Teppich. Als der Sud fertig war, nahm sie einen Schluck und wir begossen mit dem Rest ein Tuch und rieben ihren Körper ein. Ein beißender Geruch lag im Raum. Nach einiger Zeit begann das beigestellte Oktavometer seine unsichtbare Arbeit zu verrichten. Der Raum wurde weiter, die Töne voller und ein betörender Duft durchlief die Sinne. Wir gerieten in Trance. Sanai übertrug ihre Vision.

Als ich erwachte, fand ich mich auf der Krankenstation des Klangsanatoriums wieder. Ein Signal rief die Schwester, die mir etwas zu trinken gab und mich anwies, das Bett nicht zu verlassen. Dr. Malekin betrat den Raum und fragte nach meinem Befinden. Man habe mich in der Tube gefunden und sei etwas besorgt. Vorläufig seien alle Therapien abgesetzt, bis sich mein Zustand verbessert habe. Er fragte, was ich im Tubengang gesucht hätte. Ich antwortete, dass ich nicht schlafen konnte und Stimmen gehört habe, die mich zur Tube führten. Er antwortete, dies sei ein Fall für Dr. Dreysen, der, sobald er abkömmlich sei, sich mit mir beschäftigen würde.

Als ich Dr. Dreysen von meinem Wüstentrip berichtete, ermahnte er mich nochmals, ich solle den Alkoholkonsum im Sanatorium sein lassen. Ich hauchte ihn provokant an. Er setzte eine besorgte Miene auf und unterzog mich einigen Tests, die wohl meine Fähigkeiten zur Verortung in dieser Welt feststellen sollten. Er schickte mich eine Linie hin und her und klopfte mit einem Hämmerchen diese und jene Stelle an meinem Körper ab. 'Hm' machte er. Was sonst, ich war doch nicht verrückt. Der Ausflug in die Wüste schien im Gegenteil alle meine Sinne zu schärfen und mir manche Klarheit zu verschaffen, die im melodischen und tanztherapeutischen Sanatoriumsalltag langsam zu entgleiten drohten. Der Gang durch die Dünen war eine Pilgerwanderung zu den heiligen Stätten meiner Welt: Eine Konzentration auf das Wesentliche, auf die Bewegungen des Körpers im abstrakten Raum. Wie ein Schauspieler auf einer Probe, der seinen imaginären Raum durchmisst und sich Punkte der Handlung selber setzt. All das versuchte ich Dr. Dreysen begreiflich zu machen.

Dann sah er mir eindringlich in die Augen und fragte mich

zu meinem Erstaunen, was ich da draußen in der Wüste wirklich wollte? Wusste er, was er da abfragte oder war er nur wieder so spontan, wie so oft in den Gesprächen, die er mit mir führte?

„Was erwarten Sie von mir?“, fragte ich ihn, als hätte ich etwas zu verbergen. Doch er ließ nicht locker.

„Eine Geschichte, wenigstens eine gute Geschichte; eine Traumgeschichte, um es direkt zu sagen.“

Nun hatte er mir den Ball so zugespielt, dass ich alles erzählen konnte, ohne meinen Verstand zu kompromittieren. Natürlich, es war ja nur ein Traum, ausgelöst durch meine überzogenen Nerven, die mich zu mitternächtlicher Stunde an der Nase herumgeführt hatten.

„In Ordnung. Ich erzähle ihnen meine Traumgeschichte und Sie sagen mir, was da in der Tube vor sich geht.“

„Nichts Besonderes. Da befindet sich unser Labor. Und wir haben dort auch einen OP-Raum, um Implantate zu setzen. Dr. Malekin hatte Sie gefunden, als er nach Hause wollte.“

„Ich hatte ihn gestern auch schon um diese Zeit im Klangarchiv angetroffen.“

„Also ist das der Grund, warum Sie in letzter Zeit so unkonzentriert in meine Sitzungen kommen? Sie laufen Nachts durch das Haus.“

„Das Sanatorium macht mich zum Nachtwandler.“

Das Gespräch plänkelte so weiter, bis ich schließlich, von Dr. Dreysen angestachelt, mit meinem Traum herausrückte. Ich erzählte ihm von den falschen Farben der Wüste und der im Trance übertragenen Geschichte der Mutter meiner Sippe:

„In einer Zeit, lange vor unserer Zeit, lebte Sanai als kleines Mädchen in einer blühenden Stadt. Die Menschen ringsum lebten von Ackerbau und Viehzucht, die Bewohner der Stadt trieben regen Handel mit den aufstrebenden Nachbarstädten in Nah und Fern. Kunst und Kultur blühten und die Mächtigen hatten Respekt vor den Schwachen und beteiligten sie an dem Reichtum, den sie gemeinsam schufen.

Einmal im Jahr gab es ein großes Fest. Wir würden wohl sagen, es huldigte der Göttin der Fruchtbarkeit. Die Weisen jener Zeit wussten mit den Ritualen der Offenheit und Praktiken der Einkehr umzugehen, um die Lebensenergie der Natur, der Erde wie des Kosmos, der Lebewesen, der Luft wie der Steine, der Tiere und Menschen, der Pflanzen und Minerale, des Wassers und des Feuers mit den Menschen in ein Gleichgewicht zu bringen.

Sanai berichtete, dass in jenem Jahr eine Änderung im Fruchtbarkeitsritual stattfand. Die Viehbauern hatten sich gegen den Magistrat durchgesetzt. Das Spektakel der Initialisierung der Herden sollte nicht mehr abseits im großen Gatter vor der Stadt gefeiert werden, sondern seinen Platz in der altehrwürdigen Quaderhalle finden. Die Quaderhalle steht seit Urgedenken an jenem Ort, um den herum Generationen die größte Stadt des Landes bauten. Viele Kaufleute hatten ihre Stände vor dem Hauptportal aufgestellt. Auch die Seiteneingänge und Straßen rund um den Platz belegten Händler und Handwerker. Töpfe, Schuhe, Stoffe und sogar Seide wurde dargeboten. Kunstschmiede boten Arbeiten aus Kupfer, Silber und Gold an, feinste Geschmeide für die adligen Besucher des Spektakels. Bauern aus der Gegend boten Obst und Gemüse, Korn und Nutztiere feil. Ein besonderes Ereignis war die alljährliche Zeremonie auch für Heiler, Quacksalber und Schamanen aus dem ganzen Land. Sogar von Jenseits des großen Sees kamen die Kranken, die Strapazen des langen Weges auf sich nehmend, um der Zeremonie der Fruchtbarkeit beizuwohnen. Von ungewöhnlichen Heilungen am Rande der Feierlichkeiten wurde immer wieder berichtet.

Sanei lief als kleines Mädchen an der Hand ihres Bruders durch die Straßen. Der Vater war schon vorausgeeilt. Er führte seine Gescheckte in feierlicher Aufmachung vor den erstaunten Augen der Passanten zum Sammelpunkt in einer Nebenstraße. Seine Kuh gehörte dieses Jahr zu den auserwählten Tieren, die, als Verkörperung des Patronats der Stadt, dem Ritus der Überschreitung zugeführt werden sollten. Seine Gescheckte hatte er drei Jahre lang versteckt und selbst den Kommissionsdienern im letzten Jahr vorenthalten. Um so größer war das Erstaunen über ein solch stattliches Tier, das in dieser Gegend niemand zuvor gesehen hatte."

Saneis Bericht und mein Traum verschmolzen ineinander und beim Erzählen schien beides gleichzeitig abzulaufen. Ich war Sanei, die mir erzählte, was ich nun Dr. Dreysen berichtete. Er hörte mir schweigend zu, während meine Sinne sich in einen intensiven Rausch der Farben, Gerüche und Töne eines turbulenten Marktgeschehens hingaben.

„Da zog der Bruder seine kleine Schwester in den Haupteingang der Quaderhalle hinein, vorbei an den Wachen, die nur kurz auf das Papyrusstäbchen schauten. Teilnehmer und Gäste des Geschehens liefen links und rechts die Aufgänge empor. In den unteren Etagen, rund um den zentralen inneren Platz, der in die Höhe ragenden Halle, tummelte sich das gemeine Volk. In den oberen Rängen erhoben sich wie Schwalbennester die Balkone der ehrwürdigen Familien der Stadt. Der innere Kreis der Halle war wie eine Manege abgesperrt, in deren Mitte zwei riesige durchsichtige Röhren standen, die weit in die Höhe reichten, fast bis unter das Dach. Ihr Bruder führte sie zur zweiten Etage. Sie drängten sich durch die Menschenmenge bis zur Brüstung vor; noch rechtzeitig, denn gerade als sie einen aussichtsreichen Platz einnahmen, sahen sie ihren Vater, mit der Gescheckten die Manege betreten. Zusammen mit zwei weiteren Aspiranten stellte er sich vor den Röhren auf. Doch erst als der Hohe Rat die Arena betrat, trat Ruhe in der riesigen Halle ein. Die Menschen reckten ihre Köpfe, jeder wollte das Spektakel aus der besten Position betrachten.

Das Fruchtbarkeitsritual begann mit einem Gebet. Danach verlasen die Oberhäupter der Stadt die Regeln und die Teilnahmebedingungen der Initialisierung. Die drei Rinder erfüllten nach den ausgestellten Gutachten alle Bedingungen. Der Bürgermeister gab schließlich ein Stichwort, woraufhin die Dachluke über den Röhren geöffnet wurde und ein breiter Lichtstrahl in die dämmrige Halle fiel. Und als wäre es selbstverständlich und könne gar nicht anders sein, wie es eben in einem Traum so zugeht, hoben sich die beiden riesigen durchsichtigen Röhren zwei bis drei Meter vom Erdboden ab. Beifall hob an und brandete mit lauten Rufen durch die Quaderhalle. Eine Gruppe heiliger Frauen warf sich ekstatisch in den Sand. Sodann begann das eigentliche Ritual. Zwei der drei Rinder wurden unter die beiden Röhren geführt. Die Gescheckte von Vater war noch nicht dabei. Nachdem die Treiber die Zügel losließen und den inneren Kreis der Röhren verließen, herrschte gespannte Stille in der Halle. Und weil man im Traum immer mehr fühlt, als man sieht, erwarteten Sanei und ich im gemeinsamen Trance, dass die Kühe zu fliegen begannen, was sie schließlich auch taten. Langsam lösten sie sich vom Boden und strebten dem unteren Ende der Röhren zu. Als sie es erreichten, senkten sich beide Röhren zum Boden ab. Die zwei Rinder schwebten bis zur Mitte in die Höhe. Obwohl es wie ein Wunder auf die Zuschauer wirken musste, schien die gefüllte Halle nach einer halben Minute einer enttäuschten Unruhe nachzugeben. Es geschah nicht das, was erwartet wurde. Die Rinder schwebten in ihren jeweiligen Röhren mal nach oben mal nach unten, mal zugleich und dann versetzt. Sie muhten und ihre Glocken klingelten. Sanei sah sich um und gewahrte, dass die Besucher die Köpfe schüttelten und mit den Händen abwinkten. Die Dachluke wurde auf ein Zeichen etwas abgedunkelt und die Röhren ließen die beiden Kühe wieder frei. Die sich am wenigsten bewegt hatte, wurde aus der Arena geführt. Nun stellte Vater die Gescheckte unter die frei gewordene Röhre und das Spektakel begann von neuem. Als die Röhren wieder auf dem Sand aufsetzten, erhoben sich die Kühe in die Lüfte. Sanei faselte undeutlich, ihr wäre so, als spürte sie Wasser in den Röhren, das sich in der einen Röhre absenkte, wenn es in der anderen anstieg; als stünden beide in einer unsichtbaren Verbindung zueinander.

Doch wenn es Wasser gewesen wäre, hätten beide Kühe auf einer Ebene verharren müssen.", erzählte ich Dr. Dreysen, der sich, ohne eine Miene zu verziehen, meinen Traumbericht anhörte. „Die Gescheckte stieg und stieg. Die andere Kuh fiel immer weiter nach unten, bis sie auf dem Sandboden der Manege stand; gegen alle Regeln der Physik von den kommunizierenden Röhren." Im Gesicht Dr. Dreysens tat sich noch immer nichts, obwohl ich an meiner eigenen Stimme bemerkte, dass ich immer dramatischer redete, nur um ihn doch noch von meinem Erlebnis zu begeistern. Seine Augen zuckten nicht einmal, obwohl die Arena jubelte und die Menschen vor Begeisterung tobten. Die Gescheckte hatte haushoch gewonnen und die Zeichen standen auf Regen und eine gute Ernte im Herbst. Erschöpft fiel Sanei in einen tiefen Schlaf, nachdem sie ihren Bericht damit beendete, dass die Einwohner der Stadt im Regen tanzten und freudestrahlend nach Hause liefen. Und ich hatte den schönsten Traum der letzten Jahre. Ich wusste gar nicht, wie lang es her war, dass ich so realistisch träumte, als könne ich alles anfassen, fühlen, hören, riechen, schmecken und in den schönsten Farben sehen.

Nachdem ich geendet hatte, schwieg Dr. Dreysen, und ich fragte ihn, was dieser Traum zu bedeuten habe. Die Pause wurde mir schon zu lang. Als er ansetzen wollte, sprach ich es wie eine Provokation aus; ob ich vielleicht verrückt sei. Er sah mich an, als müsste er mir eine komplizierte Krankheit erklären. Nun wurde ich doch etwas unruhig.

Nein, so könne man das nicht sagen. Ich befände mich eben nur in einem schwierigen Stadium meiner Hypersensibilisierung. Das sei schon ab und an mal vorgekommen, dass Tinnituspatienten nach den ersten Therapiestunden zu mehr Phantasie angeregt wurden. Und es sei auch im Sinne des Therapiefortschritts.

Er, der bislang viel Verständnis für mich aufbrachte, fragte nüchtern: „Ihren Tinnitus, sagen Sie, haben Sie seit dem Tauchunfall vor drei Jahren?"

„Ja, so ist es.", antwortete ich. „Aber dieser Traum ist doch etwas ganz anderes; hat doch damit nichts zu tun!"

„Sie haben da etwas Negatives im Unterbewusstsein verarbeitet, das Sie nun in etwas Positives wenden. Ich glaube da können wir ansetzen."

Am nächsten Tag schloss ich mich auf Anraten Dr. Dreysens einem Ausflug in die nähere Umgebung an. Ich sollte mich erst einmal von den Strapazen der Hypersensibilisierung erholen und wieder einen normalen 'Außenblick' erhalten. Vielleicht war der Doktor auch nur über meine Wüstenphantasie erschrocken und wollte mich deshalb der prallen Landschaft des Berchtesgadener Landes aussetzen. Weg von der Beschäftigung mit den eigenen Geräuschen, weg von der Umgebung, die alles irgendwie in mir in ein sich bewegendes Schiff auf hoher See verwandelte: Die Gänge des Hauses, die ihre klare Struktur verloren hatten; die Flurgeräusche, die mich irgend wohin lockten, um mich schließlich in einen Traum einzufangen, dessen therapeutische Befragung mein Innerstes zu Äußerst wälzte. Das alles wühlte mich auf und riss mich hin und her, denn bislang war meine Welt wohl sortiert gewesen und meine Kopfgeräusche hatte ich unter Krankheit abgetan, die ihren Arzt finden würde.

Mit den Vorgängen der letzten beiden Tage ahnte ich, dass sich etwas veränderte. Meine rationale Welteinteilung, mit klaren Aufgaben für Beruf und ein wenig Privates, war ins Wanken geraten. Die Therapieerfolge stellten mich vor neue Herausforderungen. Dr. Dreysen machte mir bewusst, dass die Wüste in mir nach neuer Fruchtbarkeit verlangte und die kommunizierenden Röhren geradezu nach äußeren Anregungen und ungezwungenen Gesprächspartnern riefen. Also schloss ich mich den wöchentlichen Ausflügen in die Umgebung an, die mit einer Wanderung durch den Wald, hin zur Bushaltestelle, begann.

Die letzte Nacht musste Vollmond gewesen sein, denn auf dem Vorplatz, auf dem sich die Expeditionsteilnehmer einfanden, versammelte sich fast meine gesamte Tanzgruppe. Es erging wohl mehreren Patienten so wie mir, und ich hegte den Verdacht, das Haus selbst könne Teil des Problems sein. Aber ehe ich mir weitere Gedanken darüber machen konnte, geriet ich unter Handlungsdruck. Denn schon kam mir Hermann gefährlich nahe, von dem ich wusste, wie schnell er seine Gesprächspartner vereinnahmte, sodass eine normale Konversation nicht mehr möglich wäre. Ich drehte mich spontan um, und stieß fast mit Feder zusammen. Das Fruchtbarkeitsritual in der Wüstenstadt hatte seine Wirkung also nicht verfehlt und ich freute mich auf einen angenehmen Tag in schöner Umgebung.

Die Journalistin hat auch einen richtigen Namen. Ich nannte sie nun aber ganz offiziell 'Feder', wie ich es schon seit geraumer Zeit für mich tat. Aber sie wehrte sich dagegen. Ihr sei das zu altbacken. Schließlich schreibe sie nicht irgendwelche harmlosen Geschichten, sondern suche die ultimativen Stories, die im Gedächtnis der Leser hängen bleiben. Und überhaupt wäre ich ziemlich anmaßend, den Namen eines anderen Menschen nicht zu akzeptieren. Ich versuchte ihr zu erklären, warum 'Feder' für sie ein sehr schöner Name wäre. Da bekam ich einen Angstzustand, der mich urplötzlich überwältigte. Meine innere Stimme sagte mir, sie habe recht, ich durfte ihr meinen Kosenamen nur vorschlagen und musste ihn dann auch liebevoll verwenden. Als hätte ein Abgleich in mir stattgefunden, dessen Spannungspotential mir ein Unwohlsein bescherte. Ich entschuldigte mich bei ihr und fragte sie, ob ich sie vielleicht doch 'Feder' nennen dürfe, weil ihr die große Prärie der Indianer anhaftete und damit auch der Jagdtrieb ihres jetzigen Berufes. Sie lachte und wollte es ausnahmsweise akzeptieren. Nun war ich überrascht. Eine Überschreitung wurde ausgeglichen. Hatte Dr. Dreysen doch wieder den Finger in der Wunde, wenn er meinte, dass ich übersensibel reagiere und einen ganz normalen Tag bräuchte?

Wir hatten bis zur Bushaltestelle genügend Gesprächsstoff, den wir auch bei der Führung durch das Bergwerk, das Museum im Obersalzberg und die Schiffsfahrt über den Königssee abarbeiten konnten. Und obwohl die Landschaft voller Bewegung war, ob als dramatische Berge oder gewundene Höhlengänge, und die Fahrt zu den Sehenswürdigkeiten kurvenreich verlief, selbst die Wellen auf dem Königssee machten der Landschaft alle Ehre, glich mein Körpergedächtnis die Schwankungen mit Bravour aus.

Mein Gefühl sagte mir, Feder sei ein sanftmütiges kleines Mädchen, das staunend durch die Welt lief und die Sterne einsammelte, die ihr von allen geschenkt wurden. Sie kann sicher auch malen und würde eine leichte Stimme für schöne Lieder haben. Während wir nebeneinander gingen, schien sie sich alle Mühe der Welt zu geben, mir das Gegenteil zu beweisen. Sie sprach von der großen Politik, den kontinentalen Machtverhältnissen und warum der Mars erobert werden müsse. Die Bankenkrise hätte nun eine Frequenz von vier Jahren erreicht, daher würden Clevere ihre Lebensversicherungen nur noch auf drei Jahre abschließen. Ob ich schon gehört hätte, dass die Bayreuther Festspiele nun doch nach München verlegt werden sollen. Erdgas wird übrigens wieder teurer, weil es Probleme mit dem Saharaprojekt gäbe. Die Sonnenkollektoren würden wegen technischer Probleme zehn Prozent weniger Leistung erbringen. Der journalistische Stenograph in ihr tickerte ohne Unterlass und ich überlegte, wie ich sie wieder so antriggern konnte, dass wir ins Gespräch kämen, auch wenn sie dann ihre Schlagfertigkeit an mir ausprobieren würde.

Als sie wieder einmal Luft holte, fragte ich sie, warum sie das Sanatorium in so kurzer Zeit wieder besuchte. Sei sie nun als Patientin eingeschrieben oder verfolge sie eine lokalpolitische Spur des Professor Reinhardts? Wir saßen im Bus, und als hätte ich einen Schalter in ihr umgelegt, senkte sie die Stimme ab und fragte mich, ob mir denn bislang nichts im Sanatoriumsbetrieb aufgefallen sei.

Ja, die Gänge würden sich in der Nacht verdrehen und die Wände verschieben. Ich würde Stimmen hören, auch ihre, wie sie sich mit jemandem in der Klangbibliothek unterhielt. Irgendwie hätten sich meine Sinne sensibilisiert, die ich heute auf dem Ausflug wieder etwas beruhigen solle, so die Empfehlung von Dr. Dreysen. Aber das stehe wohl alles nicht mit ihren Recherchen in Verbindung. Sie schaute mich etwas seltsam von der Seite an.

„Vielleicht verstehen Sie mich besser, wenn ich Ihnen sage, dass mir das Elefantenohr wie eine riesige Abhöranlage vorkommt.“, begann ich nun, an ihr Vorhergesagtes anzuknüpfen, in der Hoffnung, wir würden ein gemeinsames Gesprächsthema finden.

Sie hat eine makellose Haut, braun gebrannt, und die blonden Haare sind nach hinten gesteckt, sodass ihr wunderschönes Profil eine tadellose Sauberkeit ausstrahlte. Ich wollte diese Erscheinung unbedingt genießen, egal mit welchen Launen der Tag und die Umstände bestückt waren. Hatte mir nicht die Klangtherapeutin mit ihren Musikinstrumenten beigebracht, die richtigen Töne wahrzunehmen und die falschen zu ignorieren? Warum sollte mir das bei diesem Mädchen nicht gelingen?! Und als ich endlich soweit war und etwas Gemeinsames zwischen uns entstehen wollte, wurden wir aufgefordert, den Bus zu verlassen, um in das Bergwerk einzufahren.

Die Schutzjacken raschelten beim Anziehen und ich konzentrierte mich auf irgendetwas Schönes, dass ich in der Eingangshalle suchte. Ich half Feder in ihre Jacke. Ihr Parfüm war wohl zu stark oder die raschelnden Töne beim Überstreifen der Jacken zu intensiv; jedenfalls stand ich auf Kippe und suchte händeringend nach einem Ausweg. Aber der Strom der Gruppe drückte mich zu den Loren, mit denen wir in das Bergwerk einfuhren.

Plötzlich saß ich Hermann gegenüber. Er griff nach meiner linken Hand. Ich wollte mich wehren, doch er tat es so konsequent, dass er mich einfach überrumpelte.

„Ihnen geht es doch schon besser.“, sagte er leise, in vertrauter Stimmlage, als hätten wir schon immer auf diese Weise uns gegenseitig Mut zugesprochen. Dann ließ er meine Hand genauso abrupt wieder los, wie er sie ergriffen hatte. Der Druck war weg.

„Sind Sie Handaufleger?“ Ich wollte es eigentlich so sagen, wie man sich eben gegen ungebührliche Übergriffe erwehrt. Zur eigenen Überraschung und in aufmerksamer Beobachtung hörte ich eine ganz andere Stimmführung in meinen Worten. Mein Körper bedankte sich bei dieser Nervensäge für eine schöne Geste.

„Nur manchmal. Wer mag das schon, angegrapscht zu werden. Das gibt nur Ärger bei den Behörden.“, sprach er und ich sah in seinen Augen, wie er einen Schalter umlegte und den Insassen unseres Wagens nun lauthals erklärte, dass er das letzte Mal mit einer Grubenbahn in ein Gruselkabinett einfuhr. Es folgten detailgenaue Beschreibungen der Gespenster, die er alle gesehen hatte, und wie diese funktionierten.

Unten angekommen, suchte ich Feder, die an einer Biegung winkend auf mich wartete. Die Jacke stand ihr gut und das Lächeln war bezaubernd. Dann schubste etwas von hinten und drängelte von der Seite. Der drohende Anfall ließ sich jedoch nicht mehr provozieren. Hermann war ein Stück weit weg. Feder hakte sich mir unter.

„Das mit der Abhöranlage müssen Sie mir etwas genauer erklären!“, forderte sie mich verschmitzt zum Gespräch heraus.

„Na ja, ein Ohr ist eben ein Ohr, zumal wenn es so riesengroß ist.“

„Das meinten Sie aber nicht!“

„Doch, ich habe gesehen, wie sich die Membran oder das Trommelfell in der Nacht wirklich bewegte. Übrigens in derselben Nacht, als ich ihre Stimme aus der Klangbibliothek hörte.“

„Wenn das Gebäude ein so sensibles Ohr ist, warum kann es mich nicht auch von weit her gehört haben, als ich noch in München war?“

„Das ist wahr.“, antwortete ich ihr, und mir wurde bewusst, wie leistungsfähig eine solche Abhöranlage sein müsste, wenn sie so etwas könnte. Ich schaute in ihre Augen und fragte mich, ob sie wirklich verstand, was sie soeben leichtfüßig daher sagte. Oder ich unterschätzte Feder. Sie war immerhin eine Journalistin und nicht zufällig im Klangsanatorium.

„Sie halten das nicht für möglich?“, Feder ging nun in die Offensive, und ich wunderte mich, welchen Blick sie auf das Sanatorium hatte. „Wenn Sie mir einen Gefallen tun wollen, dann finden Sie heraus, was in dieser 'Tube' vor sich geht. Offiziell heißt es, dort würden neue Kochleaimplantate getestet. Das sind hochsensible elektronische Teile, die operativ in die Hörschnecke eingesetzt werden, um die zerstörte Verbindung zwischen Schallwelle und Nervenenden wieder herzustellen. So weit, so gut. Aber ich habe herausgefunden, dass auf der Spendenliste des Sanatoriums bekannte Waffenlobbyisten stehen."

„Sie meinen, hier werden Cyberborgs gebastelt?" Ich konnte mir ein Schmunzeln nicht verkneifen. Feder hatte einfach zu viel Fantasie.

„Ich weiß ja nicht, welche Rolle Sie hier spielen. Jedenfalls sind Sie nicht der Einzige ihres Faches, der in diesem Sanatorium landete."

Ich horchte auf, und fragte, wie sie das meinte.

„Ich dachte, Sie kennen sich in der Branche aus?" Jetzt wurde sie schnippisch, was ihr auch ganz gut stand. „Das Klangsanatorium wimmelt von Sicherheitsleuten. Und das liegt bestimmt nicht nur daran, dass Professor Reinhardt Spitzenkandidat in seinem Wahlkreis ist. Hier geschieht mehr und ich möchte herausfinden, was es ist."

„Was wissen Sie von meiner Vergangenheit?"

Feder winkte ab, als wäre das zu unbedeutend. Ich fühlte mich fast beleidigt. Ich wollte ihr zeigen, dass ich doch nicht so unbedarft war, wie sie meinte.

„Dann sagen Sie mir doch mal, was Sie mit diesem Typen von Polwächter zu tun haben, und das mitten in der Nacht, und auch noch so, dass man jedes Wort durch die Flure des Sanatoriums hören konnte!"

Sie blieb stehen und sah mich mit ihren großen Augen an. Ich hatte klar gepunktet. Als Superagent ist man für eine Journalistin einfach interessanter.

„Nun sagen Sie nicht, Sie hätten bereits ein Kochleaimplantat im Ohr."

„Nein, ich bin kein Cyberborg. Obwohl, manchmal setze ich eine Brille auf."

„Ach, Quatsch!" Sie lachte und hakte sich unter. Wir mussten uns beeilen, die Gruppe war uns ein ganzes Stück voraus.

Nach dem Ausflug schlief ich am Abend recht bald ein, träumte von Kochleaimplantaten und Cyberborgs, und wurde wieder um Mitternacht wach. Ich hörte die gleichen Stimmen, wie die Nächte zuvor, und begab mich auf den Weg zur Tube, ohne auf jedes Detail zu achten, wie ich es ansonsten getan hatte. Da stand ich vor dem Eingang, an derselben Stelle, wo man mich vor zwei Tagen fand.

Als ich die Hand an die Tür legte, weil kein Knauf und keine Klinke mir einen Zugriff gewährten, spürte ich ein Vibrieren, wie von einer Membran, die durch Schwingungen angestoßen wurde. Ich hatte mein nächtliches Ziel erreicht und erwartete nun, Polwächter zu sehen. Ich drückte die Membran in einem Scharnier leicht zur Seite und trat in einen erleuchteten Raum ein. Statt der erwarteten Personen, sah ich mich einem Trichter gegenüber, der die Stimmen, Töne und Geräusche, die mich magisch anzogen, ausstrahlte. Und so, wie ich direkt davor stand, bemerkte ich erst, dass ich keines der Wörter verstand, weil die Stimmen in eigentümlicher Weise rückwärts liefen, oder zumindest moduliert waren. Ich sah mich in diesem kleinen Raum um, der nur von diesem 'Grammophon' ausgefüllt schien. Links neben mir hing an einem Ständer ein Mantel, dahinter gewahrte ich die Tür zum nächsten Raum. Ich trat ein und fand mich hinter einem Vorhang wieder, der den Eingangsbereich vom Rest des Raumes absperrte. Nun hörte ich Polwächters Stimme, unverzerrt und klar.

„Sie sollten mit der Reporterin vorsichtiger sein. Sie läuft nach meinem Geschmack etwas zu viel im Sanatorium herum.“

„Ich kann es ihr nicht verbieten. Wir haben Wahlkampfzeiten, da ist es kein Wunder, dass Professor Reinhardt sehr im öffentlichen Interesse steht.“, hörte ich Dr. Malekin antworten.

„Gestern Nacht fand ich sie in der Zentrale. Und ich frage mich, was sie da zu suchen hatte. Ich hoffe nur, dass von dort aus die Experimente nicht kontrollierbar sind. Und was heißt hier kontrollierbar. Sie darf davon überhaupt nichts erfahren. Dr. Malekin, wenn irgendetwas an die Presse gelangt, dann können Sie die Experimente vergessen und wir legen Ihr gesamtes Forschungsprogramm auf Eis. Wer ist bloß auf die Idee gekommen, dass sie im Sanatorium übernachten darf. Was, wenn sie heute wieder nachts durch die Räume schleicht?!"

Bei diesen Worten von Polwächter fühlte ich mich irgendwie angesprochen und ertappt. Ich versuchte möglichst keine Geräusche zu machen und wenn niemand sprach, die Luft anzuhalten. Da hörte ich eine dritte Stimme. Sie nuschelte etwas undeutlich und Dr. Malekin sprach offenbar leise auf sie ein. Ich verstand nicht, worum es ging. Mir schien, als wäre es die Stimme eines Patienten, den ich in meiner Gruppe bei der Tanztherapie am ersten Tag kennen gelernt hatte. Dann hörte ich meinen Namen und erstarrte zu einer Marmorfigur. Der Vorhang wurde zur Seite gezogen und Polwächter strahlte mich an.

„Hallo, da sind Sie ja. Herr Kohlpeter, wir haben Sie schon erwartet. Es wurde höchste Zeit, dass Sie unserem Ruf gefolgt sind."

Ich blinzelte in das plötzliche helle Licht, ging ein paar Schritte an Polwächter vorbei, dessen gute Laune ich nicht verstand und hatte ein wenig zu tun, mich an die veränderte Situation zu gewöhnen. Dr. Malekin hielt mir die Hand entgegen, die ich ergriff und dabei einen Abendgruß von mir gab. Ich fühlte mich ertappt. Und trotzdem arbeitete mein Gehirn auf Geschwindigkeit. Das Letzte, was mir passieren durfte, ist Sprachlosigkeit. Deshalb hielt ich die Hand von Dr. Malekin fest und fragte ihn, warum er mich am Abend zuvor nicht gleich hierher gebracht hat, wenn man auf mich so dringend warten würde.

„Vorgestern waren Sie noch nicht so weit.", antwortete er.

„Oder Lankowsky hatte Sie noch nicht richtig getriggert.",

setzte Polwächter nach.

Hinter Dr. Malekin setzte sich Lankowsky von der Liege auf, wischte mit beiden Händen über sein Gesicht und richtete sich vollends auf. Er entschuldigte sich, dass er noch etwas benommen sei. Aber die beiden Nächte zuvor hätte er mich wegen einiger Zwischenfälle verloren. Er sei schließlich noch im Training und müsse das erst einmal aufarbeiten. Während er sich den Nacken massierte und sich noch einmal streckte, stand ich in der Runde und die Fragen stürzten auf mich schneller ein, als das mir jemand irgendwelche klaren Antworten hätte geben können. Dr. Malekin drehte sich zur Seite, wobei er sich das Kinn rieb, als suche er den richtigen Einstieg zu einer Erklärung. Polwächter wollte gerade ansetzen, als aus einem Nachbarraum eine weitere Stimme leise stöhnte und Dr. Malekin mit wenigen Schritten das Zimmer verließ.

„Lankowsky sollte Sie her lotsen. Drüben liegt Hermann. Wir können bis zu fünf Probanden gleichzeitig auf die Reise schicken. Vielleicht werden wir die Leistungsfähigkeit der Anlage noch steigern. Momentan scheitert das an den entsprechenden Fähigkeiten unserer Patienten. Aber dafür sind Sie jetzt eingetroffen."

„Wollen Sie nicht einen alten Bekannten begrüßen, der sie beinahe aus den Augen verloren hätte.", sprach mich Polwächter an.

Er hatte sich kaum verändert. Sein Gesicht war vielleicht noch etwas kantiger geworden, denn seine markanten Wangenknochen traten noch deutlicher hervor, als ich es in Erinnerung hatte. Er griente mich aus seinen hellen Augen an und hielt mir seine Hand entgegen, die ich etwas zögerlich ergriff. Polwächter, was hatte der hier zu suchen? Nach den dramatischen Ereignissen vor drei Jahren hatte ich mit ihm und seiner Welt abgeschlossen, die bis dahin auch meine Welt gewesen war. Als müsse man große Mächte hinter sich wissen, um in der Welt zurechtzukommen, spielte jeder seine Rolle in dem Pokerspiel um Energie und Einfluss. Ich arbeitete in einer Informationsagentur für ein Energieunternehmen und wusste das große Geld hinter mir. Er hatte eine ähnliche Aufgabe auf Regierungsseite und galt mir als unantastbar, weil ihm ein riesiger Apparat zur Verfügung stand. Aber ich wollte nach dem Tauchunfall mit der Sache nichts mehr zu tun haben. Es kam mir im Nachhinein wie ein Spiel aus meiner pubertären Jugendzeit vor, das einen peinlichen Nachgeschmack hinterließ.

„Sind Sie immer noch dabei, die autonome Energieversorgung zu verhindern, um die Stromnetze zu retten?“, fragte ich ihn ironisch, denn in den letzten Jahren schossen die Firmen, die völlig neuartige Energiekonverter auf den Markt brachten, wie Pilze aus dem Boden. Kleine handliche Geräte, die jeder in sein Haus einbauen oder als Antrieb für seinen Tragschrauber verwenden kann.

„Technik kommt und geht, die Sicherheitsfragen bleiben.“ Er wäre nicht Polwächter, würde er keine Antwort auf meine Stichelei wissen. Hätte ich denn nicht auch meine Schlussfolgerungen aus dem Debakel mit dem Resonanzmotor gezogen? Die Energieversorgung lasse sich eben nicht mehr zentral steuern. Jeder habe ein Recht auf seinen eigenen Konverter, wie jeder ein eigenes Haus bauen kann oder seinen eigenen Gyrocopter fliegt, wenn er es sich leisten könne.

Vor drei Jahren hörte er sich noch ganz anders an. Da wollte er jeden Versuch, der die Energienetze infrage stellen könnte, schon im Ansatz ausschalten. Nun hatte er sich gewendet und schien mir doch nur dasselbe zu sagen. „Wovor haben Sie Angst?“, fragte ich Polwächter.

„Die herkömmlichen Netze sind obsolet. Herr Kohlpeter, Sie sind doch auch ausgestiegen, weil die alten Verbindungen nicht mehr sinnvoll waren. Die Welt sortiert sich neu. Und es ist kein Zufall, dass wir uns hier wieder treffen.“

„Das möchte wohl sein. Ich habe mir schließlich alle Mühe gegeben, Sie her zu lotsen.“, warf Lankowsky ein, der sich inzwischen ein Glas Wasser eingegossen hatte und unserem Gespräch zuhörte.

„Ich bin in das Klangsanatorium gekommen, weil ich seit dem Tauchgang im Bunker Ohrgeräusche habe. Und was meinen Sie mit 'her lotsen'?“

„Wir bauen eine akustische Initialverbindung auf, die ein Sucher mit einem Probanden herstellt. Sie sind dieser Verbindung gefolgt und stehen nun hier. Es gibt neue Kommunikationstechnologien, die wir erkunden und ausprobieren und auch sichern müssen, so wie wir die alten Netze gesichert hatten, solange sie sinnvoll waren.“

Was hatte sich in den drei Jahren, die ich mit mir zu tun hatte, alles geändert? Er redete weiter auf mich ein, dass wir vor einem neuen Zeitalter stünden, mit völlig neuen Herausforderungen. Ich könne meine Vorstellungen von Energie komplett ad acta legen und die Zeit der Handys sei nun auch bald vorbei. Aber die Gesellschaft bliebe die alte. Menschen würden miteinander kommunizieren und ihre Wünsche und Ängste austauschen, aber auch ihre Sozialstufungen neu festlegen. Andere Ressourcen, als die bislang bekannten Energien, wie Kohle und Erdöl, stünden zur Verfügung. Neue Kämpfe würden ausgetragen, die man nicht dem Zufall überlassen dürfe. Und deshalb habe der Staat das Sicherheitsinteresse der Bürger im Auge zu behalten und die neuen Technologien nach ihrer Beherrschbarkeit zu hinterfragen.

Alles Argumente, die ich nach meinem Ausstieg aus der Firma meinte, nie mehr hören zu müssen, weil sie erledigt seien. Sollte Polwächter recht haben und uns tatsächlich neue, nie geahnte Technologien zur Verfügung stehen? Meine einst studentische Neugier malte in meinem Hinterkopf ein Fragezeichen: Was wäre wenn? Und zweifellos würden diese erwachsenen Männer mitten in der Nacht nicht so einen Aufwand betreiben, wenn nicht irgendetwas dran wäre, an dem, was Polwächter eben behauptete.

„Wie können Sie mir halbwegs plausibel machen, was Sie gerade andeuten?“

„Ich wusste doch, dass Sie anbeißen würden. Das hätte mich auch gewundert, wenn es anders gelaufen wäre. Sie sind ein rationaler Mann und lassen sich von vernünftigen Argumenten überzeugen. Sie werden teilhaben an unseren Erkenntnissen, die wir bereits gewonnen haben.“

Polwächter zeigte mir den 'Laborkomplex' und Dr. Malekin kam hinzu, nachdem er einem Assistenten noch Anweisungen zur Behandlung von Hermann, dem zweiten Aufwachpatienten, gegeben hatte. Die Räume waren schlicht, teils spartanisch eingerichtet. Für ein Labor fehlten nach meinem Geschmack die technischen Instrumente. Als würde es sich nur um Behandlungsräume einer Physiotherapie handeln, standen lediglich Stühle und Liegen mit Decken und Kissen, sowie einige Gymnastikgeräte, wie Bälle und kleinere Hanteln, Reifen und Expander, in den einzelnen Zimmern. Wir betraten einen großen Raum, offensichtlich die Zentrale des Labors. An der Stirnwand reiten sich fünf Kabinen mit Fenstern aneinander, jeweils groß genug, um ein Bett, einen Stuhl und einen Tisch zu beherbergen. Auf jedem Tisch stand diese neue Variante eines Grammophons, daneben lagen Hörmuscheln. Aus der Wand ragte ein geschlossener Bogen über das Kopfende des Bettes, wie bei einer Computertomographie. Ich erinnerte mich der Untersuchung, die ich vor einigen Tagen in einer ähnlichen Kabine über mich ergehen lassen musste.

Mein Gehirn arbeitete auf Hochtouren. Ein Laborkomplex, abseits des normalen Sanatoriumbetriebs; Polwächter, der plötzlich irgendwelche mentalen Fernwirkungen für sich und seine politischen Auftraggeber entdeckt hat; ich, der offenbar nicht ganz zufällig in den Tubengang gelangte, um auf ihn, Dr. Malekin und den hyperaktiven Hermann zu treffen. Was hatte das alles mit einem Klangsanatorium zu tun, dem Riesenohr im Berchtesgadener Land? Einem Ort der Ruhe und Erholung, der medizinischen Betreuung und Genesung. Mir wollte es nicht einleuchten, warum meine Vergangenheit mich nun einholen wollte, wo ich mich auf dem erfolgreichen Weg der Besserung befand.

Ich schaute etwas entgeistert, was Dr. Malekin als interessiertes Erstaunen fehl deutete. Man habe in nur wenigen Wochen alle Anlagen in die Tube eingebaut, und experimentiere nun schon seit einem halben Jahr mit den Probanden, um die Mechanismen der Resonanzfernwirkung verstehen zu lernen. Trotz der kurzen Zeit, hätten sie schon beachtliche Erfolge erzielt. Das Datenmaterial steige mit jeder Sitzung enorm an. Inzwischen mussten sie die Strategie mehrfach wechseln und man sammle nicht nur einzelne Datensätze und Aufzeichnungen der Sucher, sondern beginne, die dahinter stehenden universellen Muster zu rekonstruieren. Dennoch bewege man sich erst auf der Stufe der Hypothesenbildung und Vermutungen. Dr. Malekin, den ich bislang als einen recht ruhigen und ausgeglichenen Mediziner kennen lernte, redete sich in Eifer. Polwächter wollte ihn bremsen und unterbrach ihn mit dem Hinweis, dass sie mich mit den vielen neuen Fakten und Hintergründen sicherlich überfordern würden. Es wäre wohl besser, mir eine kleine Pause zu gestatten, um Fragen stellen zu können.

„Was hat das alles mit meinem Tinnitus zu tun?“

Polwächter und Dr. Malekin schauten sich kurz an, als müssten sie eine Entscheidung treffen, mit der sie nicht gerechnet hatten. Dr. Malekin holte Luft, um zum nächsten Vortrag anzusetzen, aber Polwächter kam ihm zuvor.

„Wie nicht anders zu erwarten war, haben Sie den Finger auf der richtigen Stelle. Ich darf Sie aber darauf aufmerksam machen, dass alles, was wir mit Ihnen hier besprechen, bereits der Geheimhaltung unterliegt. Sie werden sich in den nächsten Tagen entscheiden müssen, ob Sie dabei sind oder nicht. Wenn 'Ja', wird sich ihr Leben verändern."

„Und wenn 'Nein'?"

„Dann auch. Sie werden verstehen warum das so sein muss."

„Also habe ich gar keine Chance mehr, aus zu steigen."

„Doch. Jetzt sofort. Umdrehen und gehen." Polwächter sah mir mit einer bedepperten Miene in die Augen, weil er mit dieser Alternative nicht rechnen wollte. Ich wartete noch etwas ab, denn es ging mir alles zu schnell. Er setzte nun nach und erhöhte den Druck: „Seien Sie kein Narr! Was Sie hier erleben ist einzigartig. Es gibt nur wenige Teams auf der Erde, die sich bislang mit der extraterrestrischen Resonanzfernerkundung beschäftigen."

„Das wundert wohl kaum. Diese Art der Fernerkundung gehört in den Bereich der esoterischen Fabeln und Mythen."

„Das hatten wir mit dem Resonanzmotor bis vor drei Jahren auch geglaubt. Nikola Tesla hatte recht behalten, wir ziehen nun auf jedem Punkt der Erde soviel Energie, wie wir benötigen. Und, dass Bilder laufen können, wer das behauptete, der wäre im Mittelalter wegen Hexerei verbrannt worden. Seit Jahrzehnten gibt es das Internet, mit dem wir uns von jedem Punkt der Erde aus, alle Informationen der Welt herunterladen, Bilder, Filme, Bücher, Musik, Wettervorhersagen, Börsennotierungen, und mit jedem anderen Menschen kommunizieren können. Wenn Sie mich fragen, die Esoterik ist die Utopie des Informationszeitalters. Sie spekuliert ins Fantastische, nach dessen Hoffnungen und Sehnsüchten wir technisch realisieren, was aktuell machbar ist. Und hier haben wir etwas Machbares auf den Weg gebracht, was Sie bislang nicht für möglich gehalten hätten."

Polwächter hatte sich in Begeisterung geredet und geriet ins Schwärmen. Und ich musste mir zugestehen, dass ich mich in seinen Argumenten wiederfand. Hatte ich nicht selbst bis vor drei Jahren den Resonanzmotor für ein Perpetuum mobile gehalten, das vermeintliche Erfinder und gewissenlose Geschäftsleute im Umlauf hielten, um den Behörden oder seriösen Firmen Risikokapital oder Fördergelder abzujagen? Sicher, es funktionierte alles ganz anders, als ursprünglich gedacht. Aber ich hatte mich eines besseren belehren müssen. Und war ich nicht letztendlich im Sanatorium gelandet, weil ich mich jahrelang gegen alles, was der vermeintlichen Rationalität widersprach, erwehrte? Aber ich riskierte nichts, wenn ich mir aus einer gesunden Distanz heraus die Sache betrachtete. Alles ist machbar, warum nicht auch das, was Polwächter hier andeutete. Ich ließ mich auf Polwächter ein, weil er so rational argumentierte, wie man es auch bei jedem anderen Forschungsauftrag tun würde, der Sicherheitsfragen aufwarf. Warum sollte ich ihm nicht glauben? Polwächter, der den ganzen staatlichen Apparat hinter sich wusste, traute ich zu, dass er nur dann etwas anfasste, wenn es auch einen realen Hintergrund hatte. Und vielleicht würde ich damit einen neuen Job gewinnen, der meinen Intentionen näher stand als alle die, die ich in den letzten Jahren annehmen musste. Aber ich wollte aufpassen, Polwächter sollte mich nicht wieder in Schwierigkeiten bringen. Nun interessierte mich nur noch, wie es funktionierte und was man damit anstellen konnte.

Polwächter sah, dass ich zögerte, aber auch nicht widersprach. Ich hatte mich eigentlich schon entschieden, wollte aber nicht sogleich alle Trümpfe, die ich vermeintlich hatte, aus der Hand geben.

„Warum gerade ich? Hat das Sanatorium nicht genügend andere Patienten, mit denen Sie Ihre Experimente durchführen können? Sie wissen doch, ich bin nach den Ereignissen damals ausgestiegen. Was macht Sie so sicher, dass ich diesmal nicht dasselbe tue?“

„Wir brauchen Sucher, die wissen, worauf es ankommt. Wenn wir Ihnen erst einmal erklären, worum es genau geht, werden Sie verstehen, vor welchen Problemen wir stehen. Uns nützt nicht irgendein Patient, sondern wir benötigen Teilnehmer mit besonderen Fähigkeiten, die sich den mentalen Herausforderungen stellen. Als ich erfuhr, dass Sie im Sanatorium sind, wusste ich, Sie sind der richtige Mann für uns.“

„Wenn Sie sich unserer Forschungsgruppe anschließen wollen, werde ich Sie natürlich in die Details einweihen“, setzte Dr. Malekin an und begann, mir zu erklären, welche Voraussetzungen ich für diesen Job mitbringe. Es gäbe unterschiedliche Gruppen von Tinnituspatienten, die ich in den Therapien erleben durfte. Die Ursachen seien so vielfältig, wie die Lebensgeschichten: psychische, physikalische, chemische, genetische und manch andere, die wir noch gar nicht kennen würden oder die durch das Raster unserer bisherigen Untersuchungen fielen. Entscheidend für die Eignung als Sucher sei die Ausprägung des Tinnitus als Rauschgenerator. Einzeltöne oder Klopfgeräusche seien bisher noch ungeeignet, um sich mit ihnen in die kosmische Schallwelle einzuwählen. Dagegen sei ein Rauschen die ideale Voraussetzung für einen Sucher, weil damit die Informationsdichte gegeben sei.

Wie das so mit Dingen ist, von denen man noch nie etwas gehört hat. Wenn ich nicht gewusst hätte, dass Dr. Malekin ein seriöser Mensch ist, hätte ich wohl schon an dieser Stelle im Kopf zugemacht. Denn ich verstand erst einmal gar nichts. Da hätte man mir auch irgend so ein Börsenprodukt erklären können, das hundertprozentige Sicherheit mit zwanzigprozentiger Rendite ermöglichen würde. Oder wenn ein Versicherungsmakler alles so perfekt erklärt, dass man sich fragt, wieso man sein Leben lang ohne diese tolle Absicherung überhaupt leben konnte. Dann führte er mich auch noch an einen Computerbildschirm, auf dem gezackte Kurven zu sehen waren, eben so, wie man sie aus den Börsennachrichten kennt. Er verkleinerte die Dimensionierung und es tauchten dichte Nadelstreifen auf. Ein gleichmäßiges Rauschen ertönte aus den Lautsprechern.

„Das ist Ihr Tinnitus, Herr Kohlpeter. So hört er sich an."

Es rauschte und war doch bestenfalls eine milde Adaption dessen, was mir mein Ohr jeden Tag vorspielte. „Wie kommen Sie darauf, das sei mein Tinnitus?"

Dr. Malekins Gesichtsausdruck zeigte ein leichtes Unbehagen. Das sei eines der noch nicht gelösten Probleme, die man hofft, bald in den Griff zu bekommen. Er sei noch immer auf die Aussagen der Probanden angewiesen, die ihre Ohrgeräusche beschrieben. Denn in den wenigsten Fällen handele es sich um einen sogenannten 'objektiven' Tinnitus, den man unabhängig vom Willen des Patienten als Ton aufnehmen könne. Die Rauschaufzeichnung sei tatsächlich nur ein Mix aus den Protokollen der Krankenakte und der Therapieaufstellung. Dazu kämen noch einige Versuche, die man in der ersten Woche mit mir unternommen hätte, als man mich der 'TMS' aussetzte. Bei der klassischen 'Transkraniellen Magnetstimulation' werden gezielt Nervenzellen stimuliert, um den Tinnitus zu behandeln. Man habe die traditionelle Magnetröhre zu einem speziellen Magnet-Akustik-Transponder (MAT) umgebaut und damit seine Fähigkeiten erweitert.

„Wir setzen das Verfahren ein, um irgendwann auf die subjektiven Aussagen der Probanden ganz verzichten zu können und die reine Information zu erhalten."

So sollte es noch einige Male gehen. Jede Beantwortung einer Frage löste in mir fünf neue Fragen aus. An dem Tag, als ich in dem Akustikraum untersucht wurde, hatte ich mit Übelkeit zu kämpfen. Waren das Auswirkungen der Magnetstimulation, die an mir schon damals durchgeführt wurde? Daran schloss sich die erste Nachtwanderung an. Was, wenn meine derart erzeugte Hypersensibilität die Halluzinationen auslöste? Dann fiel mir auf, dass Dr. Malekin nicht davon sprach, dass er die objektiv nachvollziehbaren Töne des Gehörlärms isolieren wollte, sondern die 'reine Information' suchte. Was meinte er damit? Und wie hoffte Polwächter, mit dem Ohrrauschen eine extraterrestrische Resonanzfernerkundung durchzuführen? Die hören das Weltall ab! Wonach? Und warum auf diese Art und Weise? Geht das nicht auch anders?

Während wir sprachen und ich mich wunderte, durchschritten wir das unterirdische Labor. Dr. Malekin und Polwächter zeigten mir ein kleines Reich verzweigter Räumlichkeiten mit Computern, Tonstudio, Akustikräumen, Fitnessgeräten und Aufenthaltsräumen, Medizinschränken, eigener Küche; und selbst ein kleines Filmstudio mit Kameras, Strahlern und diversen Requisiten durfte nicht fehlen. Und zu allem lieferten die beiden Begleiter Erklärungen, die mir manchmal so abstrus daher kamen, dass jeder Mensch unter anderen Bedingungen, jedenfalls nicht unter solchen eines Sanatoriums, wie ich sie erlebte, zu dem Schluss hätte kommen müssen, dies sei ein Hirngespinst aus dem Cabinet des Dr. Caligari.

Was ich in jener Nacht begriff, als ich mit den Unterlagen von Polwächter unter dem Arm, wieder in mein Appartement zurückkehrte, war die geniale oder völlig verrückte Ungeheuerlichkeit: Mentale Raumerkundung.

Ich hätte bereits zu jenem Zeitpunkt auf den Gedanken kommen müssen, dass die Resonanzfernerkundung nur eine der Möglichkeiten dieser neu entdeckten Technologie war. Oder dass sie vielleicht gar keine neue Technologie sei, weil es Tinnitus seit Jahrtausenden gab. Dr. Malekin hatte mir zu den Unterlagen akribisch gesammelte Texte und Berichte sogar aus der Antike beigelegt. Bisher verstand ich die Aussagen der alten Griechen oder Ägypter zum Ohrrauschen nur als einen archaischen Beitrag vergangener Zeiten zur kulturellen Erbauung, weniger als göttliche Gabe. Und noch weniger als ernsthafte medizinische Erklärung. Aber was konnte als ernsthaft gelten, angesichts dessen, was ich mit den Experimenten im Labor der Tube erlebte?

In meinem Appartement setzte ich mich an den Schreibtisch und schaltete die elektronische Mappe an, betätigte die geheime Tastenkombination, gab den Code ein und begann zu blättern. Das erste Blatt enthielt den unmissverständlichen Hinweis 'top secret!', darunter stand: 'Europäische Behörde zum Schutz der Netze'. Mir schoss wieder durch den Kopf, dass diese Behörde das Rennen um die autonome Energieversorgung verloren hatte. In dieser Mappe steckte bestimmt ihr letzter Versuch, ihre Daseinsberechtigung zu begründen. Vielleicht war es doch nicht so clever gewesen, gleich zu unterschreiben. Aber das Geheimnisvolle hatte es mir angetan. Meine Neugierde war geweckt worden.

Die Mappe enthielt noch einmal das Verpflichtungsschreiben, das ich wieder bestätigen musste, des weiteren eine Aufgabenbeschreibung, technische Erläuterungen, Sicherheitshinweise und dann eine Liste mit der Aufzählung diverser Anhänge: Erlebnisberichte, medizinische Gutachten, erläuternde Zusammenfassungen von Experimenten und ein in Englisch verfasstes Protokoll, wiederum mit umfangreichen Anhängen. Ganz am Ende der Liste wurden historische Ereignisse, Theorien und Interpretationen aufgeführt. Das Datenmaterial umfasste über dreitausend Seiten; eine kleine Bibliothek. In Anbetracht der Datenfülle und der Frage, 'Wo beginnen?', legte ich das elektronische Lesegerät auf den Schreibtisch ab und sah zum Fenster in die Nacht hinaus. Das Rauschen in meinen Ohren trat wieder in mein Bewusstsein und ich wusste, was ich als erstes erfahren wollte: Was hatte mein Tinnitus mit diesen Dingen in der Mappe zu tun?

Noch einmal nahm ich das Gerät zur Hand und blätterte unsystematisch durch die Seiten, in der Hoffnung, mir würde schon irgendetwas auffallen, was der Beantwortung meiner Frage näher kam. Ziemlich am Anfang stieß ich auf eine Seite mit der Beschreibung dessen, was ein Rauschgenerator sei. Ich begann mich hineinzulesen und hörte auch nicht auf, als ich auf den Blättern zur physikalischen Erklärung landete. Da bemerkte ich um mich herum eine Veränderung. Die Sonne ging auf. Die Mittelspitze des Watzmanns erstrahlte goldgelben. Der Rest der Felsengruppe erschien noch dunkler als zuvor und der Himmel wurde zunehmend blau. Ich genoss den Anblick und ließ das Gelesene in meinem Kopf kreiseln.

Ich verstand im ersten Anlauf nur so viel, dass jeder Gegenstand eine Eigenschwingung hat und sich das Universum seit dem Urknall von einem Punkt in ein weit auslaufendes tönendes Gebilde, einem Brummkreisel gleich, ausdehnt. Die Töne überlagern sich und bilden Höhen und Tiefen. In all dem Fließen, Rotieren, Auseinanderstreben und Ineinanderkrachen, Wirbeln und Verfestigen, Verpappen und Verdichten, weist die Schallwelle des Urknalls jedem stofflichen Gebilde seinen Platz zu. Und treffen die entsprechenden Frequenzen aufeinander, dann kann schon einmal Glas zerspringen oder die Dinosaurier sterben aus. Das kosmische Hintergrundrauschen kann ebenso entzerrt und als Amplitude gemalt werden, wie das Rauschen in meinem Kopf, in meinen kranken Ohren. Ich musste in mich hinein lachen. Vielleicht waren meine Ohren zu groß geraten und die einkommenden Töne passen in ihren kurzen Schwingungen nicht dazu. Oder gerade anders herum: Meine Ohren sind zu klein für das große Weltengetriebe. Kein Wunder, wenn ich dann nur ein Rauschen höre.

Die Watzmannfamilie lag wie ein Relief vor der dahinter aufsteigenden Sonne. Weite Schatten fielen ins Tal. Wie würde dieser Berg klingen, könnte man ihn hören? Dass der Berg ruft, erhielte eine neue, weniger mystische als musikalische

Bedeutung. Vielleicht sind die Bayern deshalb so ausgeglichen, weil sie den natürlichen melodischen Proportionen am nächsten sind. Die Erde würde jedenfalls anders klingen, ohne Gletscher und Berge.

Ich blätterte weiter in der Erklärung zum Rauschgenerator und wie er als Signalgeber umfunktioniert werden könne. Die Physiksemester meines Studiums lagen schon lange hinter mir. Mich interessierten damals eher die praktischen Anwendungen im Maschinenbau. Aber immerhin konnte ich mich noch an die Materialprüfung per Frequenzmessung erinnern und wie simple Stahlteile als digitale Signalsysteme zur Steuerung eingesetzt wurden. Warum sollte da mein Gehör nicht auch ein Signalsystem sein, das mehr konnte, als ich bisher ahnte?

Nun blätterte ich zum englisch verfassten Protokoll nebst Anhang. Es war der wohl spannendste Teil der Mappe. Die Amerikaner experimentierten bereits in den letzten Jahrzehnten des vorigen Jahrhunderts mit außersinnlicher Fernerkundung. Die behördliche Einschätzung der Union zum Sinn und der Effektivität dieser Methode war niederschmetternd. Der Protokollführer des Gesprächs, das in der Zentrale der europäischen Behörde zum Schutz der Netze geführt wurde, hatte eine Bemerkung des deutschen Delegationsleiters durchgestrichen. Der erklärte die Experimente des amerikanischen Geheimdienstes mit der konservativen Gläubigkeit der amerikanischen Gesellschaft und wurde deshalb vom Gesprächsleiter gerügt. Auch diese Äußerung wurde protokollarisch gestrichen, aber nicht geschwärzt. Am Ende des Protokolls stand die Aufforderung an die untergeordneten Behörden, der Sache nachzugehen. In den Anhängen fand ich verschiedene Tatsachenberichte zu den Experimenten, die in Amerika durchgeführt wurden. Den ersten las ich noch vollständig, die nachfolgenden jedoch überflog ich nur noch. Sie kamen alle daher wie Traumerzählungen, hier und da in der Form eines Vordrucks oder einer amtlich geprüften Schrift oder Urkunde. Die Namen und Unterschriften waren geschwärzt, ebenso die genaue Bezeichnung der Einheit, in der die Experimente durchgeführt wurden. An der Aufstellung der Experimente fiel mir die Ähnlichkeit zur 'Tube' auf, nur dass statt der Akustikräume komfortable Schlafgemächer mit allen Annehmlichkeiten zur Verfügung standen. Irgendwie ärgerte mich der Unterschied. Ich wollte Dr. Malekin am nächsten Tag fragen, ob er nicht wenigstens ein paar Bilder in die Kammern hängen oder Blumen auf die Tische stellen könnte. Gähnend legte ich die elektronische Mappe zur Seite.

Der Schlaf übermannte mich im Sessel. Im Traum sah ich, wie sich die Linie des Watzmannreliefs vom Steinmassiv ablöste und in ein akustisches Schwingungsmuster überging. Ein Grollen durchzog das All und durchmischte sich mit meinem Kopfrauschen zu einem Brummton, der durch kurze aber immer lauter werdende Töne durchschnitten wurde. Die Rhythmen passten aber nicht zueinander und das Fiepen zog seine eigene Bahn; laut und eindringlich. Ich schlug die Augen auf und sah mein Mobiltelefon zitternd auf den Rand des Schreibtisches zubewegen. Mit einem Sprung stand ich neben dem Tisch, das Handy rechtzeitig abgefangen. Der Puls raste. Ich musste mich fertig machen für das Frühstück und die Therapiestunden des Tages.

Die Klangtherapeutin konnte mit mir nichts anfangen und lächelte nur. Dr. Dreysen beendete nach zwanzig Minuten die Sitzung mit dem Hinweis, ich solle mich erst einmal hinlegen. Auch in den darauf folgenden Tagen wurde es mit meiner Müdigkeit nicht besser. Ich wunderte mich nur, wie es Hermann hinbekam, die intensiven Nächte zu kompensieren. Er war wie immer in der Gruppentherapie überzogen und aufgekratzt.

An den Nachmittagen sah ich mir die Dokumente in der

Mappe durch, legte mich zeitig schlafen und ging kurz vor Mitternacht in die 'Tube'. Das Klangsanatorium führte ein Doppelleben. Am Tag wurden die Patienten behandelt und in der Nacht trafen sich die Eingeweihten, um ihre Experimente mit der außersinnlichen Fernerkundung durchzuführen.

In der Nacht, nach meiner Entdeckung der Experimentierräume in der Tube, fragte ich Polwächter, warum über die Aufgabenstellung des Projektes nichts in den Unterlagen zu lesen sei. Was sollte mit der Fernerkundung erreicht werden? Ging es tatsächlich, wie bei den Amerikanern, um das Ausspähen von militärischen oder anderen geheimdienstlichen Objekten? Das schien doch nur wenig Erfolg eingebracht zu haben. So eine Technologie, selbst wenn sie erfolgreich wäre, geben die Amerikaner doch nicht einfach aus der Hand.

Polwächter setzte sich halb auf einen Tisch, ließ lässig ein Bein baumeln und sah mich abwartend an; als müsse ich ihm noch einige Vermutungen mehr mitteilen, bis er die Katze aus dem Sack lassen wollte.

Dr. Malekin trat hinzu und fragte trocken: „Haben Sie keine Vorstellung, was außersinnliche Fernerkundung noch heißen könnte?“

Mir fiel das Gespräch mit Feder ein. Sie vermutete eine neue Technologie zum Bau sogenannter Cyberborgs. Man wolle auf dem Zukunftsmarkt der Verbindung von Mensch und Maschine psychomechanische Rückkopplungseffekte testen. Seit Jahrzehnten wird mit den Kochleaimplantaten experimentiert. Was, wenn sie recht hat, und im Klangsanatorium nicht genehmigte Versuche mit hypersensiblen Abhörgeräten laufen. Kein Wunder, wenn sich sogar die Kirche anfängt, für das Projekt zu interessieren, der die ganze Richtung ein Dorn im Auge ist. Aber ich hegte noch eine andere Vermutung: „Sie werden doch nicht etwa an einer Art psychoakustischer Waffe forschen?“

Die beiden Männer lachten und die Situation schien sich deutlich zu entspannen. „Sie haben eine blühende Fantasie, die sie noch gut gebrauchen können.“, meinte Dr. Malekin. „Lassen Sie einfach diesen ganzen Kram an Hirngespinsten und Verschwörungstheorien, wie sie in den letzten Jahren über unser Klangsanatorium ausgebreitet wurden, beiseite.“

„Aber so lange diese Gerüchte verbreitet werden, haben wir die Ruhe, um der eigentlichen Forschungsarbeit nachzugehen.“, ergänzte Polwächter sarkastisch.

Nun wollte ich abwarten, was die beiden Herren mir zu sagen hatten. Mein Repertoire an Ideen, was man mit einem Elefantenohr in den Bergen anstellen konnte, war erschöpft. Dann machte es Klick in meinem Hinterkopf und es fiel mir wie Schuppen von den Augen. Ich sah vor mir die großen Radaranlagen in den Anden. „Ich glaub es nicht! Sie wollen doch nicht wirklich Außerirdische im Weltall suchen?!“

„Jetzt hat er's!“, hörte ich hinter mir Lankowsky lästern. „Aber lass es gut sein, wir haben alle eine Weile gebraucht, bis wir das ernst genommen haben.“, ergänzte er.

„Ja, es ist wirklich so simpel, wie es aussieht.“, hob Dr. Malekin zu einer ausführlichen Erklärung an.

Doch Polwächter fiel ihm sogleich ins Wort: „Aber wir sind trotzdem ganz froh, dass in der Öffentlichkeit alle möglichen Theorien verbreitet werden. Und in dieser Unübersichtlichkeit wollen wir sie auch lassen. Zumindest vorläufig. Es gibt so schon Aufstand genug. Wir müssen uns mit diversen Experten herumschlagen, die unseren Ansatz für unwissenschaftlich und mystisch halten. Dabei ist es so einfach!“

„Was ist so einfach?“, fragte ich ihn. „Sie wollen mir doch nicht etwa weismachen, dass Sie Außerirdische mit dieser Methode gefunden haben?!“

„Wenn es so einfach wäre, dann bräuchten Sie uns nicht“, meldete sich Lankowsky wieder zu Wort. „Wir haben mit unserer Krankheit Möglichkeiten, die kein Anderer hat. Oder anders gesagt: Viele wissen gar nicht, was sie mit ihrem Tinnitus alles anstellen können. Glaube mir, wenn du dich erst einmal richtig darauf einlässt, dann erlebst du eine Erweiterung deines Bewusstseins ungeahnten Ausmaßes. Nimm deine Krankheit als ein Geschenk Gottes, und du wirst reich belohnt."

Eine solche emotionale Ansprache hätte ich Lankowsky bis dahin nicht zugetraut. Nach der nun entstandenen Pause räusperte Dr. Malekin sich, während Polwächter etwas betreten auf den Fußboden blickte. Ich merkte wohl, dass nicht alle Anwesenden das auch so sahen, wie er.

„Also, wie wir das interpretieren dürfen, was unsere Probanden erleben, das ist Gegenstand unserer Untersuchungen. Herr Kohlpeter, Sie werden selbst erleben, dass es nicht so einfach mit den Aussagen ist, wie es scheint. Herr Lankowsky will uns sagen, dass wir noch sehr viel Arbeit vor uns haben, um die Phänomene sachlich zu erklären.", tänzelte Dr. Malekin argumentativ herum. „Die eigene Sichtweise auf das Erlebte hat einen zweifellos großen Einfluss auf die weiteren Erkundungstouren. Deshalb sollten Sie sich einen unverstellten Blick auf Ihre zukünftigen Erlebnisse behalten und von Niemandem etwas äußerlich übernehmen."

„Warum so eine Geheimniskrämerei, wenn es nur darum geht, Außerirdische zu entdecken?", wollte ich wissen.

„Das hängt weniger damit zusammen, was wir suchen, sondern wie wir das machen. Obwohl wir auch ganz unterschiedliche Auffassungen davon haben, was wir wirklich entdecken.", erklärte Polwächter. „Zum Zweiten handelt es sich um eine militärische Technologie, die wir als solche gar nicht verwenden dürfen. Da gibt es internationale Verträge, die wir offiziell einhalten müssen. Ich erinnere nur daran, dass wir uns in Berchtesgaden befinden, wo Hitler sein Adlernest hatte. Aber Raumfahrt kann und will uns niemand verbieten."

„Also, über den Umweg der Suche nach Außerirdischen

testen wir eine zweifelhafte militärische Geheimtechnologie."

„Genau so ist es gelaufen. Am Anfang haben wir ein Etikett gesucht, das wir der ganzen Geschichte anheften konnten und dann mussten wir feststellen, dass es tatsächlich neue Wege in den Weltraum gibt."

„Ohne Raketen?"

„Ohne Raketen und Weltraumkapsel, ganz genau. Wir haben inzwischen eine Marsmission am Laufen, die mehr Informationen liefert, als alle vorherigen Missionen mit Sonden und Mobilen."

„Und das nur, indem sich jemand hinlegt und träumt." Mir kam das alles so abstrus vor, dass ich laut los lachen wollte. Aber ich hielt mich zurück. Wer so einen Aufwand betrieb, wie Polwächter und seine Behörde es taten, der sollte gute Gründe haben, sonst kostete es auch ihm den Job. Feder lag also gar nicht so weit daneben mit ihren Vermutungen über ein riesiges Abhörprojekt, obwohl die Vorstellung vom Elefantenohr als Abhöranlage eher etwas angestaubt erscheint gegenüber dem, was hier wirklich versucht wurde.

„Das ist etwas zu simpel ausgedrückt. In den Unterlagen, die wir Ihnen ausgehändigt haben, finden Sie einige Erklärungen, was da wirklich passiert."

„Ich habe soviel verstanden, dass es um mentale Resonanzfernerkundung geht."

„Genau. Sie steigen nicht einfach in eine Kapsel ein und fliegen los. Wir verabreichen Ihnen nicht ein Schlafmittel und nun düsen Sie ab ins All. Was wir machen ist, Sie an das Universum anschließen. Und was Sie damit dann anstellen, unterliegt allein Ihrem Geschick. Damit Sie kulturell, geistig oder mental, wie man das so sagt, nicht überfordert werden, bereiten wir Sie so gut es geht vor. Denn, wenn Sie einmal da draußen sind, können wir Ihnen kaum mehr helfen."

„Ganz so ist es nicht." widersprach Dr. Malekin. „Wir können Sie jederzeit zurückholen, wenn Sie sich an ein paar Regeln von Raum und Zeit halten."

„Hab' keine Angst, bis jetzt sind wir alle zurückgekommen.", warf Lankowsky lachend ein.

„Ihr Körper bleibt ja hier. Das heißt auch, dass wir mit Ihnen immer in Verbindung stehen.", ergänzte Dr. Malekin.

„Und im Ernstfall schicken wir sogar Sucher hinterher. Wir lassen Niemanden da draußen."

Diese Äußerung von Polwächter gab mir zu denken. Es war eben doch nicht so ungefährlich, wie ein Traum in der Mondnacht? Aber alle meine Vorstellungen von Schlaf und Träumen, Gefühlen und Körper, von Farben, Gerüchen und Tastsinn, Sichtbarem und Unsichtbarem, Tönen und Rhythmen sollten einer tiefen Probe unterzogen werden. Polwächter und Dr. Malekin boten mir ein Abenteuer an, dem ich mit aller Naivität einwilligte, obwohl oder gerade weil ich erst im Klangsanatorium meine innere Melodie kennen lernte. Bis dahin war ich ein Kopfmensch, der die Welt in klarer Einteilung betrachtete, der alles in äußeren messbaren und materiellen Zusammenhängen begriff. Was ich hier erlebte, katapultierte mich zurück in meine Kindheit und Schulzeit, als alles noch in Bewegung schien und jeder Tag ein besonderes Erlebnis bereithielt. Erst später schloss ich mein Inneres zu, und verwandelte es in eine Terra incognita, ein unbekanntes Land. Es schien mir für mein Fortkommen in der Welt wenig hilfreich, dieses Land neu zu entdecken. Erst das Kopfrauschen erinnerte mich wieder an mein brachliegendes Land und der Forschungsauftrag tat das Übrige, um sich einer neuen Herausforderung zu stellen.

Dr. Malekin ließ sich entschuldigen und erinnerte Lankowky an die noch ausstehende Auswertung seines letzten Ausfluges. Polwächter bedeutete mir, ich solle ihm folgen.

„Sie kennen ja noch gar nicht das Herzstück der ganzen Anlage, unsere Schaltzentrale. Ich meine nicht die des Klangsanatoriums, sondern die zentrale Überwachungsanlage, in der wir alle aktuellen Fernerkundungen aufschalten und die Erlebnisse der Probanden zu einem optischen Ereignisvorgang, also einen Film, verwandeln. Übrigens alles in Echtzeit. Darauf sind wir besonders stolz, denn das hatte einige Wochen gedauert, bis wir die Technik so weit hatten."

Polwächter öffnete eine Tür, die mir bisher nicht aufgefallen war, und wir betraten eine Art Leitstand. Ringsum an den Wänden hingen Bildschirme, davor standen jeweils Tische mit Arbeitsplätzen und in der Mitte erhob sich ein großer Tisch, auf dem sich ein Hyperschall-Projektor befand. Er war eingeschaltet und zeigte ein unbekanntes Sternensystem, das langsam um eine imaginäre Achse kreiste.

„Das war der letzte Aufenthaltsort von Herrn Lankowsky, den er vor einer halben Stunde ansteuerte. Jetzt müssen wir in den Archiven einen Datenabgleich vornehmen, um herauszubekommen, welches System das eigentlich ist."

„Hatten Sie denn keinen direkten Auftrag für ihn?"

„Die mentale extraterrestrische Fernerkundung kann man nicht mit den bisherigen Erkundungsmethoden der kosmischen Teleskope und Radaranlagen vergleichen. Vielleicht haben wir auch einfach noch zu wenige Erfahrungen. Jedenfalls handelt es sich um sehr komplexe Vorgänge. Die meisten Daten, die wir erhalten, sind schlichtweg unbrauchbar und haben nur etwas mit der Psyche unseres Esonauten zu tun, den wir auf die Reise geschickt haben. Da darf man auch nicht so einfach eingreifen. Jeder braucht seine eigenen psychischen Grundeinstellungen, um den Resonanzvorgang zu starten."

Als ich ihn danach fragte, lachte Polwächter und meinte nur, das Wort 'Esonaut' sei eine Erfindung von Hermann gewesen; eine Zusammensetzung von 'Esoteriker' und 'Astronaut'. Das sei aber keine offizielle Bezeichnung, für die man sicherlich nur Ärger bekommen könne. Aber die Fakten sprechen für sich, da brauche man keine Mystik zu bemühen. Für vieles, was man hier tue, habe man noch keine brauchbaren Wörter gefunden. Davon ließe man sich aber nicht abhalten, die Erkundungen durchzuführen.

So viel hatte ich zu dem Zeitpunkt verstanden: Mein Ohrrauschen oder Kopfrauschen, wie immer man das bezeichnen wollte, war nicht nur irgendeine Krankheit, sondern ermöglichte einigen Patienten und speziell mir, mit einem universellen kosmischen Feld in Resonanz zu gehen. Dadurch könne man Informationen abfangen, die in dem Feld kursieren. Aber warum handelte es sich dabei um ein Geheimprojekt, in das der Staat, insbesondere die Europäische Behörde zum Schutz der Netze, verstrickt war? Und warum simulierte man nicht einfach den Tinnitus mit technischen Geräten, um sich von der Psyche des einzelnen Probanden unabhängig zu machen?

Die letzte Frage wollte Polwächter nicht beantworten. Er meinte nur, ich würde schon sehen, wenn die ersten Versuche mit mir anlaufen. Das, was da passiert, könne man nicht simulieren - noch nicht. Was das Geheimprojekt betrifft, gäbe es einen ganz einfachen Grund: Solange wir mit Raketen Stück für Stück das Weltall erobern wollen, gibt es immer noch etwas dahinter, was wir nicht kennen. Billionen von Sternsystemen sind eine Herausforderung für die nächsten tausenden von Jahren Menschheitsgeschichte. Das könne keinen Glauben wirklich erschüttern, selbst wenn wir Außerirdische treffen sollten. Die existieren dann auch nur begrenzt.

„Wie jedoch soll der Vatikan eine mentale Weltraumerkundung werten, die sich nicht mehr an Raum und Zeit orientiert? Da dürften selbst unsere Wissenschaftler Probleme bekommen. Sie haben das Ohr direkt an der Melodie der Schöpfung, Herr Kohlpeter. Das hat Auswirkungen, die wir nur sehr langsam begreifen. Alle unsere Vorstellungen von Welt und Universum stehen auf dem Spiel. Da ist es mehr als angebracht, etwas vorsichtig zu sein.“

Polwächter setzte sich an ein Schaltpult und gab einige Daten ein. Das Sonnensystem über dem Tisch verschwand und es entstand ein bunter Nebel.

„Das Erstaunliche an diesem dreidimensionalen Bild ist, dass es sich offensichtlich um unser gesamtes Universum handelt. Und zwar nicht als ein Bild, dass wir im Nachhinein gezeichnet hätten. Nein, es ist eine visuelle Aufzeichnung von Lankowsky. Wie ist das möglich, dass jemand einen Außenblick auf das Universum erhält? Lankowsky kann das Universum unmöglich verlassen haben, um es von außen betrachten zu können! Das geht auch deshalb nicht, weil die Schallwelle, in die er sich eingewählt hat, nicht weiter gehen kann, als bis zum Ende des Universums. Wo verdammt noch mal ist dieser Mann gewesen?!“

„Sie wollen sagen, jedes Detail von diesem Nebel lässt sich in genau abzugleichende Galaxien und Sternsysteme auflösen? Haben Sie das ausprobiert?“

„Wir lassen gerade den leistungsstärksten Rechner für uns arbeiten. Aber alle Stichproben, die wir bisher gezogen haben, sagen aus, dass selbst der Betrachtungswinkel stimmt. Der Beobachtungspunkt liegt außerhalb des Universums.“

„Wohin keine Resonanzexpedition hinreichen kann.“

„Genau. Das ist bisher der spektakulärste Fall, den wir erlebt haben und den wir auch nach harten mathematischen und astrophysikalischen Fakten untermauern können. Aber es ist nicht der einzige Fall. Der eigentliche Hintergrund, warum wir in dieses Projekt so intensiv investieren, ist ein anderer. Wir gehen inzwischen davon aus, dass wir Besuch hatten, noch haben oder haben werden. Es gibt Hinweise, wonach wir von Außerirdischen kontaktiert wurden. Bisher haben wir immer gedacht, dazu bräuchte es Raumschiffe. Aufgrund einiger Vorkommnisse sind wir dabei, diese Sichtweise dem vorigen Jahrhundert zuzurechnen.“

„Mit der Jurte zum Mars fliegen."

„Oder eben mit der Dose.", stieg Polwächter in meinen Vergleich lachend ein. „Dabei liefern die religiösen Erzählungen von der Inkarnation genügend Hinweise auf eine ganz andere Art der Raumfahrt."

„Sie meinen, dass Außerirdische sich per Resonanz in uns einnisten?"

„Das wäre zumindest denkbar; wenn auch der schlimmste Fall. Weil wir uns dann auf niemanden mehr verlassen können. Doch wir wären eine schlechte Sicherheitsbehörde, wenn wir uns nicht rechtzeitig darauf vorbereiten würden. Und genau das ist unsere Aufgabe. Wir wollen alle Eventualitäten aus den neuen Möglichkeiten der mentalen Raumfahrt ins Kalkül ziehen und daraus Schlussfolgerungen für unsere Sicherheit ableiten. Es reicht ja schon aus, wenn wir über diese Technologie von einer außerirdischen Spezies abgehört oder abgetastet werden. Wir brauchen verlässliche Leute, wie Sie, Herr Kohlpeter, die psychisch stabil sind, mit ihrem Tinnitus souverän umgehen können und sich von manch ungewöhnlichen Vorgängen nicht schrecken lassen."

„Oh, das ehrt mich. Und das sagen Sie, trotz meines Ausstiegs vor drei Jahren?"

„Sie waren damals weiter als wir. Warum soll ich Ihnen das verübeln?!"

Damit hatte er mich vollständig herum gekriegt. Seine Argumente klangen logisch. Und ich gebe zu, es hatte einen besonderen Kick, meine Krankheit als seltene Fähigkeit zu sehen und in den Dienst einer höheren Sache zu stellen.

9. Kapitel

Die andere Seite des Universums

Dr. Malekins, unser Teamleiter bestand auf der optischen Einwahl in den Hyperschallraum. Weil der Mensch ein Augenwesen sei, müsse das Antriggern über die Visualisierung erfolgen. Aus den Dokumenten des elektronischen Buches ging hervor, dass die Raum-Verschiebungen auf der sichtbaren Signalebene abgelegt seien. Töne dagegen gehören der Unendlichkeit an, sie hätten etwas zeitlos Sphärisches an sich. Damit könne der Mensch mit seiner irdischen Raumorientierung nichts anfangen. Deshalb übersetze das Gehör der Auserwählten diese Signalebene in das Rauschen des Tinnitus. Es seien lediglich die Trägerfrequenzen, die entzerrt, nach den sichtbaren Ereignissen mittels Hyper-Schall-Projektor abgesucht werden müssten. Einmal eingewählt, könne man hin und her wandern. Und das war unsere Aufgabe in den Experimenten der Tube.

Heute hege ich eher den Verdacht, dass wir uns deshalb auf das Optische konzentrieren sollten, damit wir die gestellten Aufgaben erfüllen konnten. Und das hieß, an einem Ort zu einer bestimmten Zeit, Personen und Ereignisse auffinden. Ließ man sich einfach nur treiben, erlebte man Unfassbares. Die Sicherheitsübungen, die wir im Team absolvierten, hatten vor allem dieses eine Thema: Die visuelle Ankunft. Dr.

Malekin trichterte uns immer wieder ein, wir müssten eine raum-zeitliche Verortung vornehmen, weil ansonsten der Zustand des Fließens zu lange anhalten würde und irreparable Schäden erzeugen könne. Alle anderen Sinne und ihre Einbindung in den kosmischen Hyperschallraum, fänden keinen Ort, sondern nur fließende Zustände. Wem dann auch noch das Zeitgefühl abhanden kommt, der sei in der Unendlichkeit verloren. Aber er habe eine Sicherung eingebaut, damit wir nicht in das Nirwana verschwinden. An den Pupillen, dem Puls und den Hirnströmen könne er ablesen, wie lange der Zustand bis zum Aufbau der Raum-Zeit-Koordinaten anhalte. Sollte er das normale Maß überschreiten, leite man die Rückkehr ein. Diese Übung wiederholten wir so oft, bis jeder seine eigene Form der Ankunft gefunden hatte.

Nach einer schier unendlichen Ankunft fragte ich ihn einmal, wie lange er denn auf den Zeitpunkt des Eingreifens warte? Drei Sekunden; das hatte mich verblüfft. Dr. Malekin holte mich ganz schnell zurück. Wenn man drei Sekunden umrechnet, dann hat man bereits einen Ton des Tinnitus identifiziert: Die Intervalle der Bildfolge in der Fernsehwerbung.

Im Team werteten wir die Ortungsversuche aus. Leiter des Stabes war Dr. Malekin, Polwächter seine graue Eminenz. Mich eingeschlossen, nahmen zumeist zwei Patienten an den Zusammenkünften teil. Der zweite diente als Rettungskommando, wenn etwas schief ging. Hinzu kamen Wissenschaftler aus den einzelnen Sparten. Ab und zu saß auch einer der Techniker in der Runde. Später verkleinerte sich der Kreis. Die Differenzen zwischen den Experten waren einfach zu groß und begannen irgendwann hinderlich zu werden. Immer wenn ein Rückkehrer etwas berichtete, erklärten die Experten, warum das Erlebte, so wie es beschrieben wurde, nicht sein könne. Wir stritten uns dann eher über Wörter und Begriffe, als dass wir sagen konnten, was wir erlebten.

Nach meiner ersten Reise bestand ich darauf, dass es Raum ohne Zeit gab. Was ich mir da an Vorträgen des Physikers anhören musste. Geradezu beleidigend wurde er, als ich ihm erzählte, wie ich plötzlich einen zeitlosen Geschmack auf der linken Zungenhälfte spürte. Der Biologe dagegen war begeistert.

Vor meiner ersten Übungsreise wurde ich innerlich sehr unruhig, als ahnte ich, dass mehr oder anderes geschehen könnte, als das, was meine Auftraggeber erwarteten. Bevor ich die Kopfhörer aufsetzte und mich auf die Liege legte, sah ich Dr. Malekin in die Augen und stellte meine Frage, die mich seit Tagen beschäftigte: Warum ich? Was hatte mein Tinnitus mit dem Hyperschallraum zu tun? Er meinte, es gibt nicht allzu viele Probanden, die so schnelle Erfolge bei der Behandlung des Tinnitus aufwiesen, ohne ihre Fähigkeiten, den kosmischen Raum anzusteuern, zu verlieren. Die Patienten ohne Behandlungserfolg seien ebenso wenig zu gebrauchen, wie diejenigen, die nach der Behandlung keine Einwahlmöglichkeiten mehr aufwiesen. Was nicht heißen würde, dass sie vollständig geheilt seien.

Polwächter ergänzte, dass man auch etwas nachgeholfen hätte. Und das nicht nur, weil er schon einmal gut mit mir zusammengearbeitet habe. Beim ersten Test am Anfang des Kuraufenthaltes fiel eine besondere Übereinstimmung der genetischen Frequenz mit der Einwahlfrequenz für die Schallwelle auf. Ein Abgleich habe mir eine außergewöhnliche Resonanzfähigkeit attestiert. Ich musste ihn etwas verdutzt angesehen haben, denn er meinte, noch ergänzen zu müssen, dass man mit der Transkraniellen Magnetstimulation ein paar Dissonanzen ausgleichen konnte. Aber das seien eigentlich unwesentliche Abweichungen gewesen, die man geglättet habe.

Die technischen Erklärungen erschienen mir alle soweit plausibel, wie man mir ebenso hätte beibringen können, dass die Einwahl in das Internet mir heute auch die Gelegenheit bot, den aktuellen Puls unserer Milchstraße abzuhören, und ich mir dennoch nie sicher sein konnte, ob das nicht ein Werbespaß für Milchpulver sei. Innerlich ärgerte ich mich aber, dass mit dem Test, nach einer Woche Aufenthalt im Klangsanatorium, in der Akustik-Kabine, mittels Computertomographie an mir herum manipuliert wurde. Das erfuhr ich erst jetzt? Ich beruhigte mich damit, wer 'A' sagt auch 'B' akzeptieren müsse. Ja, ich war ein Opportunist. Mir selbst sagte ich das bis dahin etwas anders: Ich war einfach nur neugierig, was passierte. Können die das wirklich mit uns machen? Ja, die tun das einfach! Und manchmal weiß man gar nicht, dass man hätte 'Nein' sagen können und müssen. Ich denke heute, dass ich mich zu wenig mit der realen Welt beschäftigt habe und deshalb so naiv in die geistige Welt abgetaucht bin.

Meine erste Reise in der Tube erscheint mir heute wie ein einzigartiger Geburtsvorgang; mit offenen Augen in der Trance der Musik. Dann entstand ein ungutes Gefühl der Bedrängung. Der Druck wurde immer größer, dann platzte die Blase und ich schlüpfte in die Freiheit, als ob das Vakuum mich von der Erde in das Universum zog. Jeder Schritt ist eine eigene Ereigniswelt. Keine Erfahrung, die dir jemand abnehmen könnte; als fehlten die Eltern. Aber das machte ja den Reiz aus: Endlich wieder Ereignisse, die nicht mit einer Police zu versichern sind. Eine existenzielle Urerfahrung der besonderen Art.

Nein, es sind keine Wurmlöcher, in denen man entlang fliegt. Wie auch die Vorstellung vom Fliegen mir völlig unangebracht erscheint. Aber das kann bei jedem anders verlaufen. In meiner Welt, in meinem Universum, ist alles abstrakt, nur in Andeutungen vorhanden, und trotzdem unbegreiflich schön und klar. Manchmal so klar, dass ich erschrecken muss und der Schrecken mich wieder an meine biologische Struktur erinnert. Dann holt mich die Angst ein und ich erlebe meinen

Körper in seinen zerrissenen Elementen. Wenn ich Dr. Malekin davon berichten wollte, drängte er mich, ich solle mich auf die optischen Raum-Zeit-Quadranten konzentrieren, weil ich dann eine ordnende Struktur fände, mit der mein Körper etwas anfangen könne. Alles andere sei vergebene Mühe und bringe nicht weiter. Leider habe ich mich viel zu spät Dr. Dreysen anvertraut, der mir bestimmt hätte helfen können. Aber dann wären die Ereignisse auch ganz anders verlaufen.

Nachdem ich durch das Oratorium aller möglichen und vorhandenen Frequenzen gerauscht war, ermahnte mich die Stimme des Trainers an die visuelle Suche von Zeit und Raum. Und es gibt nichts Abstrakteres als die Zeit, die nur ein Rhythmus auf einer Frequenzbahn ist. Wie aus dem Nichts entstanden Geraden, mathematisch exakte Linien bis in die Unendlichkeit. Sie schoben sich zu einem Raum zusammen, in dem ich mich, oder das, was mein Eigen sein sollte, inmitten der geometrischen Struktur eines Dreiecks, bewegte. Vielleicht war es auch nur mein Gefühl, das sich erschrocken zwischen den zusammenziehenden geraden Strecken eingezwängt wähnte. Mir blieb kein Blick von oben auf das Geschehen. Ich war mitten drin und hatte nichts zur Verfügung, um mich zu erwehren. Und doch schob ich, oder etwas mich, in eine Richtung, so dass mir wohl eben das Gefühl von Raum und drängender Zeit entstand. Aus dieser Landeübung im Reich des Optischen habe ich eines verstanden: Zeit entsteht aus dem Gefühl des Bedrängten. Dazu braucht es einen Körper. Den gibt es nur in der optischen Welt. Und das war die Erinnerung an Dr. Malekins Ermahnungen, Raum und Zeit zu suchen.

Später, als ich mich wieder dem ahnungslosen Dr. Dreysen öffnete, regte er mich zum Malen von Bildern an, um meinen aufgebauten neuen Ängsten eine Darstellung zu geben. Tagelang hatte ich einen Stift bei mir, um die gar zu aufdringlichen Linien zu durchkreuzen. Doch dadurch entstanden immer neue Linien, die mir im Traumrausch die Räume okkupierten, bis die Bilder ganz und gar im Schwarz der Striche versanken. Dr. Dreysen nahm mir den Bleistift aus der Hand und schenkte mir einen Bundstiftkasten. Nun malte ich Flächen aus und erfreute mich der Überlappungen von Farben und Figuren. Die Geometrie war zu streng in mir angelegt, ich musste sie aufweichen.

Meine Ankunft im raum-zeitlichen Kontinuum der optischen Welt, die ich mir da draußen erst selbst bauen musste, erschien mir wie die Aufarbeitung meiner Alpträume. In den elektronischen Dokumenten las sich das alles viel einfacher. In einer der Sitzungen mit Dr. Malekin, antwortete Polwächter auf meine diesbezüglichen Fragen damit, dass eine Aufgabenstellung davor schützen würde, sich in eine zu enge Abhängigkeit gegenüber der eigenen Psyche zu begeben. Dr. Malekin vermutete, dass beim Surfen auf der Schallwelle, die Gefahr Schwarzer Löcher drohe, denen man nicht nachgeben dürfe. Er wisse auch nicht, mit welch anderen unbekannten Erscheinungsformen wir noch zu rechnen hätten. Erst später begriff ich, dass das Schüren von Ängsten bereits den Auslösemechanismus für den Schwarze-Loch-Generator in Gang setzte.

Doch wo kam ich auf meiner ersten Reise in das Universum an? Ich sollte den Mars erkunden. Stattdessen landete ich auf der Erde, in meinem Fruchtbarkeitstraum. Sanai hatte gerade noch die fliegenden Kühe in den Röhren beschrieben und erwachte nun aus ihrer Trance. Sie schaute uns mit großen Augen an und lächelte. Wir würden bald wieder Wasser in unseren Brunnen haben, viel Wasser. Ich solle in die Stadt gehen und zwei lange Kupferröhren beim Schmied kaufen und sie in die Erde stecken.

Ich machte mich auf den Weg durch die Dünen, bis ich das Gefühl hatte, dass alles um mich herum zu fließen begann. War ich wirklich noch in meinem Traum auf der Erde?

Oder schwamm ich längst in einem Kontinuum von Wasser, Luft und Staub, das sich immer weiter ausdünnte, bis ich mich in einem Bändersalat am Rande des Saturns wiederfand. Der Planet musste gerade einige Schwierigkeiten mit seinen Ringen haben. Irgendetwas war schief gegangen. Aber ich hatte nicht das Gefühl, ich würde in einer ausweglosen Situation stecken. Wahrscheinlich verfehlte ich nicht nur die Koordinaten für den Ort, sondern auch die der Zeit. In einiger Entfernung sah ich Lankowsky entlang schweben. Und ich wunderte mich, weil er eigentlich in dieser Nacht gar keinen Auftrag hatte. Er sollte an meinem ersten Reisetag den Hyper-Schall-Projektor bedienen, um danach an der Auswertung teilzunehmen. Ich winkte ihm zu und er rief zurück. Aber ich verstand ihn nicht. Mein Ohrenrauschen wurde einfach zu stark. Er wollte mir etwas Dringendes sagen und gestikulierte mit den Armen. Doch dann riss ihn irgendeine Erscheinung aus der Umlaufbahn und er hinterließ nur noch einen Wirbel, der sich in einen leichten Schleier auflöste. Es war eine Hand. Wirklich, eine riesige Hand riss ihn fort. Und alles ging so atemberaubend schnell. Jetzt bekam ich das Gefühl von Panik. Was tat ich hier in der Umlaufbahn des Jupiters, zwischen den Bahnen aus Geröll, Sand und Felsen?

Ich wollte zurück, und sei es auch nur in das Beduinenzelt zu meiner Traumfamilie. Schwach erinnerte ich mich der Techniken, die ich anwenden sollte, um mich aus dem Hyper-Schall-Raum zu entkoppeln. Ich suchte fieberhaft, aber mein Gehirn wollte sich einfach nicht erinnern; als fehlte mir ein Wort, das mir schon fast auf der Zunge lag. Ich kniff die Augen noch fester zu und stellte mir den Raum vor, in dem ich eigentlich liegen musste. Dabei konzentrierte ich mich auf meine Ohrgeräusche und suchte einen Ton, die Umlaufmelodie der Erde.

Als ich die Augen wieder aufschlug und Dr. Malekin über mir auftauchte, war mir speiübel. Er beruhigte mich, dass so etwas beim ersten Mal nicht ungewöhnlich sei. Er reichte mir eine Schale und etwas Zellstoff, damit ich mir den Mund abwischen konnte.

„Das war doch gar nicht so schlecht“, meinte er.

Ich sah ihn etwas verdutzt an, weil mir mein aufgereiztes Assoziationsvermögen sogleich wieder einen Strich durch die Rechnung machte. Lankowsky kam aus dem Leitstand und fragte, ob alles gut gegangen sei. Die Ellenbogen auf den Knien, nickte ich leicht mit dem Kopf.

„Ich kann mir nicht vorstellen, dass ich mich eben noch in den Kreisen des Saturn befand.“

„Ach so,“, wiegelte Lankowsky ab, „den Saturn hatte ich vor einer Woche auch schon besucht. Witzig, wenn die Felsbrocken an einem ungebremst vorbei rauschen.“

„Aber du hattest mir etwas zurufen wollen.“, mein Verstand begann langsam in Schwung zu kommen.

„Ja, du solltest ausweichen, weil hinter dir ein ziemlich großer Brocken angesaust kam.“

„Vor einer Woche?!“

Lankowsky sah Dr. Malekin fragend an; der sich das Kinn rieb und auf den Boden schaute. Ja, wieso eigentlich vor einer Woche, wenn der Rückruf doch die Situation soeben betraf?

„Wir haben Sie nicht zurückgerufen.“, sagte Dr. Malekin. „Vor einer Woche hatte ich Herrn Lankowsky zurückholen müssen, weil er die Übungskoordinaten völlig verfehlte.“

Nun wusste ich, woher die Hand kam. Nach meinem Wüstentrip hatte ich die Zeitkoordinaten verloren und landete eine Woche versetzt in der Vergangenheit neben Lankowsky, der mich vermeintlich warnte.

Ich wollte wissen, was Lankowsky in den dreidimensionalen Bildern des Hyper-Schall-Projektors sah. Er habe nur Wüstensand gesehen und Felsklumpen, viel Staub und einen tosenden Hurrikan. Er wollte mich schon zurückholen, aber Dr. Malekin hatte gezögert, um mir die Chance zu geben, den Weg zurück selbst zu finden, was ja ganz gut gelungen sei.

Die Ergebnisse der ersten Expedition waren niederschmetternd. Ich landete nicht auf dem Mars, sondern in den Saturnringen. Ich entkam nur knapp einer Kollision, ohne es zu bemerken. Lankowsky, der mir nicht helfen sollte, rief mich trotzdem zurück. Aber eigentlich konnte ich mich nicht beschweren, denn optisch und gefühlsmäßig hatte ich ein einmaliges Erlebnis. Ein tolles Gefühl und so echt, wie es kein Traum realistischer hin bekommen würde.

Dr. Malekin sah das ganz anders. Er hörte sich die Berichte von mir und Lankowsky an, ging auf keine der Schilderungen genauer ein und forderte uns auf, in den Leitstand mitzukommen, um der eigentlichen Auswertung beizuwohnen. Dort hatten sich inzwischen zwei Mitarbeiter an verschiedenen Rechnern zu schaffen gemacht. Dr. Malekin nickte ihnen zu und bedeute mir, am großen Tisch platz zu nehmen. Ein Astrophysiker begann seinen Vortrag, indem er das dreidimensionale Bild aufrief und mittels einer Fernbedienung verschiedene Strecken einzeichnete und Zahlen hinein programmierte. Auf einem der großen Bildschirme an der Wand liefen Formeln und stellten die Ergebnisse der Berechnungen dar. Nüchtern und zum Teil für mich unverständlich kommentierte er das, was ich nur als Formeln und Zahlensalat erkennen konnte. Auf dem linken Bildschirm befänden sich die Messdaten der letzten Saturnsonde, auf dem rechten die dazu passenden Berechnungen der Expedition 'Kohlpeter'. Die Übereinstimmungen seien evident. Der Abstand der Staubkörner sei richtig erfasst, die Saturnringe exakt vermessen worden, und die Größe der Felsbrocken sei auch im Toleranzbereich. Und als abschließendes pikantes Detail, verwies er auf die exakten Abmessungen von Lankowsky, der sich in einem Abstand von dreißig Metern zu mir bewegt habe.

„Was sagen sie dazu?!“, fragte mich Polwächter triumphierend. Und ich verstand gar nichts. Mein Gehirn musste erst einen Salto vollführen, damit sich meine Synapsen bewegten. Hatte ich tatsächlich von meiner verfehlten Expedition ein paar brauchbare Daten mitgebracht?

Der Astrophysiker schaltete an der Fernbedienung und die Staubwolke leuchtete jeweils in verschiedenen Farben. Sodann zeigte er mit einem Laserpointer auf die nebeneinander hängenden Bildschirme und verglich weitere Daten: Die chemische Zusammensetzung, physikalische Strukturen, Spektralfarben und magnetische Anomalien. Dann Pfiff er durch die Zähne und zählte eine Reihe von Eigenschaften auf, die bisher von diesem Saturnring unbekannt waren.

„Na also, hat sich schon gelohnt. Jetzt kann die ESA noch mal einen Satelliten hin schicken, um ihre eigenen Ergebnisse zu überprüfen.“, lachte ein Mitarbeiter in die Runde.

Ich muss zugeben, dass meine Nerven nun doch etwas angekratzt waren. Vor allem die Lässigkeit, mit der dieser Mann seine Messdaten präsentierte; als ob er seit Jahren nichts anderes tat, als mentale Ferndaten auszuwerten. Ich schaute mich etwas verschämt um, fasste heimlich die Tischplatte an und betätigte, wie zufällig, den Lichtschalter. Um mich herum war alles fest und in Funktion. Würden vernünftige Menschen solch einen Aufwand betreiben, nur um mich durcheinander zu bringen? Das hätte man doch alles einfacher haben können; in einer Zelle mit liebevoller Betreuung.

„Sie sehen nicht gerade begeistert aus.“, stellte Polwächter fest. „Sie fragen sich bestimmt, wie wir das machen.“

Der Mitarbeiter wollte gerade zu einem Vortrag ansetzen, als Dr. Malekin ihn sogleich unterbrach. Man müsse in meinem Falle anders mit der Erklärung anfangen. Die physikalischen und technischen Zusammenhänge einmal vorausgesetzt, um die wir uns später genauer kümmern können, sei es ganz einfach:

„Sie sind ein Raumfahrer der neuesten Generation, zudem

mit einem großen Spaßfaktor. Sie fliegen wie eine Tarnkappensonde, ohne Raum und Zeit im Einzelnen durchlaufen zu müssen, durch das All und kommen irgendwo da draußen an; je nachdem, womit sie gerade in Resonanz gehen. Dann visualisieren Sie sich, treten in Erscheinung und haben irgendein Erlebnis. Danach kehren Sie wieder zurück. Und alle Schwingungen und Frequenzen, die ihnen begegnet sind, sammeln Sie in Ihrer Aura unbewusst ein. Mit diesen auratischen Daten füttern wir unsere Datenbank, mit der wir alles, was sie im Gepäck haben, vergleichen. Mit den Messdaten in unserem Sonnensystem sind wir da schon recht gut ausgestattet. Zumal Vergleichswerte von den Satelliten der vergangenen Jahrzehnte des 'Dosenzeitalters' vorliegen. So nennen wir das erste Zeitalter der Raumfahrt, als man noch mit Raketen ins All flog. Schwieriger wird es mit der Auswertung galaktischer Daten. Zumal wir manchmal nicht wissen, wo der 'Esonaut' gewesen ist."

„Wenn ich Sie richtig verstehe, dann sind meine Erlebnisse auf der Reise gar nicht so wichtig, sondern lediglich die Messdaten, die ich mitbringe?"

„Ganz so kann man das nicht sagen.", schaltete sich der Astrophysiker wieder ein. „Wir benötigen ihre visuellen Erscheinungen, um aus den optischen Daten physikalische und chemische Strukturen ableiten zu können."

„Aber das macht doch auch jede Spektralanalyse zur Auswertung des eingefangenen Lichtes durch die Teleskope und Radaranlagen."

„Richtig, nur dass wir viel genauere Daten einsammeln, direkt vor Ort. Dadurch erhalten wir Orts nahe Kenntnisse."

„Nicht zu vergessen, was unseren Hauptauftrag betrifft, Außerirdische zu lokalisieren. Die sind aus keiner Spektralanalyse herauszulesen, zumindest noch nicht.", warf Polwächter ein. „Und Sie können sich vorstellen, wenn wir diese Technologie beherrschen, und wir stecken gerade mal in den

Anfängen, dann können wir davon ausgehen, dass andere intelligente Wesen bereits viel weiter sind. Sie sehen, wichtiger als die Suche nach fremden Welten, ist die Sicherung der eigenen Welt."

„Wie wollen Sie das machen? Wenn stimmt, was Sie sagen, dann gibt es kein Halten mehr."

„Nun seien Sie mal nicht so pessimistisch und vertrauen Sie unseren Fähigkeiten. Denn so weit haben wir schon selbst gedacht, dass wir, solange dieser Kanal offen ist, wie auf einem Präsentierteller für jeden erreichbar sind. Das kann man ja auch ändern. Sobald wir die Technologie beherrschen, werden wir Störsender installieren oder die Schallwelle gegenspiegeln. Wir brauchen ein Sicherheitsschloss, um uns gegen den Hyper-Schall-Raum abzuschließen."

Da hatte mich etwas getroffen: 'Störsender' und Schlösser, um sich abzukapseln. Und kurzzeitig flackerte in mir der Gedanke auf, dass ein Störsender nichts anderes macht als zu rauschen. Ein ungutes Gefühl stieg in mir kurzzeitig auf und verschwand mit Polwächters Bemerkung sogleich wieder, dass es ja ein Recht auf informationelle Selbstbestimmung gäbe, das auch für die Bewohner der Erde gelten müsse. Das schien mir logisch und ich hatte vergessen, dass ich da noch etwas nach haken wollte.

Ich wunderte mich, wie flüssig ihm die Argumente der staatsfernen Opposition inzwischen über die Lippen kamen, hatte er sich doch früher um solche Details wenig gekümmert. Aber warum sollte nicht auch er Erkenntnisse geschöpft haben. Ich befand mich ja auch gerade in einem großen Wandel.

Inzwischen versammelten sich noch einige Techniker und Wissenschaftler um den großen Tisch, der mich an einen Billardtisch erinnerte, wenn nicht der Hyper-Schall-Projektor in der Mitte gestanden hätte. Als letzter kam Professor Reinhardt, der Leiter des Klangsanatoriums, in den Raum und begrüßte die Anwesenden. Wir nahmen Platz und Professor Reinhardt nickte Dr. Malekin zu, der eine kurze Begrüßung sprach und seiner Freude Ausdruck gab, dass nun die Mannschaft komplett sei und auch die ersten Tests erfolgreich beendet worden seien. Es gäbe nun keinen Hinderungsgrund mehr, die eigentlichen Erkundungsreisen zu beginnen.

Dann übernahm Professor Reinhardt das Wort und sprach von einer neuen Ära in der Eroberung des Weltalls. Die Zeit der aufwendigen Raketenproduktion und Verschwendung der natürlichen Ressourcen sei vorbei. Wer als moderner Mensch eine Information brauche, wähle sich auch erst in das Internet ein, bevor er entscheidet, wo er Urlaub macht. Und wer einen Gyrocopter kauft, probiert ihn vorher aus. Warum sollen wir uns nicht bei der Erkundung des Weltalls vorab des kosmischen Providers bedienen und erst einmal nachschauen, ob es sich lohnt, irgendwelche aufwendigen Raketen zu bauen, in denen wir unendlich lange dahin fliegen müssten, um vielleicht einmal anzukommen. Die Anwesenden quittierten den schönen Vergleich mit einem gemeinschaftlichen Lächeln und gegenseitigen Zunicken. Unter uns säßen die Esonauten der ersten Stunde; fantastische Menschen mit der einzigartigen Gabe, aus ihrer misslichen Krankheit eine besondere Tugend zu machen.

Es sei an der Zeit, den Tinnituspatienten ihre erhabenen Aufgaben zurückzugeben, die ihnen im Altertum zweifellos zukamen. Nur befinden wir uns nicht mehr im Zeitalter der griechischen Götterfamilie, mit denen die Probanden in Kontakt traten. Heute wissen wir, dass das Ohrenrauschen einen Kanal frei gibt, mit dem kosmischen Hyper-Schall-Raum in Verbindung zu treten. Das sei die Grundidee der neuen Raumfahrt. Und man könne den Mitarbeitern der ESA und NASA ihre Ängste um ihre Arbeitsplätze nehmen, wenn sie nur verstünden, dass es viele Wege in das Universum gibt, die sich gegenseitig ergänzen können. Die Runde lachte. Gleichwohl, sei die Methode des Cyber-Providers atemberaubend modern und müsse deshalb von der Europäischen Union besonders gefördert werden. Beifall.

Dr. Malekin übernahm wieder und begann mit der Zielbesprechung und Aufgabenverteilung. In den kommenden Sitzungen würde es nicht mehr um die nahen Objekte unseres Sonnensystems gehen. Unser Ziel sei die Fernerkundung. Wir müssten uns mental darauf einstellen, mit außerirdischen Lebensformen in Kontakt zu treten. Dazu überspielte er den drei Sanatoriumspatienten Unterlagen auf ihr Lesegerät. Die sollten wir uns bis zum nächsten Treffen in Ruhe ansehen. Ebenfalls überspielte er Anweisungen an die Techniker, in denen es um die Auswertungsgeräte und ihre Programmierungen ging.

Einer der Wissenschaftler stellte sich als Experte für Statistik und Weltraumwahrscheinlichkeit vor. Dafür sprach er recht unkonventionell und lebhaft.

„Nicht, dass Sie sich erschrecken. Sie können da draußen mit einem ziemlichen Getümmel rechnen. Wir gehen sogar davon aus, dass die Erde längst von Außerirdischen bevölkert wird oder zumindest von verschiedenen Expeditionen besucht wurde. Ich spreche hier ausschließlich von mentalen Besuchen und geistigen Daseinsformen im Universum. Inwieweit das auch auf stoffliche Besuchsarten zutrifft, dazu können wir kaum Aussagen machen, weil sie sich momentan mit harten Fakten nicht belegen lassen. In der bisherigen Weltraumforschung ging man immer von stofflichen Besuchsformen aus und wunderte sich, warum diese noch nicht nachweisbar sind. Mal von einigen umstrittenen Funden zur prähistorischen Raumfahrt abgesehen. Dabei habe ich schon in meiner Doktorarbeit darauf hingewiesen, dass die Raumfahrt mit Raketen einfach zu aufwendig ist und ihr zu viele raumzeitliche Hindernisse im Wege stehen. Ebenfalls erwarten wir bei der teleportativen Raumfahrt zu viele physikalische Risiken im Ankunftsquadranten, die eine Rematerialisierung verhindern könnten. Es gibt inzwischen Theorien, die davon ausgehen, dass Schwarze Löcher im Minniformat fehlgeschlagene Rematerialisierungen sind. Daraus ergibt sich der einfache Schluss, dass die mentale Raumfahrt die einfachste und risikoärmste Form der galaktischen Fernerkundung ist.

Warum haben wir die Außerirdischen noch nicht feststellen können? Nach meiner Statistik liegt das jedenfalls mit hoher Wahrscheinlichkeit nicht an ihnen, sondern an uns. Wir haben diese Form der Raumfahrt einfach noch nicht betrieben oder bereits wieder verlernt. Es kann sogar noch ganz anders sein, wie Herr Professor Reinhardt bereits vor Jahren behauptete und sich damit viel Ärger einholte: Wir sind längst mit den Außerirdischen im Kontakt und wollen es nur nicht wahrhaben. Damit wären wir wieder bei den Tinnituspatienten."

Anschließend führten die beiden Techniker am Tisch einen Disput über die Genauigkeit der Messdaten des Hyper-Schall-Projektors. Es begann eine langwierige Diskussion, die schnell mein Interesse verlor. Ich verstand nur, dass die mentale Raumfahrt mit der Einordnung von Ereignissen in Raum und Zeit einige Schwierigkeiten hat. Das ist nun mal bei geistigen Vorgängen so. Ich ahnte, dass alle Risiken damit beim Esonauten lagen. Und das sollte ich bei meiner nächsten Reise erleben.

Zuerst sah ich nichts. Ich konzentrierte mich auf das Rauschen und versuchte zu entspannen. Im Hintergrund hörte ich meinen Puls immer langsamer pochen, bis er sich soweit beruhigte, dass er im Ohrgeräusch unterging. Ich suchte meine Grundmelodie. Irgendwann bemerkte ich, wie die Geräusche auf und ab schwellten. Das war das Signal, mich nun mehr auf die Augen zu konzentrieren. Etwas überreizt, liefen weiße Striche und schließlich Nebelschwaden über die Netzhaut. Aus meinen Tiefen schlich sich der Schlaf an mich heran, den ich mit einer spontanen Eigenmelodie des Körpers parierte. Die linke Hand zuckte. Es begann das obligatorische Farbenspiel. Ich zog den Zustand länger als gewöhnlich, so wie wir es in der Vorbereitung abgesprochen hatten. Dann suchte ich ankommende Raum-Zeit-Koordinaten für eine Landung. Der schwierigste Teil begann.

Es ist ja nicht so, dass einem für die Zeitbestimmung irgendwelche Zahlen entgegen geflogen kommen oder für die Raumkoordinaten irgendein Fadenkreuz oder Hinweisschild: Hier entlang! Alles läuft auf der Gefühlsebene ab, als folge man einer inneren Stimme, die sagt, wohin es geht, und wann der Absprung zu erfolgen sei. Wenn kein inneres Signal erscheint, so die bisherigen Erfahrungen in den Übungsflügen, dann sollte ich einen Ort optisch konstruieren, den ich ansteuern könnte. Dr. Malekin hatte uns verschiedene Vorschläge unterbreitet, uns aber offen gelassen, was jedem so behagt: Planeten, Monde, Ringsysteme und was sonst noch einen stabilen Eindruck machte.

Ich bekam noch immer kein Landungssignal. Auf der Traumschiene könne man ganz gut operieren, gab mir einmal Lankowsky nach einem Trainingsflug einen aufmunternden Hinweis. Man müsse bloß aufpassen, dass man dabei nicht in den Schlafmodus verfällt. Ich schaute ihn fragend an. Ganz einfach; wenn man einschlafe, dann erlebe man zwar dasselbe auch, doch eben ohne Kosmos. Woran man das erkenne? Er meinte nur, die Erlebnisse der wirklichen Raumfahrt seien intensiver. Und die Messinstrumente im Leitstand würden den Unterschied anzeigen. Ansonsten sei es so, wie mit der Mondlandung der Amerikaner: Unsere Großeltern haben alles am Fernsehgerät mitverfolgt, aber wer von ihnen konnte uns im Nachhinein beweisen, dass sie wirklich oben waren.

Noch immer blieb alles dunkel, mit nur wenigen Lichtreflexen. Mein Ohrenrauschen war plötzlich wie weggeblasen. Dann hörte ich Stimmen.

„Jetzt gibt es eine Reaktion."

„Wir sind ja auch schon ziemlich lange am Tun."

„Wieso gerade immer in diesem Quadranten?"

„Ja, hier muss es irgendwelche Anomalien geben."

„Hört mal, das hat eine ganz eigenartige Melodie. Die Signatur haben wir noch gar nicht in unserem Register."

„Warte mal, hier! Normalerweise schlagen solche Frequenzen in den dunklen Abschnitten ein. Das ist ein Ausreißer."

„Die Resonanz ist erst einmal hergestellt, jetzt müssen wir sichern. Wir sollten die Rekonstruktion auf den anderen Ebenen beginnen, bevor es versucht, wieder zu verschwinden."

Keine der Stimmen war mir bekannt. Der erste Gedanke, der mir durch den Kopf schoss: Da ist richtig etwas schief gegangen und ich liege auf der Krankenstation, auf dem Operationstisch. Der zweite Gedanke: Ich bin bei einem anderen Team gelandet, das parallel zu unserem arbeitet. Das hätte man uns doch aber mitteilen müssen! Oder vielleicht die Amerikaner. Doch da war kein Englisch zu hören. Die Russen konnten es auch nicht sein. Ein dritter Gedanke wollte mir gerade durch den Kopf schießen, aber der war so furchtbar, dass ich ihn gleich wieder verwarf.

Die Stimmen unterhielten sich weiter über mich, und ich grübelte, in welchem Zustand ich wohl sei. Immerhin, sie redeten nicht über Organe, Puls, Blutdruck und irgendwelche Operationsinstrumente. Auch klangen die Stimmen nicht wie durch einen Mundschutz gefiltert. Dennoch musste es schlimm um mich stehen, wenn sie im Neutrum von mir sprachen. War nur noch so wenig von mir zu erkennen?

„Also, ich habe jetzt alle Daten beieinander: Die Melodie oktaviert auf der sichtbaren Schleife ergibt ein brauchbares Spektrum. Damit können wir es optisch herstellen. Sogar die Längenverhältnisse lassen sich sauber rekonstruieren. Alle Achtung, so korrekt in den Tonarten kommt hier selten etwas an."

„Und wo setzen wir es ab?"

„Auf Mutox, der kreist um zwei Sonnen in der Rotunda-Galaxie. Da haben wir noch genügend Platz."

„Nein, ich glaube, es kommt mit den kristallinen Lebensformen dort nicht zurecht. Wie wäre es mit Anochia?"

„Da gibt es fast nur Schwefelverbindungen. Interessant, es hat Schwingungsmuster einer Doppelhelix und scheint ziemlich komplex. Da ist Anochia für hochorganisierte biologische Strukturen etwas ungeeignet."

„Wir können doch einen Transformer dazwischen schalten, dann werden die stofflichen Probleme eben per Frequenzumformer ausgeglichen."

„Und warum nehmen wir nicht einfach 'Tabula rasa'?"

„Den haben wir doch gerade erst geschaffen. Alles noch ein wenig unfertig. Dem fehlt ja sogar noch ein richtiger Name!"

„Wir müssen uns beeilen, da kommt schon die nächste Melodie rein. Also wir nennen den Planeten Helix und setzen das Frequenzbündel dort ab. Gibt es Gegenstimmen? Keine! Alles entsprechend programmiert?!"

„Wegen der Komplexität schlage ich vor, dass wir es verpacken und ein autonomes Entpackungsprogramm anhängen."

„Okay, und Abgang!"

Das Rauschen setzte wieder ein und die Stimmen verschwanden. Ehe ich den Gedanken fassen konnte, ich sei frei und könnte meine Rückreise antreten, war schon wieder alles vorbei. Ich saß nackt auf einem Stein und ringsherum zischte und brodelte es. In der Ferne spie ein Vulkan gerade Feuer und Asche aus. Ich drehte mich erschrocken um, als würde in meinem Nacken ein Ungeheuer warten. Ein Waldstreifen zog sich in der Ferne hin. Nun hob ich erst einmal einen Stein auf und bemerkte zu meinem Erstaunen, dass ich ihn wirklich in der Hand spürte. Das dürfte nach der Theorie von Dr. Malekin eigentlich gar nicht sein. Ich hatte auf diesem Planeten meinen Körper dabei, der doch in der Akustikkammer liegen müsste. Nun bekam ich einen riesigen Schreck. Was haben diese Typen mit mir gemacht?! Ich warf den Stein in die Luft. Was, wenn ich mich hier materialisiert habe und nicht mehr zurückkomme? Ich kniff mir in den Unterarm und in die Oberschenkel, bis ich blaue Flecken bekam. Und vor allem, es tat weh!

Ich erinnerte mich an das 'ES', von dem die unbekannten Stimmen sprachen und schaute mir zwischen die Beine. Wenigstens das ist nicht abhanden gekommen, schoss es mir durch den Kopf. Aber das war nur ein kleiner Trost. Was sollte ich auch damit anfangen?

Alles, was wir besprochen hatten, erwies sich nun als unbrauchbar. Ich schloss die Augen, in der Hoffnung, ich bräuchte nur den Rückweg einzuleiten und mir Raum und Zeit der Erde vorzustellen, um wieder im Elefantenohr zu landen. Vielleicht war ich auch zu aufgeregt. Aber auch spätere Übungen der mentalen Beruhigung und Einstimmung auf den kosmischen Raumsprung ergaben keine befriedigenden Ergebnisse.

Was wunderte es auch; in mir stieg Wut auf. Ich rief in die Weiten der zerklüfteten Landschaft; nahm wieder einen Stein auf und warf ihn gegen den Himmel.

„Hey, Ihr da, was fällt Euch denn ein, mich hier einfach abzusetzen?!“

Das konnte doch alles nicht wahr sein. Dr. Malekin hatte uns hundertprozentig versprochen, uns jederzeit zurückholen zu können. Wir liegen doch in der Akustikkammer, da könne uns körperlich gar nichts passieren. Doch was heißt das, wenn ich plötzlich hier materialisiert bin? Gibt es mich dann zwei Mal? Und was würde mit dem Körper zu Hause geschehen? Ist der dann nur ein Dummy, weil ihm die Seele fehlt. Mir kam das alles so lächerlich und irgendwie blöd vor. Ich konnte es einfach nicht fassen.

Dann wollte ich mich erst einmal beruhigen. Es würde sich

schon alles aufklären. Vielleicht wache ich einfach nur auf und alles ist wieder in Ordnung. Dr. Malekin und Polwächter mussten ja bemerken, dass etwas schief gelaufen war. Also, sich in Geduld üben, beruhigen, tief durchatmen. Dabei etwas die Gegend beobachten. Die Gedanken reseten, auf Null setzen und neu starten.

Der letzte Stein, den ich warf; hatte er nicht im feuergleißenden Himmel aufgeblitzt? Vielleicht war das um mich herum nur ein Computerprogramm. Die Typen sprachen ja auch wie Programmierer. Alles nur Pixel, eine Matrix, die mich visuell festhielt? Ich nahm noch einmal einen kleinen glatten Stein, den ich mit allen Kräften so weit wie möglich von mir weg schleuderte. Aber nichts tat sich. Dennoch, irgendwie musste ich den fremden Stimmen mitteilen, dass sie mich auf diesem Planten nicht einfach absetzen durften. 'Ich will wieder nach Hause!', hämmerte es in meinem Kopf. Doch was, wenn das gelänge? Angenommen, die senden mich wieder zur Erde zurück; auf demselben Wege. Was passiert dann mit meinem Körper auf diesem vermaledeiten Vulkanplaneten? Das könnte mir eigentlich egal sein. Hauptsache, ich befand mich wieder in meinem richtigen Körper auf der Erde. Nun sah ich mir noch einmal meinen jetzigen Körper an. Die Hände und Füße waren genau so geformt, wie ich sie kannte. Das Muttermal am Unterarm stimmte exakt. Die Zähne saßen auch alle da, wohin sie gehörten. Die Zunge spürte die bekannten Plomben. Mein leichtes Sodbrennen, aufgrund der Aufregung entfacht, hatte sich auch schon eingestellt.

Es begann zu regnen; schwere Tropfen aus einem Wasser-Schlamm-Gemisch. Der Vulkanausbruch ging in die nächste Phase über. Ich suchte nach einem Unterschlupf und lief in Richtung Waldrand. Kurz bevor ich ihn erreichte, fand ich eine kleine Höhle am Rande einer Geröllhalde, die irgendwo in dem Wald ihre letzten Ausläufer hatte. Es war nicht sehr kalt, aber die Höhle ließ mich frösteln. So trostlos und dunkel lag sie im matschigen Regen, dass mich das Grauen packte, in einer solchen Lage einfach nur ausharren zu müssen und abzuwarten, was die Dinge noch so bringen würden.

Die Aufregung der letzten Stunden hatte Kraft gekostet und ich nickte, an einen Fels gelehnt, ein. Irgendwann erwachte ich und spürte von Seiten des Höhleneingangs einen warmen Föhn. Auf einem Vorsprung, etwas über dem Wald erhöht, stand ich nun und sah in ein weites Tal hinein, an dessen linkem Ende der Vulkan noch immer rauchte und an dessen rechter Seite der Waldsaum sich hinzog. Frische warme Luft zog vom Dschungel auf und brachte Nebelschwaden mit, die von den Kronen seltsamer Bäume wie Watteschleier festgehalten wurden.

Mein Erstaunen wechselte in besorgte Gedanken, die nach einer Möglichkeit suchten, mich den seltsamen Stimmen, die mich auf diesen Planeten geschickt hatten, bemerkbar zu machen. Was hieß hier eigentlich 'geschickt', ich wurde verbannt. Wieder und wieder rief ich mir die Stimmen ins Gedächtnis zurück, und suchte nach einem Verstehen dessen, was da gesagt wurde.

Es klang wie nach einer Relaisstation oder einem Umrichter, dessen Besatzung fehlgeleitete Sendungen auf diverse Galaxien und Planeten verteilte. Eben wie eine Poststation oder ein postalisches Verteilerzentrum. Vielleicht ist es auch eine Zollstation, die einkommende und abgehende Sendungen neu etikettiert, dafür irgendetwas einbehält, eben einen Obolus, und weiter versendet. Doch was hätten die von mir schon nehmen können? Meine Sachen? Vielleicht haben sie mich gerade deshalb hier abgelegt, weil ich nichts zu bieten hatte. Das bestärkte mich eher noch in meiner Annahme, ich müsse mich unbedingt bemerkbar machen, um etwaige Missverständnisse aufzuklären oder Angebote zur Zahlung zu machen, wenn ich mit meiner Zentrale wieder in Kontakt treten dürfte.

Da Erklang ein tiefes lautes Brüllen aus den Weiten des Waldes. Der Dschungel erwachte und rief mir ins Bewusstsein, dass mein Tinnitus verstummt war. Exotische Vogelstimmen zwitscherten, geheimnisvolle Laute drangen an meine Ohren. So etwas hatte ich schon seit Jahren nicht mehr vernommen. Tiefe Wärme und Gelassenheit durchströmte meinen Körper. Das Gefühl der Naturkraft erwachte in mir und die innere Gewissheit, ich bin genesen.

Doch wäre ich kein richtiger Mensch, wenn mir nicht sogleich ein Problem einfiele, dass mich wieder auf den Boden der Tatsachen zurückführte. Eine Rückreise über den Tinnitus-Kanal, so meine Befürchtung, stand mir nicht mehr zur Verfügung. Ich musste mich aufmachen, um herauszufinden, wie ich mit dieser galaktischen Schaltwarte in Kontakt treten konnte.

So auf mich zurückgeworfen, schaute ich mich um, was da zu machen wäre. Den Stein hatte ich gegen den Himmel geschleudert, laut brüllen tat ich auch schon. Feuer entfachen, das wäre wohl das Nächste. Steine lagen genug herum. Äste und Reisig würde ich am Rande des Waldes schnell gefunden haben. Und dann kam das, was wir von all den Überlebenskünsten eines Gestrandeten so kennen. Ich schlug Steine gegeneinander und rieb verzweifelt Holz in Holz, bis ein Blitz in einen nahe stehenden Baum einschlug und ich so mein Feuer erhielt.

Doch alles, was mir als natürliche Kräfte so bekannt und selbstverständlich in die Hände spielte und was mir körperlich doch so gut tat, löste jedes Mal einen Schrecken in mir aus. Frische, vom Gewitter gereinigte, saubere Luft rauschte durch meine Lungen. Steine und Stöcke konnte ich anfassen und das Feuer wärmte schließlich meinen Körper. Alles das, was hätte nach Dr. Malekin nicht sein dürfen. 'Ich benötigte eigentlich nur noch ...', und so wie der Gedanke in mir aufstieg, stellte sich das Hungergefühl mit aller Macht ein. Nun wurde es kritisch. Ich brauchte etwas zu essen und eine Wasserquelle. Nach der ersten Wut über die Tatsachen des Lebens, begab ich mich auf Suche. Und es hatte etwas Tröstliches, als ich erst am nächsten Tag zum Sonnenuntergang feststellte, dass ich die galaktische Schaltwarte darüber völlig vergessen hatte.

An meinem Feuer zur Ruhe gekommen, mit ein paar fremden unbekannten Früchten, deren Wirkung auf mein Sodbrennen mir noch gänzlich unbekannt war, brach aller Ärger über die missliche Lage durch. Ich bin nicht politikgläubig, wie so viele meiner Zeitgenossen. Dennoch hatte ich mich auf den Fortschritt des Menschengeschlechts in etwa verlassen, und durfte hoffen, wenn schon eine galaktische Dimension aufgestoßen würde, dann stünde die beste aller Regierungsformen, die Demokratie, in voller Blüte, wie wir sie uns auf der Erde nur erträumen konnten. Aber diese Typen von der Schaltwarte haben mich nicht einmal gefragt, wohin ich möchte. Als ich bei ihnen vorbei kam, hätte man noch etwas klären können. Doch nun saß ich hier, und musste auf irgendeinem archaischen Wege ein Signal an meine Peiniger senden. Den einzigen Hoffnungsschimmer, auf den ich setzen konnte: Ich hatte jedes Wort verstanden, also würde ich mich ihnen auch verständlich machen können. Ich verdrängte die Frage, warum das überhaupt möglich war. Der technische Fortschritt im bekannten Universum funktionierte eben besser, als der politische.

So richtig dunkel wurde es auf dem Planeten nicht. Das Zentralgestirn war hinter dem Horizont untergegangen, trotzdem fluoreszierte der Himmel in allen Farben. Mein Feuer loderte vor sich hin, das Holz knisterte. Ich hatte mir einige Äste zur Seite gelegt. Von den Flammen hypnotisiert, spielte ich mit zwei Stöcken und schlug sie gegeneinander; ein leichtes Holz mit vollem, Raum greifendem Klang. Nun wusste ich, wie ich mich bemerkbar machen konnte. Wenn meine Vermutung stimmte, und mich eine galaktische Schaltwarte nach Melodie, Takt und Ton auf diesen Planeten versendet hatte, dann konnte ich mich über denselben Weg bemerkbar machen. Am Morgen würde ich mir einen dicken Stamm suchen, der sich als Trommel eignete.

Nachdem sich die fremdartigen Nachtgeräusche zurückgezogen hatten und der Urwald eine ganz neue und ungewöhnliche Musik zu spielen begann, machte ich mich auf den Weg, um einen geeigneten Stamm zu finden. Zuerst fertigte ich mir aus Blättern und Lianen einen Schurz und bewaffnete mich mit einem langen Speer. In den Urwald getraute ich mich trotzdem nicht hinein und suchte am Rande des Waldes die geeignete Trommel. Und tatsächlich fand ich einen von herab rollenden Felsen umgestürzten, ausladenden Stamm, der zerbrochen und leicht genug war, dass ich ihn transportieren konnte.

An meiner Höhle wieder angekommen, baute ich mein Schlagzeug auf. Den Stamm legte ich quer auf zwei dicke Äste. Einen zweiten kleineren Stamm legte ich daneben und hängte eine lange dünne Hülse, die wie eine Riesenschote offenbar Samen enthielt, an einem Gestell auf. Ich war soweit mit allem fertig, als die Sonne im Zenit stand und ich meine ersten Trommelversuche startete. Schade, dass mir der Gong aus dem Klangsanatorium fehlte oder die Instrumente aus dem Archiv unter dem Bad. Sie hätten hier wunderbar dazu gepasst. Ich trommelte, erst zaghaft, dann immer eindringlicher, bis ich wie wild auf den großen Stamm herum hämmerte und schließlich nur noch auf ihn eindrosch. Nichts tat sich. Erschöpft ließ ich mich neben mein Feuer nieder. So machte das keinen Sinn. Vielleicht musste ich den Rhythmus ändern oder der ganze Klang stimmte nicht. Doch wie sollte ich daran etwas verändern?! Ich konnte doch unmöglich den Wald danach absuchen, welche Töne welcher Baumstamm von sich gab. Zumal ich nur gefällte Bäume verwenden konnte. Mir fehlten Axt und Säge. Und die hohen Töne hatte ich ohnehin nicht zur Verfügung. Dann fehlte mir das Riesenohr, damit eine Membran per Resonanz den Trommelrhythmus auch wirklich in die Umlaufbahn brachte. Oder irgendetwas anderes Technisches, das die Energie besaß, in galaktische Regionen vorzustoßen. So oder so, ich brauchte einen natürlichen Verstärker, um mich in die kosmische Schallwelle einzuwählen.

Mein nächster hypothetischer Ansatz: Wer mich hierher schickte, hatte vielleicht auch eine Station oder ein Büro auf diesem Himmelskörper. Vielleicht sollte ich mich auf den Weg machen und den Planeten erst einmal erkunden. Doch das konnte Jahre dauern, war er doch nicht bloß ein kleines Eiland auf dem großen Meer. Verdammt, ich saß ziemlich in der Patsche! Ich warf meine zwei Schlagstöcke entmutigt in die Glut und schlief spät in der Planetennacht ein. Es folgte ein unruhiger Traum mit dämonischen Klangkaskaden, subalterierenden Folterklängen und geysiertonalen Springquellen im hammerrockigen Paukenrhytmus. Plötzlich war Stille.

Irgendetwas störte. Mein innerer Sinn erwachte sofort. Ein fremder Wille näherte sich meinem Lager. Ich riss die Augen auf und erschrak. Die Glut beleuchtete viele nackte Füße. So hellwach ich wurde, so langsam reagierte nun mein Körper. Die rechte Hand suchte nach einem Ast, den mein Verstand schon längst wieder verwarf. Die waren einfach zu viele. Ich stand langsam auf und überragte sie um einen halben Kopf. Vor mir stand ein Heer von Eingeborenen, die in etwa dasselbe anhatten, wie ich: Lendenschurz mit gar nichts.

Einer hatte eine bunte Kappe auf dem Kopf, mit einer Art Feder geschmückt, sprach melodisch und zeigte auf mein Schlagzeug. Ein anderer intonierte mit Stimme und Körper den Rhythmus, den ich vor meinem Einschlafen trommelte. Ich nickte und das um mich stehende Heer nickte mit. Dann brach ein großes Geheul an und ehe ich mich versah, stürzten sich mehrere Eingeborene auf das Schlagzeug, nahmen es auseinander und trugen die von mir mühsam zusammen gesammelten Einzelteile zum Waldsaum. Ich wurde mehr oder weniger sanft in dieselbe Richtung geschoben, bis ich mich meinem Schicksal ergab und halb freiwillig, halb meine Eigenwilligkeit demonstrierend, mit ihnen ging. Schließlich gab der Häuptling mit der Kappe eine Anweisung und die Einheimischen begleiteten mich in respektvollem Abstand.

Nach mehreren Stunden gelangten wir mitten im Dschungel an ein Holztor, von Palisaden eingefasst, die links und rechts nach zwanzig Metern im dichten Laub des Waldes verschwanden. Der Stamm erschien mir recht primitiv, die Handwerkskünste nicht sonderlich ausgeprägt zu sein. Dafür waren sie gute Jäger, denn am Rande eines großen zentralen Platzes stand ein riesiger Käfig, in dem ein Ungeheuer schlief. 'Die Zeit des Mammuts', schoss es mir durch den Kopf. Die Eingeborenen teilten sich, wie wir es auch kennen, in männliche und weibliche. Die einen trugen ihren Lendenschurz hinten offen, die anderen vorne offen. Mir fiel auf, dass der Nachwuchs fehlte. Keine Kinder, die irgendwo herum tollten oder schrien. Das hätte mich eigentlich stutzig machen müssen. Doch ich war mit etwas Anderem beschäftigt.

Die Träger bauten mein Schlagzeug inmitten des Platzes genau so wieder auf, wie ich es am Lagerfeuer zu stehen hatte. Dann trat der Häuptling an mich heran und zeigte mir ein langes Blasrohr, eine Vuvuzela. Er hielt sie an seinen Mund und blies hinein. Ein ohrenbetäubender Ton erklang. Das Volk jubelte und jeder zeigte irgendein Instrument nach oben; kleine und große Tröten, Rasseln, seltsam anmutende Zupfinstrumente oder Knatterbretter. Inzwischen war der zentrale Platz dicht gedrängt mit Einheimischen und bis auf den letzten Platz ausgefüllt. Um mich und mein Schlagzeug herum zog sich ein offener Ring.

Der Häuptling sah mich aus seinen drei Augen hoffnungsfroh an und zeigte auf den großen Holzstamm. Wieder jubelte die Menge und hielt erst inne, als der Häuptling ein Zeichen gab. Aber mir fehlte der Ersatz für die beiden Schlagstöcke, die ich am Abend zuvor verzweifelt ins Feuer warf. Ich zuckte mit den Schultern und zeigte meine leeren Hände vor. Einer, der neben mir stand, machte mit seinem Mund nur 'bum, bum!' und deutete ebenfalls auf den Stamm. Doch ich wusste nicht, wie ich es sagen sollte. Einige zeigten schon auf den großen Käfig. Einer lief zum Schlagzeug und schaute durch den holen Stamm, blies mit vollen Backen hinein, doch nichts tat sich. Von hinten, aus der Masse, wurden bereits Unmutsäußerungen laut. Jetzt konnte es brenzlig werden. Ich mimte den Schlagzeuger und spielte eine Lufttrommel. Der Kreis wurde kleiner. Da zog ich einem Eingeborenen seine zwei Tröten aus den Händen und begann mit ihnen auf den großen Stamm zu klopfen. Ein tiefer Ton erklang. Die Masse trat augenblicklich ehrfurchtsvoll wieder zwei Schritte zurück. Doch ich brauchte ordentliche Knüppel, die etwas aushielten. Der Kreis öffnete sich, als ich in die Richtung zu einer der nächst stehenden Hütten ging, um aus einer Seitenwand zwei Knüppel heraus zu ziehen. Dann trat ich wieder an mein Schlagzeug und schlug auf das dicke Holz ein. Die Eingeborenen jubelten.

Der Häuptling rief etwas, hob seine Vuvuzela in die Luft und gab Anweisungen. Es begann ein großes Durcheinander, weil jeder einen vorgeschriebenen Platz aufsuchte. Irgendwann standen alle so, wie der Häuptling es erwartete. Er gab ein Zeichen und die Eingeborenen bliesen, rasselten und zupften. Ein Dröhnen lag in der Luft, das mich an den Bienenschwarm der Vuvuzelas im Fußballstadion erinnerte. Meine Ohren gewöhnten sich nur langsam an die eigenwilligen Instrumente und hörten hier und da Melodiefetzen heraus.

Ich klopfte erst langsam auf mein Schlagzeug herum, testend, wo ein Rhythmus zu finden sein könnte. Eigentlich erstaunlich, dass diese Primitiven keinen Rhythmus hin bekamen. Sie bliesen in die Holzrohre und versuchten mit ihren Rasseln eine rauschende Woge zu imitieren; sehr eigenwillig. Doch ich wurde mutiger und fand hier und da Ansätze, um einen passenden Rhythmus etwas lauter zu trommeln. Das bekamen meine umstehenden Orchesterkollegen mit, und bemühten sich ihrerseits, meinen Rhythmus zu adaptieren. So hangelten wir uns abenteuerlich durch die rhythmischen Möglichkeiten.

Was ihnen fehlte, war ein Dirigent und ein Takt. Auf der intuitiven Ebene geht sicher viel zu machen. Was hatte ich da nicht alles im Klangsanatorium gelernt, was mir nun sehr hilfreich zur Hand ging, um mich bei den Primitiven einzubringen. Wahrscheinlich hatte das mein Leben gerettet. Selbst das Urtier im Käfig war aufgewacht und blies einen wuchtigen Ton in die Runde. Doch um eine wirklich gute Melodie hin zu bekommen, musste mehr passieren, als dass jeder seinen eigenen Klang suchte. Da niemand auf einen Dirigenten eingespielt war, wollte ich als Drummer die Rolle übernehmen. Ich suchte die Aufmerksamkeit der Mitspieler, indem ich kräftig auf die Pauke haute und anschließend die Schlagstöcke in die Luft zeigte. Das wiederholte ich mehrfach, bis die Orchesterbarbaren begriffen, was ich von ihnen wollte. Nun konnte ich verschiedene Rhythmen ausprobieren und alle machten mit. Die Stimmung wurde immer besser.

Nach einer halben Stunde war der ganze Stamm so weit, dass auf meine Zeichen, die Einsätze prompt kamen und sogar die Gesänge mit ihren einzelnen Lauten zu unterscheiden waren. Nur, dass ich nicht verstand, was sie da sangen. Das schien mir auch nicht so wichtig zu sein, denn alle hatten wir einen Heidenspaß an der Musik der Flöten, dem nun gleichmäßigen Rasseln der seltsamen Hülsenfrüchte, den Gesängen der glucksenden Stimmen, dem Trompeten und Stampfen, dem Tanzen und Trillern. Zweifellos, wir steuerten auf einen Höhepunkt zu. Dann hörte ich noch einmal das laute Trompeten des Urzeitmonsters aus dem Käfig. Und plötzlich war niemand mehr da. Und kein Ton lag mehr in der Luft. Nur meine letzten versiegenden Trommelschläge versuchten ihren Schrecken über die neue Situation zu verbergen. Langsam, als können sie nicht glauben, was ich gerade erlebte, taumelten meine Stöcke zwischen den Händen aus und fielen auf den großen hohlen Stamm. Dann stieg Ruhe auf und blieb. Der ganze Dschungel hielt den Atem an.

Verdutzt und fassungslos schaute ich mich um. Da, wo eben noch eine wild gewordene tanzende und musizierende Menge von seltsamen primitiven Außerirdischen spielte, rollte langsam ein bunter Stoffball aus, als habe ein Kind ihn gerade fallen gelassen. Und wieder war mein Körper erheblich langsamer als mein Gehirn, das mir in rasender Geschwindigkeit alles erklärte, was ich wissen musste. Dennoch, als wollte ich es mir erst selbst noch einmal vor Augen führen, nahm ich den Ball hoch und drehte ihn gedankenverloren in den Händen.

Sie hatten es mit meiner Hilfe geschafft! War das ein Zufall, weil unsere Melodie mit dem galaktischen Leitstand in eine passende Resonanz überging oder waren diese Primitiven vielleicht gar nicht so primitiv, wie sie aussahen? Sie ließen mich hier allein zurück. Das nahm ich ihnen übel. Warum, um Gottes Willen, hatte es für mich nicht funktioniert? Ich schaute auf meinen Lendenschurz hinab und die Röte schoss mir ins Gesicht. Mir wurde elend. Ich fühlte mich ausgenutzt.

„Warum die und nicht ich?!“, rief ich verzweifelt gegen den bunten Himmel. Ich fühlte mich einer willkürlichen Kraft ausgesetzt, die es gerade und insbesondere auf mich abgesehen hatte. Wütend kickte ich den Ball mit dem Fuß in die Luft. Er landete vor einer geflochtenen Hütte am Rande des zentralen Platzes. 'Warum war ich nicht eher auf diese Idee gekommen, dass der Leitstand durch die Musik der Eingeborenen angetriggert werden könnte? Das war doch auch der Grund, warum ich mein Schlagzeug baute. Es hätte mir doch gleich seltsam vorkommen müssen.' Und so weiter und so fort. Ich machte mir alle Vorwürfe der Welt und kam irgendwann zu dem Schluss, ich sei der eigentliche Primitive auf diesem Planeten. Ich müsste mir nun eine eigene Band suchen, um die passende Melodie zu spielen, mit der auch ich nach Hause käme. Aber eigentlich war mir nach etwas furchtbar Lautem.

Ich ging zu einer der Hütten und entdeckte einen primitiven Wasseroszillographen, ein Messgerät für Schwingungen und Resonanzen. 'Die haben genau gewusst, was sie taten!' Vor Wut warf ich einen Hocker durch die dünne Wand. Jedenfalls waren es keine Wilden, sondern gestrandete Weltraum-Surfer. Kein Wunder, dass die sich nicht mit einer Trommel auskannten.

Ich schüttete das Wasser aus und nahm das kleine Gefäß mit. Dem Speicher entnahm ich einige Früchte und machte mich auf den Rückweg zu meiner Höhle, denn dieser Ort hatte etwas Unheimliches an sich. Noch immer empfand ich, die wild musizierende Horde könnte jeden Augenblick wieder um mich herum tanzen. Das spürte ich geradezu körperlich als Bedrohung. Was, wenn sie zurück kamen und mich noch einmal als Transponder missbrauchten, weil sie in eine andere Region des Universums verschickt werden wollten? Ich musste meinen eigenen Weg finden, um wieder nach Hause zu kommen.

Grübelnd lief ich den langen Weg zurück zu meiner Höhle. So meinte ich zumindest, als ich aus dem Wald an einer mir gänzlich unbekannten Stelle herauskam. Hohe Felsen taten sich am Rande einer Lichtung auf. Und wie ich in den Himmel schaute, sah ich seltsame Vögel über einem Punkt kreisen. Neugierig kletterte ich in einen Spalt, aus dem ein kleiner Bach plätscherte. Die Klamm verbreiterte sich zusehends und ich sprang von Stein zu Stein. Ab und zu richtete ich meinen Blick gen Himmel, um die Vögel nicht aus den Augen zu verlieren. Es musste ganz in der Nähe sein! Eine Biegung, und mir tat sich ein seltsamer Anblick auf. An einer Wand hing in Seilen und an Haken verträut ein Ureinwohner, nur etwas größer als die, die ich schon kannte. Hatten sie ihn vergessen mitzunehmen? Sicher lag er außerhalb des Hörbereichs unserer wilden Musikdarbietung.

Schadenfreude überkam mich. Dann überlegte ich, er könnte mein erstes Bandmitglied werden, um wieder in das Klangsanatorium zurückzukehren. Diesmal würde ich den Spieß umdrehen. Allein das Schlagzeug hatte ja nicht funktioniert. Die Vögel pickten bereits auf ihn ein und ich sah von unten, wie eine braune Flüssigkeit aus seinem Unterteil hervorquoll. Es wurde höchste Zeit, ihm zu helfen. Das erwies sich als sehr schwierig. Ich verstand auch gar nicht, wie sich jemand beim Klettern so verheddern konnte. Vielleicht lag das an den vielen Armen, die diese Spezies hatte. Als ich ihn schließlich los bekam und am Bach entkräftet ablegte, bemerkte ich zu meinem erstaunen, wie das braune Blut aufhörte aus der Wunde zu fließen. Nach wenigen Minuten der Erholung, klappte erst eines, dann alle drei Augen auf. Er bat mich um Wasser. Und ich verstand jedes Wort. Dann gab ich ihm von meinem Proviant. Nach kurzer Zeit saßen wir uns musternd gegenüber.

„Deine Spezies habe ich schon mal gesehen“, begann er im akzentfreien Hochdeutsch.

„Deine Leute kenne ich auch.“, antwortete ich ihm. „Nur ist niemand mehr im Dorf. Sie haben sich alle transkumuliert. Gibt es noch mehr von deinem Stamm auf diesem Planeten?“

„Das ist nicht mein Stamm. Ich habe ihm aber mit etwas Feuer helfen wollen. Das ist aufgeflogen und ich wurde hierher verbannt."

„Wie Prometheus vom griechischen Göttervater Zeus an den Kaukasus gefesselt wurde. Und da oben fliegen die Geier, um dir die Leber zu picken.", setzte ich seine Geschichte etwas flapsig fort.

Da sah er mich mit seinen drei großen Augen an, als wäre ich gerade vor ihm aus einer anderen Welt herüber gewobbelt. Vorsichtig, fast liebevoll, strich er mit einer seiner sechs Hände über meinen linken Arm. Und ich meinte eine Träne im oberen Auge zu erkennen.

„Die Geschichte wiederholt sich immer etwas anders, mein Freund. Aber du bist nur mit einem Lendenschurz bekleidet. Ich habe mich lange nicht um euch Menschen gekümmert."

Das ging nah an eine Beleidigung und ich zählte ihm die letzten großen Errungenschaften der Menschheit auf: „Wir können endlich auf jedem Punkt der Erde so viel Energie ziehen, wie wir benötigen. Alle Nationen haben jetzt die ultimative Waffe, um jeden Angreifer, einschließlich dessen Heimatlandes, komplett zu vernichten. Kriege sind nicht mehr möglich. Es könne nur noch sein, dass ein Verrückter zufällig den falschen Knopf drückt."

„Nun ja, im Zeitalter der Selbstmörder gibt es nur zwei Möglichkeiten der Weiterentwicklung. Entweder ihr geht den Schritt in Richtung der informationstechnischen Despotie oder der musikalischen Anarchie. Du scheinst ja einer der ersten Vorboten zu sein."

Ich fühlte mich geschmeichelt und zählte Amadeus, Elvis, die Beatles und so manch anderen auf, bis mir erschrocken aufging, was er mit musikalischer Anarchie noch meinen könnte: Tinnitus als intergalaktische Regierungsform. Er rollte mit seinem dritten Auge, während die beiden anderen sich gegenseitig ausspähten. Es sei kein Wunder, dass die Schaltwarte im galaktischen Raumquadranten mich auf diesen Planeten transformierte.

„Die befürchten euren Übergang zur melodischen Schwarmintelligenz und die Eroberung der galaktischen Musikspuren.“

Die hatten uns durchschaut, bevor wir überhaupt begannen, die extraterrestrische mentale Raumfahrt in Angriff zu nehmen. Aber warum sollten die weniger misstrauisch sein, als wir es selbst sind. Ich musterte den dreiäugigen Prometheus, der so gar nichts Göttliches an sich hatte. Er tat mir leid, das Feuer zählte heute nicht mehr so viel.

„Habt ihr euch noch nie Gedanken gemacht, woher das kosmische Hintergrundrauschen kommt?“, sprach er weiter, und erinnerte mich daran, dass mein Tinnitus verstummt war. Ja, er fehlte mir, sonst hätte ich mein Medium der Heimreise zur Verfügung. „Das sind die Melodien aller Planetenbewohner, die ihre rein stoffliche Existenz hinter sich gelassen haben. Und das sind sehr viele. Meine Kollegen von der Schaltwarte versuchen eigentlich nur, wenigstens etwas Ordnung in die Überlagerungen zu bringen. Aber ich komme mit deren Willkür nicht zurecht. Wenn ihnen die Musikrichtung nicht passt, dann werden die einkommenden Frequenzen einfach in Längen, Farben und Masse oktaviert, um sie dann auf irgendeinem Planeten zu materialisieren. Das Dreiaugenvolk ist Opfer dieser intergalaktischen Bürokratie. Nur weil es den Maßstäben der aktuellen Musiktheokraten nicht entspricht, darf man sie doch nicht in die Steinzeit zurückversetzen. Oder sehe ich das falsch?!“ Nun rollten alle drei Augen in jeweils eine andere Richtung, das obere Auge wie ein Leuchtturm.

„Und wie siehst du aus, wenn du nicht als Dreiauge auf diesem Planeten lebst?“, fragte ich, weil mir nach diesen Erklärungen nichts Brauchbares einfiel.

„Du hast es einfach noch nicht verstanden!“, wetterte er, als hätte er schon vergessen, wer ihn aus seiner misslichen Lage befreit hat. „Für mehrdimensionale Wesen ist das Aussehen eine untergeordnete Eigenschaft.“

„Ja, ja, ist schon gut. Hab’ ich ja begriffen.“ reagierte ich etwas gereizt.

Prometheus ergriff mit zwei Händen meine Schultern, als wollte er mich schütteln, und redete auf mich ein. Die Menschen müssen begreifen, dass die Erneuerung des Universums nicht mehr lange auf sich warten lässt. Wir sollten uns beeilen, damit uns die Auflösung der Galaxien im Energiemeer nicht überraschen konnte. Wer dann noch im rein Stofflichen festsitzt, der sei verloren! Der Wimpernschlag löse sich in ein paar Milliarden Erdumdrehungen um die Sonne einfach auf. Ich widersprach ihm, ich hätte da eine andere Theorie. Aber das hätte ich wohl nicht tun sollen. Seine restlichen vier Arme legten sich links und rechts an meinen Körper. Seine Augen sahen mich hypnotisierend an, während seine Stimme in der Tonlage immer höher zog, bis sie meinen hörbaren Frequenzbereich verließ. Und weg waren wir.

10. Kapitel

Vierte Unterbrechung

Kohlpeter sah von seinem Schreibtisch auf, drehte die Kristallfeder in seinen Fingern auf und ab und konnte sich eines Lächelns nicht erwehren. Dabei schüttelte er leicht den Kopf. War das nicht alles zu verrückt? Wer sollte solch einem Bericht Glauben schenken? Aber es half nichts. Er konnte schließlich nur das aufschreiben, was er nach bestem Wissen und Gewissen für die Wahrheit hielt. Hatte er das alles nicht wirklich so gesehen, gehört und empfunden; die Worte genau so gesprochen, wie er sie aufschrieb? Ja beim Gesprochenen konnte es sein, dass etwas leicht anders gesagt wurde. Aber allein, dass es dort auf diesem Planeten gesagt sein soll, war schon erstaunlich genug. Wenn er noch einmal über den Text hinweg las, empfand er die Ungeheuerlichkeit des Erlebten, was im Vorgang des Geschehens dagegen weniger dramatisch erschienen war. Denn er durfte ja nicht vergessen, sein Körper lag im Klangsanatorium, in den Experimentierräumen der Tube, während er da draußen die Tonskala abflog, mit den Außerirdischen Tamtam spielte und einem Feuerbringer in den Armen lag.

Irgendetwas fehlte. Kohlpeter stand auf und durchschritt seine Zelle. Hatte er den letzten Stoß, das Beben, verpasst oder fand es erst gar nicht statt? Er kramte nach dem Zettel, auf dem er die Intervalle eingetragen hatte. Tatsächlich, es hätte ein Ausschlag stattfinden müssen. Ein ausbleibendes Beben? Damit wäre seine Theorie hinfällig. Doch kein Countdown zum Einschlag auf der Erde? Er wollte zum Seismographen gehen, um nachzusehen, ob tatsächlich ein Beben ausgefallen war.

Kohlpeter betrat den Gang. Im Unterschied zum oberirdischen Bereich des Elefantenohrs hatte der Kellerbereich des Gebäudes eine unspektakuläre Architektur: gerade Gänge, rechtwinklige Abgänge, gegenüberliegende Türen, die zu diversen rechteckigen Räumen führten. Trotzdem hatte sich etwas verändert, das nicht sofort ins Auge sprang, aber vom Körpergedächtnis sofort registriert wurde.

Die Tür zum Akustikraum fiel mit einem leisen Rauschen ins Schloss und verriegelte sich. Nun lagen die Sinne in ganzer Konzentration an. Hände, Schultern und Beine fühlten die nächste Umgebung. Die Augen schienen den Gesichtsradius erweitern zu wollen. Das Gehör wechselte irritiert vom Eigengeräusch zur Außenwahrnehmung hin und her.

Etwas durchlief seinen Körper. Eine Nadel durchstach von hinten den Kopf und durchbohrte sein linkes Auge. Eine Migräneattacke hatte ihn eingeholt, als ob der Gang ihn hinterrücks angesprungen hätte. Das konnte unmöglich von innen kommen. Seine Migräne kündigte sich als Aura vorher an; es war zu abrupt. Kohlpeter hielt sich das Auge mit der linken Hand zu und ging leicht in die Knie, bis der Schmerz wieder nachließ. Dann hatte sich der Körper entschieden, welcher der Sinne die Attacke bearbeiten sollte. Eine Geruchsmischung aus Eisen und einer undefinierbaren Knetmasse stieg ihm in die Nase und erfüllte nach kurzer Zeit den gesamten Gang. Woher kannte er diesen Geruch? Wieso eigentlich 'Knetmasse'? Eine Kindheitserinnerung musste sich dahinter verbergen. Das Gehirn arbeitete wie in Trance und suchte nach Erklärungen. Da hastete etwas hinter ihm her und er bemerkte nur, dass der Abstand immer geringer wurde. Er würde es nicht schaffen, wenn ihm nicht gleich einfiel, was die Ursache dieses Geruchs sei.

Auf der chemischen Ebene würde er nichts finden. Woher er das plötzlich wusste? Keine Ahnung. Er hörte Dr. Malekins Erläuterungen der algorithmischen Struktur der Sinneswahrnehmungen, in Zeitlupe. Erstaunlich wieso sein Gehirn immer noch fieberhaft nach einer Erklärung suchte, obwohl er einfach nur in seine 'Schreibzelle' zurückgehen musste, um die Migränetabletten einzunehmen. Er war übersensibel und nahm jedes Molekül in seiner Umgebung wahr. Was, wenn er riechen konnte, was auf einer anderen Ebene irgend so ein Fabelwesen aus dem Universum war. Es könnte das Eintreffen einer neuen Schallwelle bedeuten.

Er hob wieder den Blick und schaute den Gang entlang. Die Raumstruktur entzerrte sich. Der Anfall schien genauso schnell, wie er kam, verschwunden zu sein. Kohlpeter richtete sich auf, ging vorsichtigen Schrittes zur nächsten Tür und betrat den Raum mit dem Seismographen. Die Ausschläge erfolgten wieder in größeren Abständen. Als ob sich das Geschehen an der Erde vorbei bewegte. Es zog sich, wie ein großes Tier, wieder zurück. Oder war es nur die Ruhe vor dem Sturm, ein Tsunami, der das Wasser von den Stränden zurückzog, um dann mit ganzer Kraft die Küste zu überrollen?

Kohlpeter lief in den Akustikraum zurück und beschrieb auf einem neuen Blatt seine Beobachtungen zum ausbleibenden Beben. In diesem Haus gab es keine 'Nebensächlichkeiten', auf die er das Erlebte oder Vermutete herausreden konnte. Vielleicht sollte er doch anfangen, systematisch nach den Ursachen der dramatischen Ereignisse im Klangsanatorium zu suchen? Wer weiß, wie lange die Kommission noch auf sich warten ließ. Nach einer kurzen Pause nahm Kohlpeter die Feder wieder zur Hand und schrieb seinen Bericht in chronologischer Reihenfolge weiter.

11. Kapitel

Hermann

Ich fühlte mich unverstanden. Obwohl ich mir alle Mühe der Welt gab, Dr. Malekin und seinem Team zu erklären, was ich da erlebte. Sie versuchten immer wieder, irgendwelche Widersprüche zu entdecken, die alles in Frage stellten. Und welche Beweise hatte ich schon zur Hand, um zweifelsfrei nachzuweisen, dass meine Erlebnisse nicht nur meinem Kopf entsprangen. Mit jeder neuen Frage, drehten wir uns weiter im Kreis der Esonautik. Bis auch Polwächter irgendwann entkräftet aufgab und den alles entscheidenden Satz von sich gab:

„Das ist der große Nachteil der mentalen Fernerkundung; wir können keine Bodenproben vorlegen."

Fassungslos sahen wir uns immer und immer wieder die Aufzeichnungen des Hyper-Schall-Projektors an, der uns aber nur bis zu dem Punkt führte, als ich begann, die Stimmen zu hören. Dr. Malekin kam zu dem Schluss, dass mir eine Verortung in Raum und Zeit nicht gelungen sei. Ich sollte in den nächsten Tagen noch einmal einige Übungen absolvieren, bevor ich noch einen Versuch erhalten würde.

Enttäuscht und mit Wut im Bauch verließ ich diese Nacht die Tube und suchte mein Zimmer auf. Im Gang vor meiner Tür lief mir Feder über den Weg. Sie schaute mich mit ihren großen Augen an und ich suchte unwillkürlich das dritte Auge auf ihrer Stirn. Ob ich nicht den tiefen Ton gehört hätte und dann dieses Zwitschern. Die Membran sei wieder aktiv. Habe das etwas mit den Experimenten an den neuen Kochleaimplantaten zu tun? Ich nahm sie mit in mein Zimmer und machte uns erst einmal einen Kaffee, um klare Gedanken fassen zu können.

„Hat Ihnen Professor Reinhardt die Anlage nicht erklärt?" Ich wollte sie etwas provozieren, denn ihr Auftritt mit dem Herrn Professor hatte mich verärgert.

„Doch, schon. Aber glauben Sie wirklich daran? Hier wird doch etwas ganz Großes verdeckt. Von wegen 'Kochleaimplantate'. Es geht um eine neue Form von Fernerkundung. Da steht der Geheimdienst dahinter. Für wie dumm halten Sie die Öffentlichkeit?!"

„Die interessiert mich gar nicht.", erwiderte ich trotzig. „Ich hatte jedenfalls ein galaktisches Erlebnis. Das glaubt mir weder das Forschungsteam, noch Sie, wie es sich anhört."

„Herr Kohlpeter, Sie wollen mir doch nicht einreden, Sie hätten heute Nacht ein Raumfahrterlebnis gehabt?!"

„Sehen Sie, genau das habe ich mir gedacht!"

„Haben Sie Beweise?"

„Keine, nichts, überhaupt gar nichts! Selbst der Hyper-Schall-Projektor hatte nichts Brauchbares aufgezeichnet. Und Planetenstaub habe ich auch nicht in den Hosentaschen. Dort war ich nämlich nackt und musste mir erst einen Lendenschurz aus Blättern basteln."

„So, so. Vielleicht doch nur etwas intensiv geträumt?"

„Na klar. Prometheus ist mir begegnet und hat mich vor dem Weltuntergang gewarnt. Was heißt schon Weltuntergang; er warnte mich vor der Auflösung des Universums!" Ich merkte, dass ich keine Chance hatte und mich in ihren Augen nur noch in Ironie und Sarkasmus flüchtete. Eigentlich wollte ich Feder gar nicht mehr bei mir haben. Sie glaubte mir ebenso wenig, wie die anderen Mitglieder des Teams.

Aber, wie Frauen so sind. Man erhält Zuspruch an Stellen, an denen keiner damit rechnen kann. Ob ich mich denn gar nicht an den schönen Ausflug erinnere und wie wunderschön poetisch ich ihr die Welt erklärt hätte.

„Das ist keine Poesie! Das ist die Wirklichkeit! Und diese Welt wird sich in Nichts auflösen!“, warf ich ihr entgegen.

„In fünf Milliarden Jahren, oder sechs?!“ Sie stand auf und hatte so ein furchtbar geringschätziges Lächeln auf den Lippen. Und weg war sie. Ich hörte nur noch diesen Hall der zugeschlagenen Tür, der sich mit dem erbosten Grummeln, der im Schlaf Gestörten zu einem unheilvollen Raunen verband.

Ich hatte wieder alle Töne der Welt in meinen Ohren. Ein klarer Rückfall. Ich nahm mir vor, am nächsten Tag mit Dr. Dreysen zu sprechen. Er musste doch auch etwas von den Experimenten in der Tube wissen. Wieder schlief ich irgendwann auf dem Sofa ein und träumte den Traum von der Alpenamplitude, wie sich das steinerne Meer in ein Schwingungsmuster ablöste und als Frequenz in ein orchestrales Musikstück verwandelte. Dann hörte ich in der Ferne die Stimme von Feder hinein spielen. Doch ihr Lied passte nicht ganz zu dem Gesamtwerk. Der Ton zog immer höher, bis ich bemerkte, dass mein Mobiltelefon wieder brummend und piepend der Tischkante entgegen strebte.

Im Speiseraum passte ich nicht auf und prompt saß ich neben Hermann an einem Zweiertisch. Ich wollte ihm ausweichen; zu spät. Und als ob er mir genau das sagen wollte, ertönte beim Öffnen seines Jogurtbechers eine Fanfare. Ich mag den Typen nicht, auch wenn er dafür nichts konnte. Aber ich weiß genau, warum ich morgens im Klangsanatorium keinen Joghurt esse.

„Das mit dem Prometheus ist eine tolle Geschichte.“, versuchte er ein Gespräch anzufangen.

„Wir sollen in der Öffentlichkeit nicht darüber reden!“, wehrte ich ab.

„Über Prometheus?“

„Über das Experiment.“

„Das habe ich nicht erwähnt.“

Nun schaute ich ihm direkt ins Gesicht. Seine Augen standen ganz ruhig. Als säße ein anderer Mensch vor mir, wie bei der Einfahrt in den Schacht. Aus Hermann konnte ich nicht schlau werden.

„Du kennst Prometheus?“

„Als Sagengestalt der griechischen Antike, nicht als Außerirdischen.“ Nun begriff ich, was er meinte. Niemand im Speiseraum, der unser Gespräch belauschte, würde daraus ernsthafte Rückschlüsse ziehen können. „Du bist sicher, es war Prometheus?“

Was sollte die Frage? Wollte er mich überprüfen? Hatte Polwächter ihn geschickt?

„Er hatte drei Augen, wie kann ich mir da sicher sein. Aber so, wie er redete, war er Prometheus. Er wusste, dass er den Menschen das Feuer auf die Erde brachte. Und dasselbe tat er nun auf dem Planten der Dreiäugigen.“

„Mit den sechs Armen?“

„Die mit den sechs Armen, die mich als letzten Signalgeber brauchten, um wieder in ihre Heimat zurückkehren zu können. Was ihr übrigens mit mir nicht geschafft habt. Ihr habt mich hängen lassen!“

Hermann begann vor sich hin zu summen. Ich sollte wohl etwas leiser reden. Feder ging gerade an unserem Tisch vorbei. Ich schaute auf, aber sie würdigte mich keines Blickes.

„Die einzige unabhängige Überprüfungsmethode ist der Hyper-Schall-Projektor.“

„Aber die intergalaktische Schaltwarte lässt die Signale nicht durch.“

Am Nachbartisch ging kurz eine Hupe. Ich drehte den Kopf

unwillkürlich zur Lärmquelle, doch da stand kein Jogurtbecher. Irgendein Neuankömmling hatte wohl sein mitgebrachtes Musikinstrument ausprobiert, um unser Gespräch zu stören, das ihm zu laut war.

„Jetzt will ich dir mal meine Geschichte erzählen.“ Hermann setzte sich gerade hin und wurde ein Stück größer. „Bei meiner ersten Reise sah ich unser Universum von außen, wie du weißt. Es sieht aus wie ein Fisch ohne Schwanz oder wie ein Auge. Es flimmerte, als ob das Auge auf und zu geht; eben ein Wimpernschlag. Bis dahin ist alles in Ordnung. Der Hyper-Schall-Projektor hat genau das aufgezeichnet, trotz deiner Schaltwarte. Und wir dürfen uns fragen, wie das eigentlich möglich ist.“

„Dass das Universum ein Auge ist, das auf und zu geht?“

„Nein! Wieso ich auf meiner Reise von außen drauf sehen konnte?!“

„Da muss was sein.“

„Genau, da muss was sein; obwohl da gar nichts sein kann, so außerhalb des Universums.“

„Vielleicht hast du nur eine Galaxie gesehen, die du von außen beobachten konntest. So, wie wir unsere Milchstraße sehen, weil wir uns am Rande befinden. Und wenn wir genauer hinschauen, dann sehen wir auch andere Galaxien.“

„Das habe ich mir gedacht. Warum sollst du mir mehr Glauben schenken, als das Team dir glaubt?“

„Und was macht dich so sicher?“

„Ich landete in einem Energiemeer und trieb zwischen den Wellen auf einem Stück Holz. Da sprach mich eine Stimme an. So etwas hatte ich noch nie gehört.“

„Und du meinst das war ...?“

„Genau! Hinter dem Universum beginnt eine andere Welt, vielleicht auch eine Parallelwelt, aus der wir entstanden sind. Wir gehören in einen größeren Zusammenhang.“

„Noch größer als das Universum?“

„Ein Superuniversum!"

„Hermann, du spinnst!"

„Eben, das sagen die anderen auch"

Ich nahm mein Tablett und stand grußlos auf. Das war mir alles zu viel. Bevor ich zur ersten Therapiestunde ging, wollte ich noch etwas Luft schnappen und fuhr mit dem Paternoster auf die Dachterrasse. Mit dem weiten Blick zum Watzmann stellte sich wieder mein normales Denken ein. Hermann wollte mich einfach nur provozieren! Er hatte wohl gemeint, mir eine vergleichbare Story erzählen zu können, um mich heraus zu locken. Der glaubte mir die Geschichte mit Prometheus nicht. Ich nahm mir vor, davon nichts mehr zu sagen. Viel wichtiger war die Schaltwarte und welche Funktion sie im Universum hatte. Das wollte ich in der nächsten Besprechung einbringen.

Frisch gestärkt, fuhr ich wieder in den Therapietrakt und freute mich auf meine wunderbare Musiktherapeutin. Ich hatte mir eine Melodie ausgedacht, die ich ihr auf ihrem großen Gong vorspielen wollte. Aber als ich bei ihr ankam, stand der Gong beiseite gerückt und wir setzten uns an ein Xylophon. Das Mädel war richtig aufgeregt. Das sei ein neues Instrument, erst gestern ausgepackt. Und sie wolle es mit mir ausprobieren, weil ich so gute Fortschritte gemacht hätte. Erstmals fielen mir ihre wunderschönen Sommersprossen auf dem Nasenrücken auf. Dabei saßen wir schon viele male dicht beieinander. Sie spielte bezaubernd, als hätte sie nie mit einem anderen Instrument musiziert. Dann entschuldigte sie sich und begann mit mir ganz langsam eine einfache Melodie auszuprobieren.

Wieder beruhigt, ging ich erwartungsvoll zur Therapiestunde von Dr. Dreysen. Mir war bewusst, dass ich mit ihm ganz vorsichtig umgehen musste. Vielleicht wusste er ja wirklich nichts von den Experimenten in der Tube. Das konnte ich mir zwar kaum vorstellen, aber wenn er bisher nichts davon mitbekam, und auch nicht eingeweiht war, dann sollte ich noch viel vorsichtiger sein. Was half es mir, wenn er mich auch noch für Verrückt erklärte.

„Na, wo waren wir beim letzten Mal stehen geblieben?“, begrüßte er mich auf seine lockere Art und Weise.

„Sie schickten mich auf Exkursion nach Berchtesgaden.“

Ob es mir gut getan hätte und wie ich mich aktuell fühle. Eben alles diese Dinge, die ein Therapeut so am Anfang fragt, um das Gespräch in die Gänge zu bringen. Und ich gab auch die entsprechenden, nichts sagenden Antworten. Doch ehe eine Pause eintreten konnte, versuchte ich einen direkten Bezug zu meinen nächtlichen Ausflügen herzustellen.

„In der Nacht hat sich die Membran bewegt.“

„Welche Membran?“

„Das Trommelfell. Nicht meines, sondern das vom Elefantenohr.“

„Sie meinen die Experimente in der Tube?“

„Sie wissen Bescheid?“

„Das ist ein offenes Geheimnis im Hause, dass eine Forschungsgruppe sich mit den technischen Möglichkeiten des Tinnitus beschäftigt. Professor Reinhardt will nächste Woche erste Ergebnisse ganz groß über die Presse bekannt geben. Es geht um neue Implantate. Die Membran des Elefantenohrs ist ein Frequenzwandler, der es ermöglicht, die Implantate auf alle Belastungen hin zu überprüfen. Die Tests werden immer nachts vorgenommen, damit die Patienten nicht zufällig aus der Abschirmung heraus laufen.“

Verstellte er sich nur, oder wurden die Mitarbeiter im Unklaren gelassen, was in der Tube wirklich geschah? Er verunsicherte mich.

„Ist es denn ein Risiko, sich den Schwingungen der Membran auszusetzen?“

Nein, aber man wolle sicher gehen, dass es keine unerwünschten Resonanzen bei den Patienten und Insassen des

Klangsanatoriums gibt. Warum ich mich dafür so interessiere. Das sei nur eine Versuchsanstalt des angeschlossenen Instituts von Professor Reinhardt?

„Ein Privatinstitut?“, fragte ich.

Er sei kein Techniker und interessiere sich nicht für die neuesten Implantate. Aber das Institut sei eine Privateinrichtung, wie sie viele Professoren betreiben, die mit der Wirtschaft gemeinsam neue Instrumente entwickeln. Die Forschungsausgaben seien in dieser Richtung sehr hoch, also benötige man Investoren aus der freien Wirtschaft.

„Sie sollten nachts versuchen zu schlafen und weniger im Hause herum geistern!“ wollte Dr. Dreysen den Bogen zur heutigen Therapiesitzung finden. „Sie sind in der letzten Zeit unkonzentriert. Wir waren da schon einmal weiter.“

„Können Sie sich vorstellen, mental ins Weltall zu fliegen?“ Ich wollte ihn testen. Aber vor allem wollte ich meine eigenen Unsicherheiten der letzten Tage irgendwie ansprechen. Der Druck, der vom Team ausging und die Drohung Dr. Malekins, mir nur noch einen Versuch zu gestatten, hatten ihre Wirkung nicht verfehlt. Vielleicht war es auch diese Äußerung von Hermann, die mir den letzten Nerv geraubt hatte.

„Wie meinen Sie das?“

„Na, eben so, ohne Raumschiffe.“

„Das ist eine alte Vorstellung. Die Seelen wandern durch den Hades und können in das Himmelreich gelangen. Aber ich fürchte, das meinen Sie gar nicht. Haben Sie in der letzten Nacht etwas intensiv geträumt?“

Mit dem Hades lag er gar nicht so verkehrt. Wusste er doch mehr? Immerhin ging es um nicht mehr oder weniger als das Jenseits vom Universum.

„Mir ist Prometheus begegnet, eine Sagengestalt aus dem griechischen Altertum. Er hatte drei Augen und sechs Arme.“

„Etwas untypisch.“ Dr. Dreysen schaute über seinen Brillenrand, wodurch er sein Kinn auf die Brust legte. „Und womit war er am Felsen festgemacht?“, fragte er zielsicher.

„Er hat sich an einigen Haken und Ösen verheddert.“

„Na ja! Bei sechs Armen ist das kein Wunder.“

Mir entglitt das Gespräch. Ich hatte es selbst verdorben. Warum auch musste ich die Geschichte genauso anfangen, wie ich es beim Team und bei Hermann schon erfolglos versucht hatte.

„Und wie kommen Sie auf Prometheus?“

„Er hat es mir gesagt.“ Meine Stimme klang etwas gebrochen. Ich wurde immer kleinlauter. Dann wollte ich mich noch einmal gegen mein eigenes Gefühl der Hilflosigkeit aufraffen: „Ich war im hinteren Teil des Universums. Da gibt es eine Schaltwarte, die entscheidet, welche Melodie auf welchen Planeten verbannt wird.“

„Und dieser Prometheus hat Ihnen das Feuer zum Überleben besorgt.“ Auf die Schaltwarte ging er erst gar nicht ein.

„Ja, woher wissen Sie das?!“

„Das gehörte an der Uni zum studium generale.“

„Es ist noch etwas anders. Er versucht den Verbannten zu helfen und hat mich wieder zurück kumuliert. Sonst könnte ich jetzt gar nicht vor Ihnen stehen.“

Er schaute mich skeptisch an. Nun hatte ich die Chance, dass er mich vielleicht doch ernst nehmen könnte.

„Aber es gibt keine Beweise. Und das ist mein Dilemma.“ Das war mein nächster Fehler. Dr. Dreysen blieb eine Weile ganz ruhig und sagte nichts. Dann gab es eine jähe Wendung.

„Herr Kohlpeter, Sie haben die nächste Stufe der Therapie erreicht.“ Er legte seine Hand auf meine Schulter, ging im Therapieraum mit mir auf und ab, und sprach davon, wie solche geistigen Größen wie Rousseau und Beethoven ihren Tinnitus selbst therapierten, indem sie kulturelle Werke schufen. Er meinte, das wäre eine sehr gute Idee, wenn ich versuchen wollte, mich künstlerisch auszuprobieren. Das

Klangsanatorium sei nun einmal auf Musik und Bewegungstherapie ausgelegt. Freilich gäbe es auch noch andere Formen der Behandlung des Ohrenrauschens. Wichtig sei nur, dass jeder für sich eine Form findet, damit umzugehen. Und dann kam der entscheidende Satz von ihm, den ich bis heute nicht vergessen kann:

„Nehmen Sie ihren Tinnitus als himmlische Herausforderung an, die transzendenten Lebensgefühle aus sich heraus zu lassen."

Wir Menschen seien eben dazu angehalten, über den Horizont hinaus zu schauen. Und die alten Griechen hätten mit ihrer universalen Auffassung von Harmonie einen bisweilen schöneren Zugang zum Tinnitus gehabt, als wir das heute noch vermögen. Wer Ohrenrauschen hatte, galt als besonders begabt, mit den Göttern zu kommunizieren. Warum sich dieser alten Fähigkeit nicht erinnern und aus einer Krankheit eine Tugend machen? Das sei zumindest mental gesünder als nur auf die Ärzte zu hoffen.

Er forderte mich auf, alles aufzuschreiben, was mir so durch den Kopf ging; etwa in ein Tagebuch. Vielleicht könne ich das auch in eine Geschichte verpacken, meinte er. Zeichnen würde auch helfen. Wichtig sei nur, dass ich beginne, meine Gedanken in eine äußere Form zu bringen.

Ich war überzeugt, Dr. Dreysen wusste, zumindest bis dahin, von den wirklichen Experimenten in der Tube nichts. Er glaubte mir kein Wort und meinte, in mir schlage eine künstlerische Ader durch. Ich gab es auf und wollte ihn in seinem Glauben lassen. Die Sache mit der intergalaktischen Schaltwarte, so weit hatte ich ihn verstanden, behielt ich doch besser für mich.

Nach der Therapiesitzung mit Dr. Dreysen hatte ich Freizeit und ging in das Bad, um mich in den Wellen und Wirbeln der wunderschönen Anlage umspülen zu lassen. Die Patienten wandelten in ihren Overalls am Beckenrand entlang,

Kinder hopsten in das Wasser oder ließen sich im Strom treiben, und ich schwamm mittendrin. Dann überkam mich ein spontaner Einfall und ich tauchte mit einem kräftigen Stoß ab. Ich wollte einmal ausprobieren, ob ich durch den durchsichtigen Beckenboden in die Klangbibliothek hinab schauen konnte. Mit dem zweiten Tauchversuch fand ich die richtige Stelle und presste mein Gesicht gegen das Glas. Es klappte und ich sah von oben herab in die Mitte des Raumes, um die sich die Regale und Nischen sternförmig gruppierten. Zwei Personen standen sich gegenüber, die gestikulierend miteinander redeten.

Dann geschah das Unfassbare. Eine dritte Person trat von hinten an einen der Gesprächspartner heran, der sogleich einknickte und von den beiden zu Boden gedrückt wurde. Mir blieb vor Schreck die Luft weg und ich stieß mich vom Boden ab. An der Wasseroberfläche angekommen, holte ich tief Atem, schwamm an den Beckenrand, um das Wasser zu verlassen. Was hatte ich da gesehen?! Wer umfiel, konnte ich nicht erkennen. Aber Polwächter hatte ich schräg von oben in das Gesicht schauen können.

Nachdem ich meine Sachen wie im Fluge angezogen hatte, stürzte ich in die untere Etage zur Klangbibliothek. Aber ich fand nur einige Patienten, die Tonträger hörten, in den Regalen irgendetwas suchten oder in den Nischen Instrumente ausprobierten. Von Polwächter keine Spur.

In einer abgeschiedenen Ecke, der Drummer-Abteilung, lag ein alter Baumstamm, um den herum Bongos und andere Schlaginstrumente herum standen. Ich setzte mich selbstvergessen auf einen Hocker und begann zu trommeln. Mit den Dreiäugigen fand ich einen ganz eigentümlichen Rhythmus, den ich nun noch einmal versuchte nachzuempfinden. Nachdem ich den Rhythmus kurz angeschlagen hatte, legte ich die Stöcke wieder zur Seite, stand auf und wollte mich weiter umsehen. Da stand meine Klangtherapeutin plötzlich vor mir und fragte mich, ob ich diesen seltsamen Rhythmus getrommelt hätte. Ich bejahte und erzählte ihr von den Dreiäugigen. Sie schmunzelte und lobte meine reiche Phantasie. Ich verspürte keine Lust, ihr mehr zu erzählen. Sie würde es ohnehin nicht verstehen.

Sie habe diesen Rhythmus schon einmal gehört.

„Sind Sie sicher?“, fragte ich zurück und konnte meine Verblüffung kaum unterdrücken.

„Ja, ja. Vorige Nacht. Kann es sein, dass Sie hier schon öfter getrommelt haben?“

Ich musste an mich halten. Das Team erzählte mir, es gäbe keine Nachweise meiner Reise zu den Dreiäugigen, aber meine wunderbare Klangtherapeutin kannte meinen Trommelschlag, den ich hier noch gar nicht gespielt hatte. In mir stiegen die wildesten Spekulationen auf. Ich sah sie schon als eine der Wilden im Urwald, wie sie als Sechsarmige ein Xylophon spielte.

„Sicher haben wir diesen Rhythmus in der Therapiestunde schon einmal auf dem Gong angespielt.“, versuchte ich sie noch etwas zu testen.

„Nein, ich glaube nicht. Es war wirklich letzte Nacht. Ich konnte nicht schlafen, weil dieser seltsame Rhythmus durch das Haus lief.“

„Sie meinen die Membran.“ Es rutschte mir so heraus, weil mir spontan klar wurde, was geschah. Die Frequenz wurde über das Trommelfell des Elefantenohrs übertragen und das Gebäude nahm die Schwingungen auf. So wurde ja auch ich im Klangsanatorium zum Traumwandler.

„Das kann sein. Es hat schon einige Beschwerden gegeben, dass nachts die Membran zu Schlafstörungen führe. Man will am Schallschutz einige Verbesserungen vornehmen. Vielleicht haben Sie den Rhythmus auch im Schlaf gehört und spielten ihn nun ganz unbewusst nach.“

Ich sagte ihr, dass es wohl so gewesen sein muss. Wir verabschiedeten uns und ich wollte sogleich zur Tube gehen, um doch noch den Nachweis für meine Erlebnisse auf dem Dreiaugenplaneten zu liefern. Irgendetwas musste die Übertragung von der Membran zum Hyper-Schall-Projektor unterbrochen haben. Mein Trommeln jedenfalls war angekommen.

Ich hatte schon fast vergessen, warum ich eigentlich in die Klangbibliothek geeilt war. Wahrscheinlich würde ich in der Tube auch auf Polwächter treffen. Was sollte ich dann mit ihm tun? Ich konnte ihn doch nicht einfach danach fragen, wen er von hinten angegriffen hatte. 'Vielleicht war es kein Mord', versuchte ich mich zu beruhigen. Auch wenn ich ihm vieles zutraute, so doch keinen hinterhältigen Angriff, obwohl es danach aussah.

In der Tube angekommen, lief mir als erster Dr. Malekin über den Weg. Er schien aufgeregt und keine Zeit zu haben. Ich solle mich im Besprechungsraum einfinden und auf ihn warten. Dort traf ich auf Lankowsky. Ob ich schon wüsste, was mit Hermann passiert sei. Mir schoss sofort die Szene in der Klangbibliothek durch den Kopf.

„Wo ist Hermann?“, fragte ich ihn.

„Dr. Malekin hat ihn ruhig gestellt. Sie bekommen ihn wohl nicht mehr zurück“

„Aber ich hatte mich mit ihm heute Morgen noch unterhalten.“

„Ja schon. Er hat auch seine Therapiestunden wahrgenommen. Aber er ist nicht mehr derselbe.“

„Wie meinst du das?“

„Der erzählt irgendetwas, das nicht sein kann. Und der Hyper-Schall-Projektor hat keine Aufzeichnungen. So wie bei dir auch. Aber es muss noch etwas anderes sein. Dr. Malekin war jedenfalls sehr beunruhigt und hat das Team zusammengetrommelt. Deshalb bist du doch auch hier?!“

„Nein, ich komme geradewegs aus der Klangbibliothek. Die Verbindung war nicht abgebrochen. Die Membran hat mein

Trommeln übertragen, aber es ist nicht durch den Projektor aufgenommen worden."

„Das werden wir später klären." Polwächter betrat den Konferenzraum, ohne dass ich ihn gehört hatte. „Wir müssen Hermann zurückholen. Mit ihm stimmt etwas nicht."

„Was haben Sie mit ihm in der Klangbibliothek gemacht?", rutschte es spontan aus mir heraus.

„Gar nichts. Er brach zusammen, als wir ihn mit seinen eigenen Aussagen konfrontierten. Er hat sich in den letzten Tagen sehr merkwürdig verhalten. Jetzt liegt er im Sonderstudio. Wir brauchen eure Hilfe."

Dr. Malekin betrat den Raum in Begleitung einer weiteren Person, die er uns als wissenschaftlichen Mitarbeiter der Maximilian Universität München vorstellte. Hermann gehe es den Umständen entsprechend gut. Erste Untersuchungen hätten keine signifikanten Auffälligkeiten ergeben. Man habe ihm erst einmal Beruhigungsmittel verabreicht, und müsse ihn unter Beobachtung halten.

„Es heißt, er sei nicht komplett zurückgekehrt?", unterbrach ihn Lankowsky.

„Halt mal, nicht mit solchen Spekulationen wild um sich schießen?", sprang Dr. Malekin dazwischen.

„Es ist doch aber so, dass wir bei Hermann schon seit zwei Wochen erleben, wie er abdriftet. Er kommt mir immer so vor, wie ein großes Kind, das keine Grenzen kennt und jeden und alles testet."

„Macht das nicht jeder Mensch so? Das ist Teil unserer sozialen Kreativität, Grenzen ausloten und Freiheitsräume gewinnen.", versuchte Dr. Malekin zu beschwichtigen.

Es entstand eine kurze Pause. Ich nutzte sie, um zu fragen, was eigentlich geschehen war, außer dass Hermann in der Klangbibliothek zusammenbrach.

„Er erzählt wirres Zeug!", ließ sich Lankowsky nicht abbringen. „Jedes mal, wenn Hermann von einer Fernerkundung zurückkehrte, wurden seine Geschichten abenteuerlicher. Und das alles fing an mit der Story vom Jenseits des Universums. Ihr habt es doch von ihm auch schon gehört, er habe das göttliche Prinzip entdeckt."

Das alleine könne es noch nicht sein, warf ich ein. „Meine Geschichte von der Schaltwarte und den Dreiäugigen will ja auch keiner glauben. Da draußen passiert etwas mit uns, das wir noch nicht einschätzen können."

Das sei ja alles gut und richtig, unterbrach mich Polwächter. Aber man muss sich auf nachvollziehbare und überprüfbare Aussagen beziehen können. Wenn wir keine Nebeninformationen über den Hyper-Schall-Projektor erhalten, haben wir keine Überprüfbarkeit. „Dann kann jeder uns alles erzählen. Wir haben der mentalen Raumfahrt nur unter der Bedingung zugestimmt, dass wir harte Fakten bekommen und uns auch nur auf diese beziehen." Polwächter wurde bestimmter, als wolle er jeden noch einmal ermahnen, Traum und Wirklichkeit voneinander zu trennen.

Das wollte mir aber nicht einleuchten. „Wer sagt denn, dass wir träumen? Vielleicht gehören diese Erlebnisse unbedingt dazu, nicht bloß als Raumschiff, sondern als..., wie soll ich sagen, eben als Vorgang der Entdeckung? Ansonsten könnt ihr auf die Berichte der Esonauten ganz verzichten. Ihr habt doch alle Daten, die ihr als unabhängig akzeptieren wollt. Als sei der Kopf nur ein Medium für den Datentransfer des Projektors. Sind unsere Erlebnisse nur unwesentliche Nebenprodukte, mit denen wir nun selbst fertig werden müssen? Der Mohr hat seine Schuldigkeit getan und kann gehen?"

„Ich sag euch, er ist nicht komplett zurückgekehrt!", beharrte Lankowsky auf seiner Vermutung.

Der Besuch aus München und Dr. Malekin schauten sich kurz in die Augen. „Wir haben das alles durchgespielt. Wir wissen nicht, was da draußen wirklich passiert. Und vor allem, wissen wir auch nicht, was in den Köpfen der Probanden abläuft.", sprach der Besucher in seiner Wissenschaftssprache.

„Sie meinen, in meinem Kopf oder in seinem.", unterbracht Lankowsky ihn.

„Ganz genau. Wir können momentan nicht ausschließen, dass Hermann einfach nur Schizophren ist. Obwohl wir in der Vorbereitung auch mit Hermann alle Untersuchungen durchgeführt haben."

„Das sind nun einmal die Risiken, auf die wir jeden aufmerksam gemacht haben.", ergänzte Polwächter.

„Risiken?", Lankowsky tat einen bedrohlichen Schritt auf Polwächter zu. „Ihr könnt nicht einfach nur die Informationen abschöpfen, die euch gefallen, und mit dem Rest dürfen wir selbst fertig werden!"

„In den elektronischen Unterlagen las sich das alles ganz anders. Als ob man seine mentalen Fähigkeiten ausprägen würde und psychische Schwierigkeiten besser in den Griff bekäme.", schlug ich in dieselbe Kerbe.

„Nun mal ganz ruhig.", Polwächter wirkte sichtlich gereizt. „Das Sind Erkenntnisse vom amerikanischen Militär. Wir müssen unsere eigenen Erfahrungen machen."

Die Tür wurde aufgerissen, ein Mitarbeiter im weißen Kittel kam aufgeregt herein gestürzt. Es werden Daten aufgezeichnet. Hermann sei auf Sendung. Wir sollten den Projektor einschalten. Ein kurzes Flimmern, dann stand die Verbindung. Doch Hermann hatte keine Verortung erreicht, sondern übertrug Farben. Im optischen Bereich erkannten wir keine Konturen, die auf Gegenstände, Teile oder irgendetwas Materielles verweisen würde. Das war ungewöhnlich und widersprach den Leitlinien. Ein waberndes Gebilde floss als Mäander im dreidimensionalen Raum, als ob ein Magmastrom Schleifen drehte. Die Mitarbeiter an den Monitoren erhielten farbige Kurven und dazu irgendwelche Zahlenkolonnen.

„Was macht er nur?! Er soll sich einen Ort suchen und die

Landung einleiten.“, wetterte Polwächter.

„Das sieht aber recht stabil aus; nicht so, als würde er in Schwierigkeiten stecken.“, versuchte Dr. Malekin zu beruhigen. „Was sagen die skalaren Parainformationen?“, wandte er sich an einen Mitarbeiter, der die Monitore an den Wänden im Blick hatte.

„Aus den Projektionen lassen sich keine Informationen stofflicher Natur ableiten. Das sind Töne! Als ob er in Tonspuren entlang segelt. Hören Sie mal.“, und er drehte die Regler auf. Eine phantastische Melodie erfüllte den Raum.

„Das sind Klangbilder.“

„Und was sagen die Zahlen noch?“, forderte Polwächter die Informationen ab.

„Er befindet sich in einer Netzstruktur am Eingang zu einem Hyper-Schall-Wirbel. Ich kann Ihnen das in den Projektor einspielen.“

Polwächter nickte. „Ich bitte darum!“

Sogleich überzog ein Gewebe die dreidimensionalen Farbstrukturen, das deutlich zeigte, wie die Farben im Raum eine Ordnung erhielten. Im akustischen Bereich hörten wir ein eingängiges Brummen.

„An den Biegungen befinden sich unglaubliche energetische Strömungen.“

„Was, wenn er da hinein gerät?“

„Dann wird er in den Schlauch gezogen. Sehen Sie mal hier. Das sieht aus wie ein Saugrüssel.“

Die Musik wurde dramatischer. Ein Auf und Ab, wie das Ein- und Ausblasen von riesigen Luftmassen. Dabei durchlief die Melodie alle Tonfolgen in einer Geschwindigkeit, dass den Zuhörern geradezu schwindlig wurde.

„Können wir erkennen, wo sich Hermann in diesem Strudel befindet?“

„Das ist zwar schwierig, weil es seine eigene Erlebniswelt betrifft. Aber wenn wir die Melodie verfolgen und auf die sichtbaren Netzstrukturen umrechnen, könnten wir seinen Ort vielleicht errechnen."

„Dann bitte, legt los, bevor er uns entwischt."

Der Mitarbeiter tippte Befehle in den Computer ein und überspielte den Aufenthaltsort in die dreidimensionale Projektion. Hermann befand sich hinter einer Schleife, in einer beruhigten grünen Zone, jedoch direkt vor dem Loch einer rundum dramatischen violetten und roten Energiebahn. Von dort ab ging der Raum komplett in einen Schlauch über. Jedem wurde bewusst, dass Hermann in einer schwierigen Situation steckte.

Natürlich wussten wir nicht wirklich, was das hieß. Aber wir ahnten, dies bedeutete sicher nichts Gutes für ihn. Polwächter drehte sich langsam zu mir um, und nickte mir als Kommando zu. Ich klopfte dem Mitarbeiter, der uns informiert hatte und neben mir stand, auf die Schulter: „Na, dann wollen wir mal."

Nach wenigen Minuten Einstimmen im Akustikraum, befand ich mich bereits auf dem Weg zu Hermann. Ich brauchte nur seiner Biofrequenz zu folgen und die eingespielten Daten taten ihr Übriges. Ich hoffte, die intergalaktische Schaltwarte würde mir in diesem Quadranten nicht über den Weg kommen. Das Universum ist so riesig, dass die Wahrscheinlichkeit dagegen stehen müsste. Ich wollte noch immer nicht wahr haben, wie klein die Unendlichkeit sein konnte.

Nun erst wurde mir die Schwierigkeit des Unterfangens bewusst. Hermann vollzog selbst keine Verortung. Er schwamm sozusagen in einer Suppe. Ich hatte nur die eingespielten Frequenzen zur Verfügung, die ich nun ansteuerte, indem ich mir noch einmal intensiv die Mäanderstruktur vorstellte. Würde ich den Punkt genau treffen oder selbst in Schwierigkeiten geraten vor dem Schlaucheingang? Dr. Malekin hatte mir nochmals eingebläut, dass wir nicht versuchen sollten, uns innerhalb des Wirbels zu bewegen. Wir bräuchten nur unsere Heimreise visualisieren, dann müssten wir ohne weiteres auf der Erde in unseren Körpern landen. Ich brauchte also Hermann nur zu überzeugen, mitzukommen.

Millionen von Parsec entfernt, suchte ich Hermann in einem Mäander, der selbst räumliche Ausmaße von Lichtjahren hatte. Doch Koordinaten und Biofrequenz leiteten mich zielsicher zu seiner Aura. Aus unserem Übungsflug zu den Saturnringen erprobt, erwartete ich sein Konterfei irgendwo zwischen den Wirbeln. Ich fand ihn nicht. Bis mir auffiel, dass auch meine eigene Struktur keine erkennbare optische Räumlichkeit hatte. Er musste in der Nähe sein und ich rief seinen Namen.

„Nicht so hitzig, Kohlpeter, sonst geraten wir mit irgendwas in Resonanz und werden vom Wirbel fortgerissen."

„Hermann, wo steckst du?" Ich sah ihn nicht.

„Nicht suchen, sondern hören musst du! Hören und reden, dass muss für uns reichen."

„Ja, aber der Hyper-Schall-Projektor zeigt an, dass du in einer Art Sandbank steckst, in einer beruhigten Zone, aber direkt vor einem energetischen Saugrohr."

„Richtig, deshalb sollst du dich nicht so aufregen, sonst spült es uns beide weg. Das kann ich für dich nicht verantworten."

„Ich soll dich nach Hause holen."

„Kohlpeter, nun mach dich nicht lächerlich. Niemand braucht mich nach Hause holen. Wenn ich will, dann komme ich, wenn nicht, dann nicht."

„Mach kein Quatsch.", versuchte ich ihn zu überzeugen, mit mir zurückzukehren. „Dein Körper befindet sich im Klangsanatorium. Den kannst du doch nicht so einfach liegen lassen!"

„Wieso nicht?! Er hatte nicht besonders viele Vorzüge."

Er sprach in der Vergangenheit. Mein Vorhaben schien in weite Ferne gerückt zu sein.

„Was hält dich hier draußen?“

„Nichts. Genau das ist es. 'Hier draußen', wie du sagst, hält mich nichts. Welche Gründe sollte ich haben, auf die Erde, in dieses Klangsanatorium, zurückzukehren?“

„Sei kein Narr! Du weißt doch gar nicht, ob du ohne den Körper hier draußen weiter existieren kannst.“

„Du hörst doch, es geht! Und du hast doch selbst von der Schaltwarte berichtet. Hier draußen gibt es Leben, Kohlpeter. Das ist tausendmal interessanter, als diesen ewigen Ärger auf der Erde. Und wer einmal hier gewesen ist, der will nicht mehr zurück. Diesen ganzen Quatsch mit Trauerfeier und Begräbnis, wenn jemand geht, das kannst du vergessen!“

„Erzähl nicht so etwas. Denkst du, hier draußen ist es viel anders? Warum bin ich dann auf diesem Planeten der Dreiäugigen gelandet? Weil irgend so ein galaktisches Verteilergremium über mich bürokratisch entschieden hat. Hermann sei vernünftig. Du kannst doch immer wieder Ausflüge starten. Aber erst einmal solltest du zurückkommen. Dr. Malekin macht sich Sorgen.“

„Das dürfte der einzige sein. Ich überfordere doch alle. Mit meiner Körpermusik ist die Therapiegruppe nie zurechtgekommen. Selbst die Klangtherapeutin weicht meinen Rhythmen aus. Ich würde ihr Angst machen, hat sie gesagt. Kohlpeter, unsere Zeit ist noch nicht gekommen. Mit der Esonautik erschrecken wir nur alle. Die vielen Menschen werden damit nicht umgehen können. Anders solche Leute wie Polwächter und Konsorten. Die haben etwas ganz anderes vor. Aber sie haben keine Chance. Diesmal überheben sie sich.“, sprach er, „bleib hier draußen und erkunde mit mir die neue Welt. Wir beide auf Abenteuerreise, wie es sie noch niemand vor uns erlebt hat.“

Er verunsicherte mich und ich erschrak über mich selbst, wie leicht ich in seinen Sog der Argumente geriet. Oder war es der Energieschlauch, dem ich zu nahe kam? Ein Teilchenschauer in Orange und Azurblau gestreift zog an uns vorbei. Ich hörte ein starkes Rauschen und Knistern. Dann befürchtete ich, Hermann sei verloren gegangen. „Bist du noch da?“

„Ja, klar. Was denkst du denn. So ein kleiner Regen bringt mich nicht aus meiner Bahn. Wie ist es nun, kommst du mit?“

„Hör auf, Hermann! Lass uns nach Hause gehen.“ Ich suchte fieberhaft nach Argumenten; nach irgendetwas, das ihm so wichtig sein würde, um heimzukehren. Doch ich kannte ihn zu wenig. Mir fiel nichts Persönliches ein, das ich ihm hätte sagen können. In mir stieg Angst auf, ich könne ihn nun verlieren. Als hätte er meine Gedanken erraten, antwortete er mir:

„Du kannst nur etwas verlieren, was du vorher besessen hast. Ich habe niemanden und nichts zurückgelassen.“

Diesmal zog ein Sturm an uns vorbei und zerrte an der beruhigten grünen Zone. Die letzten Worte gingen fast im Rauschen unter.

„Hermann, lass uns nach Hause zurückkehren!“, schrie ich ihm zu.

„Nein, ich muss erst noch jemanden finden, den ich verloren habe.“, hörte ich ihn von Weitem, als würde er vom Kanal weg gezogen, in Richtung Saugrüssel gespült.

Meine Situation wurde immer dramatischer. Ich musste mich entscheiden, ob ich ihm hinterher flog oder sofort die Heimreise antrat. Dann sah ich einen Tsunami auf mich zu rasen, eine riesige energetische Welle.

Ich schlug die Augen auf und sah Dr. Malekin, Polwächter und einen Techniker um mich herum stehen. Jemand rief, man habe Hermann verloren. Ich wusste, es war endgültig, auch, als die Ärzte noch um seinen Körper kämpften. Nach den üblichen Untersuchungen, die ich nach jedem Ausflug über mich ergehen lassen musste, fand ich im Projektorraum Lankowsky. Er stand etwas abseits, die Arme hart verschränkt, dass seine sportliche Muskulatur hervortrat. Als er mich bemerkte, suchte sein strenger Blick meine Augen.

„Du hast ihn verloren!"

„Nein, er ist gegangen. Er ist nicht nur von uns gegangen, er hat sich auf eine Reise aufgemacht. Hermann sucht jemanden und wird nicht mehr zurückkehren."

Lankowsky ließ seinen Blick in den Raum abgleiten. Die Arme lösten sich aus der gespannten Pose. „Ja, ich weiß, was du meinst. Kohlpeter, denkst du, ich hätte nicht auch schon mit dem Gedanken gespielt?"

„Sag nicht so etwas!"

„Doch, da draußen ist richtig was los. Aber was Hermann macht, das geht nicht. Es funktioniert nur, wenn wir den Körper mitnehmen. Und das klappt noch nicht. Wir sind nur die Boten, die ersten Esonauten, ohne Starterlaubnis."

„Was redest du da?!"

„Warum wurde Polwächter so nervös bei deinem Bericht?! Ich hab es doch selbst erlebt. Deine Schaltwarte ist wie mein Erlebnis vom Rockfestival auf Hysterion. Da draußen steht eine Armada von Außerirdischen. Die brauchen keine Raumschiffe aus Eisen und Titan. Die haben ihr Stethoskop an unsere Erde angelegt und fragen sich, wann wir zu schwärmen beginnen. Du und ich und Hermann, wir sind die ersten Vorboten."

„Wenn du recht hast, dann wollen die uns aber noch nicht haben."

„Ja, wir bringen die falschen Töne mit."

Damit war unser Gespräch beendet, denn Dr. Malekin betrat mit einem versteinerten Gesichtsausdruck den Raum. Polwächter folgte ihm. Nach und nach versammelte sich die gesamte Mannschaft um den Projektionstisch.

Am nächsten Tag herrschte im Klangsanatorium helle Aufregung. Das Gyrocoptergeräusch hatte die Insassen aufgescheucht. Wie ein Lauffeuer raste die Nachricht von Mund zu

Mund, dass in die abgeschirmte Zone ein Tragschrauber mit Polizei eingedrungen sei, weil es einen Toten gegeben habe. Die Sanatoriumsleitung sah sich genötigt, eine Erklärung abzugeben. Ungläubig standen die Patienten und Besucher in der Eingangshalle und hörten zu, was die Leitung des Hauses ihnen zu verkünden hatte. Fragen wurden gestellt, die nach Politikermanier abgewiegelt oder einfach ignoriert wurden. Dr. Dreysen stand mit mehreren Mitarbeitern rechts neben der Führungsspitze des Hauses. Die Fassungslosigkeit war ihren Gesichtern anzusehen. Ich sah auf der linken Seite, wie Polwächter hinter Dr. Malekin stand und ihm ins Ohr flüsterte. Dann schickten sich beide an, ihre Plätze neben der Sanatoriumsleitung zu verlassen.

Ich musste mich beeilen. Diese beiden wollte ich nicht so einfach ziehen lassen. Sie waren fast am Paternoster, als ich sie erreichte.

„Warum sagen Sie den Leuten nicht, was hier wirklich passiert ist?"

„Kohlpeter, das wissen Sie genauso wie ich.", zischte Polwächter durch die Zähne und schaute sich sogleich um, in der Befürchtung, jemand könnte das Gespräch mithören. „Sie sind an ihre Verpflichtung gebunden, also halten Sie den Mund. Es würde ja doch keiner verstehen."

„Machen Sie kein Aufsehen!" setzte Dr. Malekin hinzu. „Was wollen Sie den Leuten denn sagen? 'Hermann hat sich in den Kosmos abgesetzt und kommt nicht wieder.' Klare Sprachregelung: 'Er hatte einen Anfall und wir müssen die Sache erst noch untersuchen!'"

„Was gibt es da zu untersuchen?! Hermann hat sich von mir verabschiedet. Er meint, da draußen glücklich zu werden."

Polwächter kam mir einen Schritt näher, so dass unsere Nasen sich fast berührten. „Na bitte, sagen Sie es den Leuten hier. Genau so, und kein Wort mehr. Aber ich verspreche Ihnen, alle werden Sie als Nachfolger von Hermann sehen, mit denselben Macken wie er."

„Ist das eine Drohung?"

„Nein, das ist die Realität! Eine Drohung wäre es, wenn ich Ihnen sagen würde, so etwas steht unter Terrorismusverdacht, denn wer so leichtfertig die Erde verlässt, ist zu allem fähig; auch wenn es nur im Kopf passiert."

Auf meinem Zimmer angekommen, verabredete ich mich per Hörmuschel mit Lankowsky. Er war der Einzige des Teams, auf den ich mich noch verlassen konnte. Umständlich wollte er mir mitteilen, dass wir womöglich abgehört werden. Das fand ich doch erheblich übertrieben.

„Komm, rede Klartext!", brummte ich ihn an.

„Wenn du dich an die Regeln halten willst, dann schau doch mal nach deinen Aufzeichnungen!", sprach er und legte auf.

Obwohl ich es nicht für möglich halten wollte und sich alles in mir dagegen sträubte, fühlte ich, dass er recht hatte. Und tatsächlich, auch ich fand meine Dokumente nicht mehr. Das elektronische Buch war defekt, es ließ sich nicht mehr starten. Die Untersuchungskommission hat mehr zu klären, als die Fragen der mentalen Raumfahrt, wie wir uns gegenüber außerirdischen Kontakten verhalten sollen und was mit Hermann wird. Das Verschwinden unserer elektronischen Bücher beweist, dass intern etwas vertuscht werden soll.

Ich verabredete mich mit Lankowsky kurz vor Mitternacht im 'Stangenraum', wie wir ihn nannten. Er schien uns am sichersten gegenüber allen anderen Räumen des Sanatoriums zu sein. Welche Funktion er im Klangsanatorium einnahm, hatte ich nie so recht verstanden. Was machte es in einem Haus für einen Sinn, wenn dicht aneinander Stangen stehen? Dienten sie im Sanatorium vielleicht der Wärmeleitung? Als Zu- und Rücklauf für das Spaßbad waren sie unbrauchbar. Ich konnte sie mir eher noch als Schallschutz gegen das tobende und wirbelnde Wasser vorstellen. Im Ohr freilich haben die Stangen, oder richtiger 'Härchen', eine wichtige Funktion; sie sind für die Übertragung der mechanischen in elektrische Signale zuständig. Das scheint mir für die folgenden Ereignisse, die ich schildere, nicht unbedeutend zu sein.

Der 'Stangenraum' erschien uns ideal für einen konspirativen Treff, weil nach zwei, drei Schritten, wie in einem dichten Wald, niemand mehr zu finden war. An der Tür hing ein Schild, 'Betreten nur bei abgeschalteter Anlage', darunter leuchtete eine grüne Lampe. Nach wenigen Schritten sprach mich Lankowsky an:

„Halte dich links, hierher!"

Als ich bei ihm eintraf, fragte er gleich nach meinen Aufzeichnungen.

„Was hab' ich gesagt? Hier geht es um mehr, als nur um unsere Erlebnisse im Hyper-Schall-Raum."

Ich fragte ihn, was er im Konkreten meine. Bevor er etwas sagen konnte, traf uns das erste Beben. Und nun schaltete sich die Anlage ein. Die Stangen gerieten in Bewegung. Wir bemerkten, wie sich Spannungsausschläge zwischen den Stangen und ihren Einfassungen entluden.

„Bloß nicht die Stangen berühren!", rief Lankowsky mir zu.

Zu spät, ich bekam gerade eine gewischt und musste aufpassen, dass ich mein Gleichgewicht nicht verlor. Prompt fasste ich unwillkürlich die Stange daneben an und bekam den nächsten Spannungsausgleich zu spüren. Lankowsky ergriff einen Saum meines Overalls und zog mich aus der unmittelbaren Gefahr heraus, zu sich heran.

„Das hier ist das eigentliche Kraftwerk der Anlage, ein Energiewandler. Was das Trommelfell als Schallwelle einfängt, wird hier in elektrische Signale umgewandelt und an die Zentrale weitergeleitet. Die Konstrukteure wussten genau, was sie taten. Ein Großteil der kosmischen Schallwelle dient der eigenen Energieversorgung, nachdem sie herunter transformiert und die enthaltenen Informationen abgeschöpft wurden. Eine gigantische ingenieurtechnische Leistung, von der sie in der Presse der letzten Jahre bestimmt nichts gelesen haben."

„Warum sollte man uns auch jedes technische Detail der mentalen Raumfahrt mitteilen?", fragte ich Lankowsky, zugegebener Maßen etwas blauäugig. Er jedenfalls regte sich über mich auf und meinte, wir seien doch keine Versuchskaninchen, sondern wenn schon, dann Pioniere einer neuen Art der kosmischen Fernerkundung. Er redete sich in Rage und sprach von einer Lobby, die ihre eigenen Interessen verfolge, und die Menschheit in Unwissenheit halten wolle. Ich müsse mich entscheiden. Er jedenfalls werde eine Verbindung nach Draußen aufbauen, um gegebenenfalls Hilfe zu holen. Ich wollte wissen, wie er sich das vorstellte, da traf uns ein weiterer Schlag. Diesmal war es kein Beben, sondern es rollte wie eine Welle direkt durch die Stangen, öffnete die Poren und entlud eine Reihe von starken elektrischen Ladungen.

Ich wachte erst in der Krankenstation wieder auf und konnte mich an nichts mehr erinnern, was nach der Entladung geschah. Alle weiteren Geschehnisse sind bekannt. Lankowsky blieb verschwunden, wenn ich das so schreiben darf; sein Körper war da, aber er hatte sich wohl verabschiedet. Ich habe den Ärzten gesagt, sie sollen das mit der Obduktion der Körper bei Lankowsky und Hermann bleiben lassen. Denn hier geht es nicht um die Frage von Leben oder Tod. Als mich Dr. Dreysen, der mich im Krankenzimmer besuchte, etwas begriffsstutzig ansah, versuchte ich ihm das Geschehnis so zu erklären:

„Die Schwarmintelligenz der Menschen, die sich einst im Internet gebildet hat, beginnt sich von der Erde zu lösen und sucht einen kosmischen Provider."

Dr. Dreysen glaubte ich spaße und antwortete: „Dann vergleiche ich es doch lieber mit dem Briefverkehr. Wir versenden unsern Geist heute als elektronische Post und nicht mehr im Papierumschlag."

„Aber was wird mit den Körperhüllen?"

„Tja, das muss noch geklärt werden. Wir kennen den Energieerhaltungssatz, von einem Materieerhaltungssatz habe ich noch nichts gehört."

Während Dr. Dreysen den Satz aussprach, ging die Tür auf und Feder, die Reporterin, betrat das Krankenzimmer. Sie hatte den letzten Teil des Satzes wohl noch mitbekommen, denn sie ergänzte sogleich:

„Das können Sie wohl laut sagen. Das Klangsanatorium hat es doch ziemlich mitgenommen."

Ich schaute fragend von einem zum anderen. Feder ergänzte: „Falls Sie es noch nicht wissen, die Tube ist durch den letzten Schlag zerstört worden."

„Was ist mit den Leuten aus der Schaltwarte und den Laboren, mit Polwächter und Dr. Malekin?"

„Den beiden geht es gut. Jedoch haben wir zwei Verletzte, einer schwer. Zum Glück ist niemand umgekommen. Wir wissen nicht, wie das überhaupt geschehen konnte. Es habe seismische Aktivitäten gegeben, aber erstaunlich, warum es gerade das Klangsanatorium so hart getroffen hat. Aus Berchtesgaden ist kein Fall von Zerstörung oder gar von Verletzten und Toten bekannt. Es muss etwas mit dem Haus zu tun haben, das Trommelfell ist gerissen. Und statt die Finger davon zu lassen, wird es gerade notdürftig repariert."

Offensichtlich hatten sich die Ereignisse, während ich auf der Krankenstation lag, in den letzten Stunden überschlagen.

Dr. Malekin schaute in das Krankenzimmer, fragte kurz angebunden, ohne wirklich etwas wissen zu wollen, ob alles in Ordnung sei, und winkte Dr. Dreysen heraus.

Nun stand Feder allein neben meinem Bett und legte ihre Hand auf die meinige. Sie wollte mich beruhigen, teilte mir aber im selben Moment mit, dass wir das Sanatorium verlassen müssten. Es sind Nachbeben registriert worden. Viele der Patienten und Gäste seien bereits nach dem ersten Beben abgereist. Es dauerte keine zwei Tage, und das Klangsanatorium war evakuiert und zu einer gesperrten Zone erklärt worden.

Ich hatte mich schnell erholt und so beratschlagten wir, was zu tun sei.

12. Kapitel

Der Paternoster

Kohlpeter schaute vom Schreibtisch auf, und sein Blick verfing sich wieder in den Lochblechkeilen, die auf ihn zeigten. Mehr wollte er zu den Vorfällen im Sanatorium und den beiden Abgängen nicht schreiben. Alles andere konnte er der Untersuchungskommission direkt berichten, wenn sie danach fragen sollte. Die chronologischen Abläufe wollte er noch durch die Datumsangaben am oberen rechten Rand vervollständigen. Als er den Stapel Papier durchblätterte, entdeckte er auf einer Rückseite einen Fragenkatalog, den er bislang völlig überblättert hatte. Kohlpeter konnte sich auch nicht daran erinnern, ihn zu Beginn seines Berichtes auf dem Tisch gesehen zu haben. Hatte man ihm den Stapel Blätter mit der Rückseite nach oben auf den Tisch gelegt? Er sah die Fragen durch und fand nichts, was er nicht irgendwo im Text schon beantwortet hätte. Manches hatte er bestimmt viel zu ausführlich beschrieben und ihm kam es nun so vor, als hätte er sich die Mühe um seiner selbst Willen gemacht. Die Kommission will vielleicht nur knappe und eindeutige Aussagen haben. Dabei hatte er sich schon auf das Wesentliche konzentriert. Nur die Aussagen von Hermann waren ihm zu brisant, als dass er sich besondere Mühe mit den Details gegeben hätte. Auch musste er abwarten, wie die Staatsanwaltschaft mit dem Fall umgehen wollte. Immerhin war Kohlpeter in beide Todesfälle, insofern man davon sprechen konnte, irgendwie verwickelt. Würde die Kommission wirklich verstehen, was geschehen war? Und musste nicht die Staatsanwaltschaft so agieren, wie es die Gesetze verlangten? Hatte Hermann vielleicht recht damit, ihn aufzufordern, mit ihm zu kommen, weil die Menschen noch nicht so weit waren, zu verstehen, was um sie herum geschah? Immerhin, es gab eine Personengruppe, die genau wusste, was sie mit der Einrichtung des Klangsanatoriums und dem 'Elefantenohr' wollte. Dennoch ist ihnen alles entglitten.

Kohlpeter überlegte, wie er weiter verfahren wollte. Er schob den Stapel beschriebenen Papiers zusammen und klopfte ihn hochkant auf die Tischplatte, bis alle Blätter auf Stoß anlagen. Nun erst fiel ihm auf, dass er kein Exemplar für sich selbst hatte, wenn er seinen Bericht abgeben würde. In diesem Haus musste es doch einen Kopierer geben?! Das Sekretariat konnte er für sich streichen, der Kommissarische Leiter würde eine Kopie nicht gestatten. Die Zentrale hatte der Hausmeister verriegelt. Die Räume in der Tube waren nicht zugänglich. Woher sollte er einen Kopierer auftreiben? Es reichte ja auch ein Scanner mit einem elektronischen Speichermedium. Er entschloss sich, die Räumlichkeiten abzusuchen, um irgendwo etwas Geeignetes zu finden. Vielleicht sollte er sich einfach nur im Mitarbeitertrakt etwas umsehen. Dort mussten eigene Aufenthaltsräume existieren, vielleicht sogar Schulungs- und Arbeitsräume, die auch mit Technik ausgestattet wurden.

Die ansonsten so unspektakulären Kellergänge hatten sich verändert. Nicht nur die Gerüche waren andere geworden und enthielten keinen Verweis mehr auf Kohlpeters Migräne; trotzdem suchte er mit den Händen die Tablettenpackung in der Hosentasche, als er den Akustikraum verließ. Diesmal war es etwas ganz Anderes, das ihm entgegen kam;

keine Raumkrümmung, der man mit dem Gehör folgen musste, um irgendwelche Stimmen zu finden. Das Ohrenrauschen nahm wieder zu; sein Rauschgenerator suchte eine passende Frequenz, die sich zu irgendetwas modulieren ließ. Welcher seiner Sinne würde nun angesprochen?

Er nahm die Tür zum Seismographen, um routinemäßig die Ausschläge zu kontrollieren. Die Abstände der Einschläge blieben gleich. Sein inneres Gefühl sagte ihm, das sei eine Entwarnung, nichts Bedrohliches. Warum das so sein sollte, wusste er nicht. Nun gut, wenn das Brüllen der Löwen nicht näher kommt, dann liegt keine unmittelbare Gefahr an. Auf den Zettel mit der Liste schrieb er die letzten Signale ein. Ein Beben lösten sie nicht mehr aus. Er schob den Zettel wieder in seine Tasche und verließ den Raum.

Der Weg zum Paternoster schien ihm voller Wasser zu sein. Der Körper musste sich gegen eine Strömung stemmen. Irgendwelche Wirbel zogen und schoben an seinen Schultern, Armen und Beinen. Das Laufen fiel schwer, wie in einer gallertartigen Masse. Dann, eine tiefes Raunen, gefolgt von einer hohen Stimmführung.

Seit dem starken Beben vor zehn Tagen, als sie Lankowsky verloren und Kohlpeter auf der Krankenstation landete, wunderte er sich über solche plötzlichen Erscheinungen nicht mehr. Er hatte inzwischen seine eigene Theorie zu den Ereignissen im Klangsanatorium. Sie standen im Kontakt. Und jeder Nadelausschlag war ein Signal, nicht an ihn, Kohlpeter, oder an die Menschen, die erst noch verstehen mussten, was um sie herum wirklich vor sich ging, sondern an die Erde, sozusagen 'An Alle!'. Wer hatte das 'Elefantenohr' erbaut, und diese Büchse geöffnet? Wussten die Auftraggeber wirklich, was sie da weckten? Die Vorsicht der Behörden war jedenfalls berechtigt. Aber warum war die Kommission noch immer nicht da?

Kohlpeter fuhr mit dem Paternoster in die oberen Etagen.

Ihm schien, als rase er immer schneller eine Frequenzskala entlang, mit immer höheren Tönen. Und jedes Stockwerk, das die Kabine passierte, bot ihm, für die Sekunden der Vorbeifahrt, ein anderes verwirrendes Bild. Dann trat er aus der Kabine und hätte beinahe ein Kind umgestoßen. Wie kam das denn hierher?! Kohlpeter hob nun erst den Blick und ihm stockte der Atem. Um ihn herum gab es ein buntes Treiben. Beduinen in ihren langen Gewändern schlürften über den Flur, die einen in großer Eile, andere in Gespräche miteinander vertieft, wieder andere offenbar in heiße Diskussionen verwickelt. Er schnappte ein paar Äußerungen auf und verstand jedes Wort. Die auserwählten Kühe seien bereits in die Arena getrieben worden. Ungläubig erinnerte er sich seines Traumes von Sanai und ihrer Sippe in der Wüste. Nun erst bemerkte er wieder das Kind, ein Mädchen, das noch immer bei ihm stand und plötzlich nach seiner Hand griff, als gehörte er wie selbstverständlich zu ihr. Sie schaute ihn mit ihren großen dunklen Augen an.

„Lass uns zur Festhalle gehen, Vater wird auf uns schon warten!"

Sanai hatte recht, sie mussten sich beeilen, wusste Kohlpeter, ohne weiteres Nachdenken. In diesem Traum spielte er ihren Bruder, der mit ihr zum Fruchtbarkeitsritus in die Quaderhalle ging. Aber im Unterschied zu ihr, kannte er schon das erfreuliche Ergebnis, ihre Gescheckte würde gewinnen, und er wusste, dass der Enkel von Sanai in einer anderen Zeit zwei Kupferröhren besorgen würde, damit der Regen in der Wüste fallen konnte und mit ihm sich die giftigen Farben wieder harmonisierten. Sanai zog ihn durch die engen Gassen, denn sie mussten sich beeilen, sie waren spät dran. Schließlich blieb Kohlpeters Schwester und Großmutter stehen und zeigte zu den durchsichtigen kommunizierenden Röhren, in denen die beiden Kühe hoch und runter schwebten. Die Röhren flimmerten und er erkannte in ihnen die auf-

und abfahrenden Kabinen des Paternosters. Die beiden Kühe wurden unter dem Jubel der Menge aus den Kabinen geführt und Kohlpeter nutzte die günstige Situation und betrat den Paternoster, um in die nächste Etage zu fahren.

Auch diese Etage strömte ein anderes Flair aus, als Kohlpeter erwarten durfte. Die Raumstrukturen folgten nicht der Architektur, sondern schienen durch die Wände hindurch zu führen. Deutlich nahm er Spannungsmuster wahr, deren Pole stark fluktuierten. Er lief rechts den Gang entlang und wollte hinter jeder Tür nachsehen, ob er auf der Mitarbeiteretage die Schulungsräume fand. In ihnen vermutete er auch einen Kopierer für seinen Bericht. Doch er brauchte eigentlich keine Tür zu öffnen, hier gab es keine technischen Gerätschaften, die er für seine Zwecke nutzen konnte. Woher er das wusste? Er meinte es zu fühlen. Und stieß trotzdem jede Tür auf.

Die Zimmer waren verlassen. Keines deutete mehr an, wer in ihnen gewohnt oder gearbeitet hatte. Die Evakuierung war gründlich erfolgt. Dennoch beschlich ihn das Gefühl einer Anwesenheit. Die Raumkrümmung irgendeiner Struktur, eines Frequenzbereichs oder einer Teilchenbahn, trug an ihn Informationen heran, die mit seiner Klangtherapeutin etwas zu tun hatten. Ihr Therapieraum befand sich aber auf einer anderen Etage. Sicher hatte sie hier irgendwo ihren Wohnraum. Denn die Mitarbeiter verließen meist nur an den Wochenenden das Klangsanatorium. Der Gong erklang, hörte jedoch sogleich wieder auf zu schwingen. Ihre Stimme wurde etwas lauter, dann hörte er eine zweite Stimme. Eigentlich hätte er nichts hören dürfen, was hinter den Türen ablief, denn sie waren geschlossen und schalldicht isoliert. Doch die akustische Raumstruktur durchbrach alle Regeln der Baukunst. Kohlpeter nahm mehr über seinen Körper als über sein Gehör die Fährte auf, und fand schließlich die Tür, hinter der sich die Stimmen einen Schlagabtausch lieferten.

Kohlpeter betrat das Quartier und hörte nun die Stimmen

deutlich. Die Klangtherapeutin sprach energische Worte, die er ihr kaum zugetraut hätte. Sie stand vor einem großen Gong, der fast eine Wand einnahm, neben ihr ein Mann mit verschränkten Armen; beide dem Gong zugewandt.

„Wir dürfen die Pforte für bestimmte Frequenzen nicht öffnen! Das weißt du. Die Zeit ist noch nicht reif.", hörte er die Klangtherapeutin aufgeregt sprechen.

„Wir können es doch gar nicht mehr verhindern. Mache dir nichts vor, mit dem 'Elefantenohr' ist der technologische Schritt erfolgt, den wir schon seit anderthalb Jahrhunderten erwarten.", antwortete die männliche Stimme. „Und schau, wie schnell sich das Trommelfell regeneriert. Auf die nächsten Experimente werden wir nicht lange warten brauchen."

„Aber es ist zu früh! Die beiden Ausreißer, Lankowsky und Hermann, hätten einfach nicht passieren dürfen. So ungeordnet, wie sie die Erde verließen, ist es genauso chaotisch verlaufen, wie alles, was mit diesem Planeten in den letzten zwanzigtausend Jahren passierte. Die Anomalie bekommen wir einfach nicht in den Griff!"

„Beruhige dich! Es gibt doch auch hoffnungsvolle Fälle. Dieser Kohlpeter hat sich nicht anstecken lassen."

„Es wäre fast schief gegangen, wenn nicht die Schaltwarte so geistesgegenwärtig reagiert hätte. Und dann musste uns auch noch dieser Prometheus dazwischen kommen. Als ob er nicht schon genug angestellt hätte."

„Aber er hat ihn doch zurückgebracht."

„Ja, aber erst nachdem Kohlpeter das Okkuvavolk aufgestachelt hatte. Es ist bis heute noch nicht wieder aufgefunden worden."

Nun wollte Kohlpeter schon dazwischen reden, dass allein er und seine Trommeln dafür verantwortlich waren, dass die dreiäugigen Okkuva verschwunden sind. Doch plötzlich sprach ihn eine wohl bekannte Stimme von hinten an:

„Herr Kohlpeter, was haben Sie hier im Mitarbeitertrakt

zu suchen?! Ihr Zimmer ist der Akustikraum im Keller."

Erschrocken drehte sich Kohlpeter um und stand dem Hausmeister gegenüber. Dann zeigte er in Richtung der Klangtherapeutin und ihres Besuchs. Doch dort war niemand mehr zu sehen. Nur ein leiser Ton erfüllte den Raum, als habe noch jemand den Gong berührt.

„Ich hörte Stimmen und wollte nachsehen, wer da noch im Sanatorium verblieben war.", versuchte er sich zu rechtfertigen.

„Sie haben sich aus Sicherheitsgründen im Akustikraum aufzuhalten und ihren Bericht zu schreiben! Und es kann nicht meine Aufgabe sein, sie zu bewachen und den ganzen Tag zu suchen. Der Chef will Sie sprechen."

Sollte die Untersuchungskommission endlich eingetroffen sein? Das würde gut passen, denn der Bericht war fertig. Aber Kohlpeter hatte noch keine Kopiermöglichkeit für den Text gefunden.

„Sie kennen sich doch im Sanatorium aus. Ich habe hier eine Liste der Bebenausschläge, die ich gerne kopieren möchte. Wo könnte ich das tun?"

„Kommen Sie mit in die oberste Etage. Im Sekretariat haben wir einen Kopierer zu stehen."

Dort würde er mit Sicherheit den Bericht für sich nicht kopieren können. Er musste sich etwas Anderes einfallen lassen. Noch einmal sah er zum Gong hinüber, der inzwischen keinen Ton mehr von sich gab, jedenfalls keinen, den er noch hören konnte. Als er den Raum mit dem Hausmeister verlassen hatte, um den Paternoster aufzusuchen, fragte Kohlpeter, ob ihm etwas Ungewöhnliches im Sanatorium aufgefallen sei.

„Im Unterschied zu Ihnen, höre ich keine Stimmen. Ich bin kein Patient in diesem Hause. Meine Aufgabe besteht darin, die Hausversorgung aufrecht zu erhalten.", brummelte der Hausmeister vor sich hin.

„Aber ist Ihnen nicht auch etwas aufgefallen, seit dem letzten Beben, als das Trommelfell zerriss? Ich meine in den Fluren und Räumen, als ob die Atmosphäre eine andere ist?“, versuchte Kohlpeter ihn vorsichtig in ein Gespräch zu verwickeln. Denn irgendetwas musste er doch bemerkt haben.

„Das Trommelfell ist wieder geschlossen, da kann keine Luft hineinziehen. Das Hausklima wird über die Ansaug- und Abluftschächte geregelt.“

Kohlpeter gab es auf und fuhr mit ihm zusammen zum oberen Flur. Es war die Führungsetage, mit dem besten Blick auf die Watzmannfamilie. Als sie aus der Kabine ausstiegen, schlug Kohlpter das Gefühl der totalen Leere, des banalen Nichts, entgegen. Hier fehlte etwas, von dem er annahm, dass es beim letzten Mal noch vorhanden war. Sie betraten das Sekretariat von Professor Reinhardt.

Der kommissarische Leiter winkte Kohlpeter in sein Zimmer und bedeutete ihm, Platz zu nehmen. Kohlpeter setzte sich auf den Stuhl vor dem Tisch, der Kommissar lehnte sich seitlich an die Tischkante. Wie weit er mit seinem Bericht sei, die Untersuchungskommission könnte noch heute eintreffen. Auch er schien nicht sonderlich an wirklichen Informationen von ihm interessiert zu sein, darin hatte er eine Ähnlichkeit mit dem Hausmeister. Sie wussten schon alles oder hatten von Nichts eine Ahnung.

„Das Haus scheint sehr belebt zu sein, stört Sie das nicht?“, fragte er.

„Wir haben Ihnen extra den Akustikraum zur Verfügung gestellt, damit Sie ungestört arbeiten können. Da dürften Sie von all dem Trubel hier nichts mitbekommen haben.“

„Aber hier oben ist auch gar nichts los, im Unterschied zu den anderen Etagen.“, warf Kohlpeter ein.

Der Kommissar schüttelte den Kopf und verschränkte die Arme. „Glauben Sie noch immer an die Invasion der Außerirdischen?“

„Ich weiß nicht, wie gut Sie eingeweiht sind. Das Klangsanatorium ist eine Relaisstation, ein Transmitter, für einkommende und ausgehende Frequenzen, deren Informationen in diesem Gebäude materialisiert werden.“

„Damit soll sich die Kommission beschäftigen; das ist deren Aufgabe. Ich habe hier nur die Sicherheit zu gewährleisten und darauf aufzupassen, dass keine Informationen raus gehen.“

„Und wie wollen Sie das verhindern?“

„Es sind alle Informationskanäle von und nach Berchtesgaden gekappt worden. Die Anlagen des Sanatoriums sind weiträumig abgesperrt worden.“

Kohlpeter war sich nun ganz sicher, dass der Kommissar nichts verstanden hatte. Also wusste er auch nichts von den Beduinen zwei Etagen tiefer. Baute sich hier eine Parallelwelt auf, die nur er mitbekam? Ihm wurde klar, wie schwer es würde, der Kommission zu beweisen, was in diesen Räumlichkeiten inzwischen vor sich ging. Die Erklärungsnöte, die er nach seinem Aufenthalt bei den Dreiäugigen hatte, dehnten sich inzwischen auf die Erlebnisse im Klangsanatorium aus. Auf welche Sinneswahrnehmungen außerhalb des Akustikraums konnte er sich noch verlassen? Und er wollte sich mit der Antwort des Kommissars nicht zufrieden geben.

„Sie wissen warum ich im Akustikraum sitze?“

„Lassen Sie diesen ironischen Unterton!“ Der Kommissar wurde ungehalten, was aber etwas aufgesetzt erschien. Kohlpeter meinte, ein unsicheres Lächeln um seine Mundwinkel zu erkennen. „Sie haben im Sanatorium Experimente mit extraterrestrischen Frequenzen durchgeführt.“

„Dann müssten Sie doch auch verstehen, das es keine Abschirmung gegen diese Frequenzen gibt.“, versuchte Kohlpeter ihn weiter aus der Reserve zu locken.

„Das können Sie sehen, wie Sie es wollen. Ich habe nicht zu verhindern, was nicht zu verhindern geht. Aber ich habe mich darum zu kümmern, das nach technischem Stand kein Informationsaustausch nach Draußen stattfindet. Ich erwarte von Ihnen, dass Sie wieder in ihren Akustikraum gehen und dort so lange bleiben, bis die Kommission eintrifft."

„Sie wollen mir Arrest verordnen, obwohl die Abschirmung mehr als fraglich ist!"

„Wenn Sie das so sehen wollen?" Und nach einer Pause: „Ich will Ihnen doch persönlich gar nichts antun. Nur, Sie bemerken doch selbst, dass es Ihnen nicht gut tut, außerhalb der Abschirmung herum zu laufen. Und wir wissen auch nicht, ob und ab wann Ihre Erscheinungen sich verselbständigen. Wir gehen davon aus, dass Sie in Resonanz zu den da oben ...", ihm schien es offenbar peinlich zu sein, auszusprechen, worum es wirklich ging. „... Sie verstehen schon, diesen Aliens, den Außerirdischen, stehen. Ich meine, dass Sie Kontakt zu denen haben, wie auch immer. Und wir wissen nicht, was da alles noch passieren kann."

Jetzt, die erste menschliche Regung; der Kommissar äußerte Ängste. Und er hatte nicht Unrecht damit. Niemand konnte sagen, welche Konsequenzen dieser Kontakt, diese Tür, die aufgestoßen war, für alle Beteiligten haben würde. Dennoch empfand Kohlpeter, der Kommissar wollte ihn von irgendetwas abhalten.

„Aber diese Fragen hätte man sich doch vorher stellen müssen. Die Experimente sind begonnen worden, um diesen Kontakt herzustellen."

„Wir haben zwei Menschen verloren! Und von Ihnen, Herr Kohlpeter, wissen wir auch nicht genau, in welchen Stadium Sie sich befinden."

„Was meinen Sie damit?"

„Sie wissen doch selbst, warum Sie den Bericht schreiben sollen."

„Damit wir genau verstehen, was hier vor sich geht. Die Ereignisse im Klangsanatorium und die Vorgänge um die mentale Raumfahrt...“

„Und um zu verstehen, was mit Ihnen geschieht.“, unterbrach ihn der Kommissarische Leiter.

Es klang in den Ohren Kohlpeters wie eine Drohung, die ihn ganz persönlich betraf und die vom Kommissar ausging. Hatte er ihn vorher nur als bürokratischen Stadthalter der staatlichen Maschinerie gesehen, hörte er nun die Stimme einer anderen Macht heraus, die ihn einschüchtern sollte. Da war nicht nur Unverständnis über die wahren Ereignisse, sondern eine Ansage in seine, Kohlpeters Richtung, mit den Äußerungen über mentale Raumfahrt vorsichtig zu sein. Der Kontakt wurde zur Angst erhoben und er persönlich daran ermahnt, eine Front zu ziehen. Nun wurde ihm klar, dass er sich mit den Experimenten in Gefahr begeben hatte. Sie hatten ihn als menschlichen Rauschgenerator benutzt, und er hatte sich benutzen lassen, ohne sich im Klaren zu sein, welche Konsequenzen das mit sich bringen würde. Es ist doch sein Kopf und sein Körper, über den nun andere entscheiden würden, auch gegen seine eigenen Erlebnisse und Erfahrungen.

„Wo sind die Körper von Hermann und Lankowsky?“, sprudelte es aus ihm heraus. „Ihr müsst doch begriffen haben, dass diese Körper die Heimat von zwei Menschen sind. Sie finden sonst nicht mehr zurück!“

„Nach medizinischen Gesichtspunkten sind sie gestorben.“

„Das wissen wir doch gar nicht.“ Nun erst war ihm aufgegangen, dass er gleich danach hätte fragen müssen.

„Medizinisch schon.“

„Aber nur der Körper. Es kann sein, dass sie zurückkehren wollen.“ Er bemerkte, wie Panik in ihm aufstieg. Wenn dieser Kommissar die Meinung der Forschungsgruppe vertrat, dann waren Hermann und Lankowsky wirklich in Gefahr. Er hätte Dr. Dreysen vor einer Woche auf der Krankenstation richtig aufklären und nicht mit ihm herum albern sollen.

Wieso hatte er nicht gleich darauf gedrungen, die Körper in Ruhe zu lassen. „Ihr habt sie doch bestimmt erst einmal nur in die Kühltruhe geschoben."

„Nun beruhigen Sie sich doch! Beide sind getauft und der Pfarrer war schon da. Mit den Seelen kann also nichts mehr passieren. Die Leichen wurden nach München überführt und sollen obduziert werden. Alles streng wissenschaftlich und nach den neuesten Methoden. Wir müssen wissen, ob sie aus der Hyperschallwelle irgendetwas Gefährliches mitgebracht haben, Viren, Strahlen, gefährliche Frequenzen oder so."

„Aber die Körper, die darf man doch nicht einfach zur Obduktion aufschneiden! Rufen Sie sofort das Institut an. Das dürfen die nicht!" Kohlpeter stürzte sich auf den Kommissar und schüttelte ihn, der sich nur schwer von ihm wieder losreißen konnte.

„Das müssen Sie verhindern!", schrie Kohlpeter.

Der Hausmeister, der im Vorzimmer gewartet hatte, stürzte nun herein und überwältigte zusammen mit dem Kommissar den herum schreienden, tretenden und wild um sich schlagenden Kohlpeter. Erst eine Injektion machte dem Kampf ein Ende.

„Mann, wo bleiben Sie denn." Der kommissarische Leiter rang noch immer nach Luft. „Wir haben Sie doch nicht umsonst hierher geholt. Sie sehen doch, es gibt hier noch andere Aufgaben, als Staub zu wischen. Fassen Sie mal mit an, wir müssen ihn unbedingt wieder in seine Zelle bringen. Wenn er hier draußen wieder erwacht, geht alles von vorne los."

Der Hausmeister winkte ab und holte einen Rollstuhl, in den sie Kohlpeter hinein setzten und in den Akustikraum zurück brachten. Dort legten sie ihn mit vereinten Kräften auf sein Bett und stellten beim Verlassen des Raumes einen neuen Code für den Schließmechanismus der Tür ein.

Der Kopf dröhnte und Kohlpeter meinte erst, er sei auf Expedition, weit weg, im hinteren Teil des Universums. Dann schien es ihm, als würde die Schaltwarte ihn wieder auf einen der neueren Planeten abschieben, denn es trommelte und er sah, wie ein Stamm spinnenartiger Geschöpfe mit großen Klöppeln auf riesige Tonnen einschlugen. Er wunderte sich, dass sie gar keine Tröten bei sich hatten. Als sich ihm dann wieder ein ähnliches Wesen als Prometheus vorstellte, riss er die Augen auf und fand sich im Akustikraum wieder. Da wusste er, das konnte nur ein Traum gewesen sein. Denn er hatte noch nie eine mentale Reise ins All durch die Abschirmung hindurch vollzogen.

Kohlpeter richtete sich in seinem Bett auf, das Dröhnen wurde nun von seinem, ihm bekannten Rauschen des Tinnitus abgelöst. Und er brauchte eine Weile, um zu verstehen, was geschehen war. Er wollte doch nur die Körper retten, dann gab es ein Handgemenge mit diesem Kommissar und dem Hausmeister. Wusste er doch, dass der nur zum Aufpassen im Klangsanatorium herum schlich! Er bekam einen fürchterlichen Schreck und sprang vom Bett auf. Aber der Stapel Blätter lag noch auf dem Tisch. Der Druck im Kopf nahm wieder pulsierend zu. Wie sollte er nur den Bericht kopieren? Er setzte sich auf den Stuhl und legte den geschundenen Kopf zwischen seine Hände.

Dann hatte er eine Eingebung. Wenn es stimmte, dass die Protonenresonanz die Grundlage für die Kosmische Schallwelle war, warum sollte er es nicht einmal versuchen, ohne die technische Unterstützung des Klangsanatoriums, eine Verbindung aufzubauen. Dann müsste er doch auch die Abschirmung des Akustikraums umgehen können. Ob es ihm gelänge, sich an die Orte und in die Zustände zu transformieren, die er bislang nur mit den Gerätschaften in der Tube erreichte? Sein Tinnitus wäre der Rauschgenerator, wäre Sende- und Empfangseinheit im unendlichen Netz des Universums. Das sollte funktionieren! Er brauchte nicht unbedingt den Verstärker über die Hausanlage.

Zuerst musste er sich beruhigen und seine innere Stimme finden. Dazu setzte er sich auf das Bett und verschränkte die Beine ineinander und begann seinen Ton zu summen. Während er sich auf die Koordinaten eines Übungsortes konzentrierte, den sie unter der Anleitung von Dr. Malekin ansteuerten, erhielt er nach einer langen Zeit einen Klang, einen Ton, der so sauber, so klar ertönte, dass der Übergang vom schwarz-weißen Korridor zur bunten Tunnelung abbrach und er sogar die Raumverschiebungen nicht mehr empfand. Kohlpeter musste noch einmal beginnen. Doch er geriet wieder an diesen Punkt, der das Fließen unterbrach, als müsste nun der Verstärker einsetzen, der jedoch durch die Abschirmung des Akustikraums ausgeschlossen war. In einem dritten Versuch geschah genau dasselbe. Wollte er den Ereignisort visuell ausmalen, wie er es in der Tube immer tat, brach die Transformation ab. Nach mehreren Anläufen folgte er mit seinen Sinnen dem Klang und traf einen Oberton, der ihm nun sehr bekannt vorkam. Er hörte sein Oktavometer schwingen und öffnete die Augen. Er hatte es bei seinem Umzug in den Akustikraum etwas gedankenlos unter das Bett geschoben.

Nun zog er es wieder vor und wunderte sich, dass es komplett zusammengebaut in Arbeitsposition stand. Alle drei Stimmgabeln steckten im Resonanzkörper. Er stellte es auf den Tisch und überlegte, wie er das Oktavometer so ansprach, dass es einen Schwingkreis mit der Kosmischen Schallwelle erzeugen konnte. Aus den bisherigen Erfahrungen der Crew ging hervor, dass die einzelnen Sinus-Relais nur intensiv genug angesprochen werden mussten, damit sie ihre Funktion erfüllten. Aus dem eigenen Tinnitus muss der jeweilige richtige Ton vorgestellt werden, dann entstehen Interferenzen mit den nächst höheren Schaltstationen, bis sich ein Oberton einpegelt. So wird ein Schwingkreis aufgebaut, zuerst mit der Eigenmelodie des Körpers, der als Sender funktioniert, um wiederum die nächste kosmische Schleife zu erzeugen, mit der Eigenmelodie der Erde, dann mit dem Sonnensystem. Jede Stimmgabel hatte einen Schwingkreis zu bedienen. Das sollte reichen, um an der Schallwelle anzukoppeln. Was also hatte er falsch gemacht, dass es jedes Mal einen Abbruch gab? Reichte es vielleicht schon aus, sich nur auf das Oktavometer zu konzentrieren, das er vorher im Raum nicht vermutet hatte?

Kohlpeter begann sein Experiment. Er setzte sich vor das Oktavometer und konzentrierte sich auf seinen körpereigenen Ton, den er vom Summstein und den Übungen im Klangbad und der Musiktherapie her kannte. Das Rauschen im Kopf ging über in eine Melodie und suchte den Ton des Körpers. Das erste kosmische Relais sprang an und schaltete die nächste Schleife. Die zweite Stimmgabel begann zu schwingen und aus dem Rauschen der Natur in all den Tönen, die der Globus zur Verfügung hatte, entsprang ein Ton der Erdumdrehung; das zweite kosmische Relais ging in Funktion. Kohlpeter konnte seinen Tinnitus im Klang der so klaren Töne kaum mehr wahrnehmen. Es gab noch einen Rest, der hartnäckig umworben werden wollte. In ihm steckte der Klangschlüssel zur Melodie der Schöpfung, der kosmischen Schallwelle, an die er sich anschließen wollte. Er hatte das Gefühl, das Relais musste jeden Augenblick einschalten und der neue Oberton würde erklingen. Doch dann nahm er einen niederfrequenten Ton wahr, einen seismographischen Tremor, der nicht hierher gehörte.

Kohlpeter riss die Augen auf. Das Oktavometer lief aus den Schwingkreisen heraus. Der Tisch begann mit der tiefen Frequenz über den Fußboden zu radieren. Die Tischlampe fiel um. Er sprang auf. Was hatte das zu bedeuten? Ein Beben, ausgelöst durch sein Experiment? Das Bett schob sich von der Wand weg. Zuerst sah es so aus, wie beim Tisch, der zu tänzeln begann. Dann erst sah er, wie das Bett durch die

Akustikkeile weg geschoben wurde. Kohlpeter bekam einen tiefen Schrecken. Sein Unbehagen in diesem Zimmer, seine Urangst gegenüber den Spitzen der Schallschutzkeile fand eine jähe Bestätigung. Sie bewegten sich mit den Wänden auf ihn zu. Dann fiel der erste Keil von der Decke und schlug neben den wandernden Tisch ein. Es wurde hohe Zeit, den Raum zu verlassen. Er griff mit der einen Hand nach den Blättern mit dem Bericht und mit der anderen nach dem Oktavometer, das längst zu schwingen aufgehört hatte, und stürzte zur Tür. Dann schob er die Blätter mit einigen Verrenkungen unter den rechten Arm und versuchte mit den Fingern den Code einzugeben. Doch nichts tat sich. Ein zweites Mal hatte ebenso wenig Erfolg. Die Keile aus der Decke krachten wie einschlagende Granaten in den Fußboden, auf den Tisch und den Stuhl, der in sich zusammen brach.

Egal, was Kohlpeter über die Tastatur eingab, der Code stimmte nicht, und die Tür blieb verriegelt. Er begann aus Panik gegen die Tür zu hämmern und schrie. In ihm löste sich alles aus dem langsamer werdenden Körper ab und schwebte wie im Trance neben sich her. Der Atem ging aus, die Lunge fand nur noch einen Strohhalm Luft. Kohlpeter ruderte mit den Armen und versuchte sich gegen die Strömung frei zu schwimmen. Aber der Schwall, der ihm entgegen drückte, ließ ihm kaum die Chance, sich an den Haken der Kabelschächte festzuhalten. Er fand sich in seinem Tauchunfall wieder, in dem Bunker, in dem er vor Jahren fast ertrunken wäre. Dann ertönte das rettende Geräusch und der Türmechanismus setzte sich in Gang.

So, wie die Tür nach außen aufgerissen wurde, prallte Kohlpeter mit Polwächter zusammen und stieß ihn um. Da waren noch mehr Personen, die er kaum wahrnahm und erschrocken zur Seite schuppste. Dadurch kam er ins Straucheln und rutschte aus. Das Oktavometer hielt er ausgestreckt in der linken Hand. Die Blätter fielen in den Gang.

Dann griffen mehrere kräftige Hände zu. Er verlor die Stimmgabeln. Als Kohlpeter wieder Boden unter den Füßen hatte, brachte er noch einmal alle Kraft auf, um sich aus den fremden Armen zu entwinden. Er stürzte den Gang hinunter, in Richtung Paternoster. Doch ihm wurde klar, dass nach diesem gewaltigen Beben kein Fahrstuhl zu benutzen war. Er riss die Tür zum schmalen Treppenhaus auf. Hinter ihm hörte er das Trampeln der Verfolger, die rufend hinter ihm herliefen.

Kohlpeter wusste genau, wie er sie abschütteln konnte. Durch einige verschlungene Seitenkorridore und Treppenhäuser, die sonst kein Patient des Sanatoriums betrat, fand er zielsicher den Weg zu seinem besten Versteck, dem Stangenraum. Die Tafel neben dem Eingang blinkte bedrohlich. Die Anlage stand unter Spannung. Er holte mit mehreren Atemzügen tief Luft und versuchte sich zu beruhigen, um keinen falschen Schritt zu tun. Hinter ihm im Treppenhaus hörte er seine Verfolger herannahen. Das Adrenalin in seinen Adern ließ ihn nicht zur Ruhe kommen. Er riss die Tür auf und stürzte sich Hals über Kopf in den Raum hinein. Da bekam ihn Polwächter mit einer Hand doch noch zu greifen.

13. Kapitel

Die Klangbibliothek

Diesmal erwachte Kohlpeter in seinem Appartement, da, wo er vor Wochen seinen Aufenthalt im Klangsanatorium begonnen hatte. Als er die Augen aufschlug sah er geradewegs auf den Watzmann, der prächtig seine Familie um sich scharrte. Es war ein sonniger Tag. Das Felsmassiv schien ihn zu rufen, denn er fühlte sich ausgeschlafen und tatendurstig. Aller Nebel in seinen Sinnen, der die Empfindungen dumpf dröhnen ließ und sein Kopfrauschen, von dem er manchmal nicht wusste, ob es Tinnitus oder nicht der blanke Wahnsinn war, der ihn geißelte, war wie weggeblasen. Er stieß die Decke von sich, stand auf, reckte und rekelte sich vor dem wunderbaren Panorama und hielt inne.

Ein Nachhalleffekt stellte sich ein, und ihm war so, als hätte vor seinem Aufstehen, Dr. Dreysen das Zimmer ohne Anklopfen betreten müssen. Plötzlich ging die Tür auf und Dr. Dreysen betrat tatsächlich das Zimmer, ohne vorher anzuklopfen.

Er entschuldigte sich, dass er eintrat, ohne seine Aufforderung abgewartet zu haben. Aber er hatte gemeint, ihm ginge es nicht gut. Kohlpeter winkte ab und Dr. Dreysen klatschte aufmunternd in die Hände.

„Na, Sie sind ja auf den Beinen. Das sieht dann schon mal ganz gut aus.“ Er sah ihm direkt in die Augen.

„Warum hat die Untersuchungskommission so lange gebraucht?“, fragte ihn Kohlpeter.

„Welche Untersuchungskommission?“

„Für die ich den Bericht geschrieben habe?“

„Sie haben einen Bericht geschrieben? Worüber?“

„Also Herr Dr. Dreysen, sagen Sie nicht, Sie wüssten nichts von meinem Bericht, den ich vor zwei Wochen über die Vorfälle in der Tube angefangen hatte zu schreiben.“

Dr. Dreysen ging in den Raum, setzte sich auf die Couch und legte die linke Hand auf seine Wange und sah Kohlpeter mit einem besorgten Gesicht an. Dann wies er mit der rechten Hand auf den gegenüberliegenden Sessel und forderte ihn zum Setzen auf.

„Herr Kohlpeter, es hat beim Akustiktest einen Zwischenfall gegeben.“

„Das kann man wohl sagen.“

„Sie hatten kurzzeitig das Bewusstsein verloren und nun müssen wir Sie untersuchen.“ Nach einer kurzen Pause ergänzte er: „Sie sind jetzt drei Tage im Klangsanatorium.“

Kohlpeter, der sich gerade erst gesetzt hatte, sprang wieder auf, und ging drei Schritte zum Panoramafenster und wieder zurück.

„Das ist doch nicht möglich! Da fehlen doch mindestens vier Wochen. Wo ist mein Bericht? Da steht zu jedem Tag ein Datum drauf.“

„Nun beruhigen Sie sich doch. Er kann doch nur hier im Raum irgendwo herumliegen.“ Dr. Dreysen stand auf und machte Anstalten, den Bericht zu suchen. „Wie sah er denn aus? Haben Sie Ihn auf einem Speicher abgelegt?“

„Nein, ich sollte alles auf Papier schreiben. Aber ich glaube, ich hatte den Bericht im Keller verloren, als das Beben einsetzte und ich in Panik geriet. Gleich vor dem Akustikraum." Nun fiel ihm alles wieder ein: Die Wände, die auf ihn zu kamen; die Keile, die von der Decke krachten; die Tür, die endlich aufsprang und Polwächter, der hinter ihm her jagte. Was, um Gottes Willen, ging hier vor sich? Wieso wusste Dr. Dreysen nichts davon, dass er nun mit der Kommission zu ihm zurückkam, um die Vorfälle im Klangsanatorium aufzuklären? Spielte er nur, weil sie abgehört wurden? Durfte er ihm kein Zeichen geben, weil irgendetwas schief ging? Gut, er musste eine andere Taktik versuchen.

„Also, Herr Dr. Dreysen, wir machen das so, ich hole den Bericht, der bestimmt da unten noch herumliegt und Sie geben der Kommission Bescheid, dass ich in einer Stunde zur Verfügung stehe." Kohlpeter stand auf und sah noch einmal zu Dr. Dreysen herüber. Der war sichtlich irritiert und suchte nach einer Antwort.

„Wo finde ich Sie?", fragte Kohlpeter.

Nun erst reagierte Dr. Dreysen und stammelte schließlich, er solle am Besten zu ihm ins Zimmer kommen. Später machte er sich Vorwürfe, dass er Kohlpeter in diesem Zustand hat gehen lassen. Doch er wurde so von ihm überrollt, dass er nicht angemessen einschreiten konnte. Was hätte er auch tun sollen, sie befanden sich in einem Klangsanatorium und nicht in einer Haftanstalt.

Kohlpeter verließ mit Dr. Dreysen das Appartement und nahm im Unterschied zu ihm das Treppenhaus, um in den Keller zu gelangen. Er misstraute ihm und wollte auf jeden Fall einen Weg ohne ihn einschlagen. Er benötigte Zeit für sich, um herauszufinden, was geschehen war. Das Verhalten von Dr. Dreysen befremdete ihn und zeigte an, dass er sich im 'Elefantenohr' auf niemanden mehr verlassen konnte. Wer waren die anderen Männer, die ihn verfolgt hatten? Und schließlich hatten Sie ihn wohl auch gegriffen, sonst wäre er doch nicht in seinem Zimmer gelandet.

Eine Etage tiefer traf er auf eine Gruppe Patienten, die ruhig und gelassen durch den Flur schlenderten und in Gespräche vertieft waren. Kohlpeter blieb abrupt stehen und meinte schon zu halluzinieren. Dann nahm er mit jedem Schritt im Treppenhaus gleich zwei Stufen und rannte zur Etage des Trommelfells. Von einem Riss war nichts zu sehen, ob nun völlig geheilt oder niemals geborsten. Er schaute ins Spaßbad und sah, wie die Kinder ausgelassen planschten und die älteren Patienten gelassen schwammen. Dann rannte er zur Tube, die ebenfalls nicht mehr abgesperrt war. Er stürzte in die Räumlichkeiten hinein, ohne anzuklopfen. Ein Mitarbeiter des Forschungstraktes bat ihn, den Raum zu verlassen, für den die Patienten keine Zugangsberechtigung hätten. Kohlpeter rannte wieder raus und nahm eine Treppe zur Kelleretage. Dort angekommen, fand er kein Blatt seines Berichtes auf dem Fußboden. Bestimmt hatte der Hausmeister alles mitgenommen, oder diese Typen, die hinter ihm her waren.

Dann fiel ihm der Seismographenraum ein. Auf den Rollen und dem Display sind Daten hinterlegt, die ihm klar sagen konnten, in welcher Zeit er sich befand. Das Ergebnis war niederschmetternd. Er befand sich erst drei Tage im Klangsanatorium. Sein Gehirn arbeitete mit Hochdruck. Der Tinnitus hämmerte mit jedem Pulsschlag seine grausige Melodie in den Schädel. Es gab noch eine Nachweismöglichkeit. Kohlpeter lief zum Akustikraum und gab seinen Code ein, mit dem er zwei Wochen lang den Raum betreten und verlassen konnte. Das ihm so bekannte Geräusch der Schließanlage war unverkennbar zu hören. Also doch! Die Tür ging auf. Und jeder Keil saß an seinem Platz, als ob nichts geschehen wäre. Der Tisch stand in der Mitte des Raumes, wie er ihn verlassen hatte, nur ohne Lampe und ohne den Stapel Papier. Kohlpeter verstand gar nichts mehr. Was hatte das zu bedeuten?

Der Hausmeister hatte den Code erst nach dem Gespräch

mit dem kommissarischen Leiter verändert. Das wäre erst in vier Wochen der Fall. Dass Kohlpeter einen Code verwendete, den er noch gar nicht mitgeteilt bekommen hat, war ihm Beweis für seinen funktionierenden Verstand, aber noch keine Erklärung für das, was geschehen war. Er konnte die Nummer nur wissen, weil sie ihm wirklich mitgeteilt wurde. Er glaubte nicht an hellseherische Fähigkeiten. Ihm fehlten momentan vier Wochen. Wo waren sie hin? Oder besser gefragt, wo werden sie hin verschwinden, denn sie lagen ja direkt hinter ihm und nun vor ihm. Und, die Ereignisse liefen bereits anders ab, als sie gewesen sind. Er hatte sich vor vier Wochen bestimmt nicht im Keller aufgehalten.

Kohlpeter lief gedankenverloren und grübelnd zurück zum Treppenaufgang und verließ ihn unterhalb des Spaßbades, dort wo der Gang vom Trommelfell zur Klangbibliothek führte. Er wollte sich in eine der Bibliotheksnischen zurückziehen, um in Ruhe seine neue Lage zu überdenken. Als er in der Mitte des Raumes stand und durch die durchsichtige Deckenkonstruktion in das bewegte Wasser schaute, wurde ihm die absurde Situation erst so richtig klar. Hier hatte er vor zwei Wochen gesehen, wie Hermann zusammenbrach bevor er in den unendlichen Weiten verschwand.

Kohlpeter drehte sich um, als er aus einer Nische ein Trommeln hörte, wie sie die Spinnenwesen auf den großen Behältern erzeugten. Da hatte er gedacht, dies sei ein Traum gewesen, nun scheinen diese Behälter hier irgendwo herum zu stehen. Er begann, dem Trommeln zu folgen und fand sie tatsächlich in einer Ecke, neben seinem Holzstamm vom Planeten der Dreiäugigen, der auch erst seit vielleicht drei Wochen hier liegen konnte. Daneben stand Feder, die etwas zaghaft auf den Trommeln herum klopfte. Die Situation war etwas anders, als vor vier Wochen. Da kam er aus dem Paternoster und stieß mit ihr beinahe zusammen.

„Hallo Feder? Wollten Sie nicht an einem Artikel schreiben,

den Sie noch heute an die Redaktion schicken müssen?"

„Wie sprechen Sie mich denn an?"

„Oh, Entschuldigung. Aber 'Feder' klingt doch nicht schlecht und erinnert an die Indianer. Und, ob Sie in einer 'Musikbibliothek' die nötige Ruhe finden?" Kohlpeter wunderte sich über sich selbst. Das Gespräch hatte er schon einmal geführt.

„Herr Kohlpeter, Sie fehlten gestern bei den Therapiestunden. Man sagte, Sie erlitten einen Kollaps. Wie es sich anhört, haben Sie sich davon noch nicht so ganz erholt."

Er wollte das Gespräch etwas umsteuern und sie testen, ob sie vielleicht doch ein Wissen von den künftigen Ereignissen besaß, so wie er, der ja auch den Code für den Akustikraum korrekt abrufen konnte, von den anderen Dingen einmal ganz abgesehen.

„Feder, Sie müssen doch auch etwas wissen von den Ereignissen der nächsten Wochen."

„Nun gut, Sie wollen es nicht lassen. Ich jedenfalls kann nicht in die Zukunft schauen, wenn das eben ein Kompliment sein sollte."

„Nein, sollte es nicht sein, oder doch, auch. Ich meine, das macht auch nichts. Dann ist es eben ein Kompliment. Eigentlich will ich nur wissen, ob Sie wissen, was mit dem Klangsanatorium in den nächsten Wochen passiert. Hier finden Experimente in der Tube statt."

„Das interessiert mich schon. Soweit ich weiß, geht es um neue Kochleaimplantate, die viel feiner mit den Nerven verbunden sind, als die bisherigen Geräte."

„Nein, ich meine nicht diese künstlichen Gehörschnecken. Sondern diese Experimente in der Tube."

Sie sah ihn an und wartete, dass er mehr erzählte. Doch Kohlpeter hatte das Gefühl, sie wusste nicht, wovon er sprach. Im Gegenteil, nun musste er aufpassen, dass er nicht zu viel preisgab, und sie ihn komplett für verrückt erklärte.

Ihm wurde auch bewusst, dass sich die Zukunft nicht genau so wiederholen konnte, wie sie schon einmal abgelaufen war. Die Ereignisse behielten ihre Eigendynamik.

„Wir sehen uns nachher. Dr. Dreysen hat mich zu einer Kommissionssitzung eingeladen, in der es um ihren Fall geht. Ich hoffe, er hat Sie davon informiert, und Sie stimmen zu, dass ich als Journalistin daran teilnehmen kann."

Na also, doch die Kommission. Wieso tat Dr. Dreysen dann so, als wüsste er von nichts. Bestimmt steckte die Lobby der Betreiber dahinter, die irgendetwas vertuschen wollen.

„Ja, aber das ist doch schon länger so ausgemacht gewesen.", stammelte Kohlpeter verunsichert. Was hatte das nun wieder zu bedeuten? Wusste sie doch mehr, und wollte es ihm nur nicht direkt sagen, weil auch sie abgehört wurden? In diesem Gebäude wusste man nie genau, wohin die Schallwellen wanderten.

Feder verließ die Klangbibliothek und er stand allein vor den Trommeln seiner galaktischen Reisen. Verlor er nun wirklich den Verstand? War das der 'Mondstaub' von seinen Schuhen, den er für sich und für andere zum Beweis seiner kosmischen Fernerkundung, und vor allem seines funktionierenden Verstandes, vorweisen musste? So schlenderte er grübelnd durch die Klangbibliothek, bis er erstaunt vor einer Vitrine stehen blieb. Er schob das Glas zur Seite und entnahm ein Oktavometer, das ihm bisher in diesen Räumlichkeiten noch nicht aufgefallen war. Und er spürte sofort, es waren seine drei Stimmgabeln, die im Holzkasten steckten. Jemand musste sie hier hinein getan haben, nachdem er das Oktavometer bei der Verfolgungsjagd im Kellergang vor dem Akustikraum verloren hatte. Wer spielte ihm solche Streiche?! Er blickte sich um, als erwarte er einen lachenden Stamm der Dreiäugigen um sich herum.

Kohlpeter steckte das Gerät in seine Tasche und schob die Glasscheibe wieder davor. Nun erst fiel ihm das Schild auf, das erklären sollte, was das Exponat zu bedeuten habe: 'Oktavometer - okkultistisches Instrument der Mauwaks in Südamerika zur Bewusstseinserweiterung. Im vorigen Jahrzehnt entdeckt und weiterentwickelt zum Therapiegerät der alternativen Klangmedizin in Europa'.

Kohlpeter entnahm auch das Schild und ging zum Paternoster, um noch rechtzeitig zum verabredeten Termin bei Dr. Dreysen zu erscheinen. Von dem Gespräch erwartete er nun deutliche Aufklärung. Denn zweifellos nahmen die Ereignisse eine Wendung, die ihm arg zusetzte. Er betrat das Zimmer von Dr. Dreysen, der schon auf ihn wartete.

„Da sind Sie ja!", rief er erleichtert. „Ich hatte schon Befürchtungen, Sie würden nicht kommen."

„Aber das war doch so abgesprochen. Und ich habe mich auch nicht verspätet. Wo ist denn Feder, ich meine, die Journalistin. Sie wollte auch dabei sein."

„Ich habe sie wieder weggeschickt. In Anbetracht des gestrigen Hörtests wollte ich Sie keiner zusätzlichen Belastung aussetzen."

„Also nichts mit der Kommission."

„Doch, doch. Es geht um die Auswertung des Gesundheits-Checks, damit wir festlegen können, mit welchem Therapieplan wir die nächsten vier Wochen arbeiten."

Dr. Dreysen schob Kohlpeter langsam aus seinem Arbeitszimmer hinaus, schloss es ab und ging mit ihm in den Beratungsraum. Dort saßen um einen ovalen Tisch Dr. Malekin, der Akustiker Dr. Frohnert, die Klangtherapeutin und die Tanztherapeutin. Alle sahen ihn lächelnd an, als sie ihm die Hand gaben. Dr. Dreysen nahm seinen Platz ein und Kohlpeter setzte sich als Letzter auf seinen zugewiesenen Stuhl.

Dr. Malekin begann mit einer Begrüßung und einer Entschuldigung. Der Vorfall am gestrigen Tage bei der Voruntersuchung, insbesondere der Gehör- und Schallüberprüfung, habe alle beunruhigt und dazu geführt, dass die technischen Geräte nochmals auf ihre Funktionstüchtigkeit überprüft wurden und alle Mitarbeiter angewiesen wurden, die strengen Normen des Hauses unbedingt einzuhalten. Er müsse aber auch klarstellen, es habe keine technischen Probleme gegeben und die Mitarbeiter hätten sich korrekt verhalten. Es sei auch Aufgabe der Kommission, herauszufinden, in welchem Klang-Kontinuum der Patient sich befinde, um die geeigneten Therapien auszuwählen; und so weiter und so fort.

Kohlpeter merkte, wie er in Gedanken abschweifte und sein Tinnitus sich verstärkte, als ob er eine Schallmauer um sich herum auftürmte. Dr. Malekin redete und redete und Kohlpeter hörte immer weniger. Er zog den hölzernen Resonanzkörper aus der Hosentasche und steckte wie in Zeitlupe die drei Stimmgabeln in ihre Halterungen. Sie begannen ganz leicht zu vibrieren, und er hörte von weiter Ferne Dr. Malekins Stimme, man solle ihn der Therapiegruppe 'Tabula rasa' zuordnen, woraufhin die Stimme Dr. Dreysens widersprach.

„Nein, ich will nach Hause!", rief Kohlpeter den Stimmen zu und stand abrupt auf. Die Kommissionsmitglieder sahen ihn erstaunt an. Er griff nach seinem Oktavometer. Dann verließ er ohne einen Gruß den Beratungsraum, lief zum Paternoster, fuhr in die Etage seines Appartements, lief immer schneller zu seiner Zimmertür und riss sie auf. Der Puls hämmerte. Er warf mit wenigen Handgriffen alle seine Sachen in den Koffer und stürzte wieder zurück zum Paternoster. Als er dann auch noch bei der Durchfahrt durch eine Etage aus der offenen Kabine Hermann vorbei gehen sah, ergriff ihn vollends die Panik. In der großen Eingangshalle musste er einer Gruppe Neuankömmlinge ausweichen und stieß mit seinem Koffer gegen den großen Gong, der sogleich dröhnend zu summen begann. Dr. Dreysen rief hinter ihm her, doch Kohlpeter hatte den rettenden Ausgang schon erreicht.

Er stapfte durch den Schnee, immer der Spur des Schlittens entlang. Als er von der leichten Erhebung des Elefantenohrs abwärts laufend unten im Tal angekommen war, hörte er von hinten einen Schlitten kommen und den Kutscher rufen, er solle endlich anhalten. Kohlpeter drehte sich um und trat aus der Spur. Der Schlitten hielt neben ihm. Auf der Rückbank saß Polwächter und streckte ihm die Hand aus.

„Nun geben Sie mir schon ihren Koffer!"

„Was haben Sie hier zu suchen, Herr Polwächter?"

„Ich? Sie suche ich. Steigen Sie ein, ich will Ihnen etwas zeigen."

Kohlpeter, dem schon die Arme vom Tragen wehtaten, reichte ihm den Koffer hoch und stieg ein. Nachdem er sich gesetzt hatte, zog Polwächter einen Stapel Papier aus seiner Aktentasche.

„Sie wissen was das ist?"

Kohlpeter sah auf das mit Tinte beschriebene Deckblatt. „Das wird mein Bericht an die Kommission, den ich erst in zwei Wochen beginne und in vier Wochen abgeben muss."

„Dann haben Sie doch noch etwas Zeit."

„Was wollen Sie von mir, Polwächter?"

„Ich habe einen Auftrag für Sie." Polwächter winkte dem Kutscher zu, die Fahrt fortzusetzen. „Sie sind der Erste mit einer akustischen Anomalie, einer raum-zeitlichen Phasenverschiebung. Herr Kohlpeter, unser Team braucht Sie!"

Inhalt

Namen

Kohlpeter - Ehemaliger Wirtschaftsagent eines Energiekonzerns
Prof. Reinhardt - Leiter des Klangsanatoriums
Dr. Malekin - Stellvertreter
Dr. Elias Dreysen - Psychologe
Dr. Frohnert - Akustiker
Peter Hermann - Patient
Lankowsky - Patient
Feder - Journalistin
Polwächter - Mitarbeiter der Europäischen Behörde zum Schutz der Netze
Klangtherapeutin
Tanztherapeutin
Kommissarischer Leiter des Klangsanatoriums
Hausmeister

Glossar

Aura - Ankündigung eines epileptischen Anfalls oder einer Migräne. In der Alternativmedizin: Hof der körpereigenen energetischen Ausstrahlung
Doppelhelix - Doppelspirale der DNS/DNA
EMF - Extraterrestrische Mentale Fernerkundung
Esonaut - Astronaut der mentalen kosmischen Fernerkundung
Hintergrundwelle - Schallwelle, die aus dem Urknall entstand und das Universum prägt
Hyper-Schall-Projektor - Bildgebendes Gerät für die kosmische Schallwelle
MAT (Magnet-Akustik-Transponder) - Versuchsgerät zur Erfassung subjektiver Hörempfindungen
Oktavometer - Bewusstseinserweiterndes Instrument
Proband - Versuchsperson
Rauschgenerator - Potentielles Einwahl-Medium für die Hintergrundwelle
Resonanzfernerkundung - Einwahl in die Hintergrundwelle zwecks Fernerkundung
Relais - fernbetätigter Schalter
Theremin - berührungsfreies Musikinstrument, benannt nach seinem russischen Erfinder
TMS (Transkranielle Magnetstimulation) - Abtasten und Anregen von Hirnregionen durch Magnetfelder
transkumulieren - ein anderes Wort für 'teleportieren' oder 'beamen'
triggern/antriggern - eine Schwingung auf einen fremden Körper oder Vorgang übertragen, bis dieser von alleine weiter schwingt